校長‧序

文字作墨，時光作甕，釀一份感動

國立暨南國際大學水煙紗漣文學獎舉辦至今，已邁入第十九屆。

水煙紗漣文學獎由暨南大學主辦，中國語文學系承辦，為本校一年一度的大型文學活動。透過各系所踴躍的參與，各種思考及想法得以相互切磋琢磨，不同領域的創作者也藉由這個機會相互澆灌，讓文學繁花開遍校園，使創作擁有更多嶄新的面貌。

近二十年的光陰裡，水煙紗漣文學獎與大一國文閱寫計畫合作，致力於提升全體學生人文氣息與創作能力，強化學生們對生活的感知以及體會生活中的美感，同時也期許藉由文學獎的持續辦理，使眾多優秀寫手能承先啟後地於文學的圖紙上恣意揮灑，開創出暨南文學的風氣及意象，豐富這所學校的生命與心靈。

系主任・序

19，能有什麼意義？是質數，只與本身及 1 親近，稍嫌冷漠了些；19，對 107 學年度入學的文學獎團隊卻是汗水、淚水交融的熱情數字——暨大是這樣的年輕，文學獎一路伴隨著暨大成長，卻也邁入青春的年華，很高興迎來了水煙紗漣文學獎第十九屆的作品集。

由中文系所承辦的全校型水煙紗漣文學獎，相信暨大人皆不陌生，除了每年五月中旬的決審會之外，在上下學期至少各有一場知名作家的專題講座，辦理作家書展，藉以帶動文學書寫的風潮。近年則在原有的詩歌、散文、小說的項目之外，更新增了「圖文創作」，視覺圖像堪稱是人最直接的感官刺激，如何以文字介入、協作，試著賦予圖像更深刻的思索，是設立這個獎項的目的，近年也已帶動不少同學投入。

本屆的徵稿主題為「釀」，大約好的文字都需要長久的醞釀構思，甚至是看似無用的持續雜讀與浮想連翩。寫作則不妨視為一種引出術，是神思的靈光一現，或是只有在壓力下，方能展示的神乎其技。就此而言，又似乎不限寫作了；總之，沒有輸入、醞釀，就不會有陳年回甘的風味的輸出吧。

也要感謝本屆文學獎指導教師陳美蘭教授，由她所訓練、帶領的文學獎團隊，讓每一個來校的評審都讚不絕口，忝為行政主管，都因此覺得飄然了起來。盼望我們的文學獎能一棒接一棒，「做到」就是「做好」。為本校寫手打造絕佳的展演舞台絕非只是為人作嫁而已，從主題構思到來稿董理、講座邀請安排，迄於

決審的推動與進行，無一不是學問，細節中淨是待人接物的道理，考驗著團隊合作，是做中學的積極參與，也是從企畫到理念的具體實踐，更是持續寫下本系一頁光榮的歷史。

感謝 19，讓我們繼續迎來雙十。

曾守仁　於嵐城埔里

2021 年 2 月 1 日

指導老師・序

當文學獎遇上世紀之疫

2020 年是艱難的一年。新型病毒肆瘧，全球疫情嚴峻。一年已過，至今這場世紀大疫猶未絕止。

彷彿冥冥的巧合，第 19 屆水煙紗漣文學獎遇上 COVID-19。從 2020 年 3 月起，在疫情最緊張期間，本屆文學獎活動陸續展開。抱著隨時必須取消或改變活動形式的決心，總召賴韋筑帶領工作團隊嚴陣以待，同時也經常承受我絮絮叨叨的憂心。幸運的是，在系主任曾守仁老師、助理陳裕美、王建宇、廖敬娟全力支持下，加上全系師生的協助與指教，本屆工作團隊方能順利完成任務。這場世紀之疫下的文學獎，總算有驚無險地落幕。

這篇短序的核心關鍵詞是感謝。感謝本屆三場講座來賓與十二位決審專家，冒著疫情風險來到山城，為這群山城學子開啟視野。感謝各類文學獎項的寫手，不只踴躍投稿，也配合防疫措施出席決審會。感謝系方作為本屆籌辦活動的最堅強支柱。更要感謝的是，文學獎工作團隊使命必達，在如此艱難的時候認真操辦各種活動。

願災疫有時，文學無期。

陳美蘭　謹誌於埔里

2021 年 3 月 27 日

水煙紗漣 文學獎

宣傳成品

| 徵稿活動 | 宣傳圖
| 系列講座 | 宣傳橫幅
| 決審會 | 宣傳海報
| 決審會 | 紀念明信片

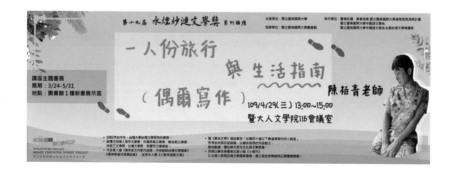

第十九屆水煙紗漣文學獎系列講座橫幅

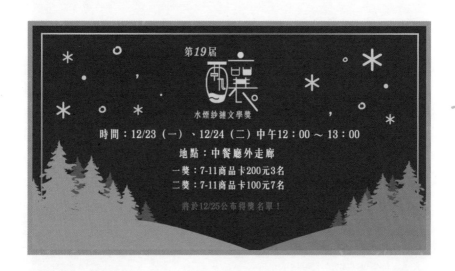

文學獎徵稿活動宣傳圖

第十九屆

水煙紗漣文學獎
決審會

2020

地點：
人文學院國際會議廳（B02）

會場外設有作家聯合書展
歡迎參觀選購

因應新冠肺炎疫情變化，屆時將視情況調整決審會
的進行方式與參加人數，敬請密切注意即時公告。

新詩 5/12（二）
18：00 - 20：00
翁文嫻、葉覓覓、潘柏霖

圖文 5/13（三）
14：00 - 16：00
彭怡平、馬尼尼為、蘇大衛

散文 5/13（三）
18：00 - 20：00
傅月庵、房慧真、言叔夏

小說 5/14（四）
18：00 - 20：00
宇文正、陳又津、連明偉

主辦單位/國立暨南國際大學
承辦單位/國立暨南國際大學中國語文學系
協辦單位/國立暨南國際大學中國語文學系水煙紗漣文學獎團隊
　　　　國立暨南國際大學中國語文學系系學會
特別感謝/教育部高教深耕計畫
　　　　唐山 商周 時報 春山 遠景 早安財經 有鹿文化 小寫創意
　　　　南方家園 啟明出版 尖端出版 九歌出版 遠流出版
　　　　田園城市 印刻出版 斑馬線文庫有限公司

第十九屆水煙紗漣文學獎決審會海報

緩而醞，慢而釀

時間淬鍊了文字，

在漫漫歲月裡，釀一份感動。

緩而醞，慢而釀

時間淬鍊了文字，

在漫漫歲月裡，釀一份感動。

文學獎決審會紀念明信片

圖文組

評審介紹

臺大歷史系。巴黎索爾邦第一大學造型藝術所電影電視系博士。通曉法、日、英、德、拉丁文，是位熱愛電影、藝術、旅行、美食與音樂的生活藝術者；跨領域的視覺藝術創作者與藝術品收藏家、攝影家、作家、專業影評人。《風雅堂》藝術總監。出版多本海內外攝影文學專書，並且多次應邀海內外舉辦攝影個展。為文化部、國藝會、臺北市文化局獎助藝術家。專攻劇本、紀錄片拍攝與影像藝術的研究，對日本文化與法國文化做過深入的探索，發表專書數本與專文數篇，探討日法文化；應邀至日本京都現代藝術 Gallery Sowaka 以日文舉辦專題演講。

彭怡平老師

馬來西亞第三代華人。高中畢業後赴臺。
三十歲後開始創作。反感美術系。
有幸養貓、有幸重拾創作。
詩、繪本、散文醜作若干。不足以道。
此生宏願為每人走進動物收容所一回。
領回一個生命一回。終結收容所。
加入 有幸養貓／狗一回。

馬尼尼為老師

臺南人，暨大中文實務組 104 級畢業。曾任職於 NGO 影像紀錄、人像活動接案攝影師，現為雜誌攝影師。曾獲文化部國家文化記憶庫影像徵件入選、中研院數位文化中心《放牠的手在你心上》、《環境永續》攝影徵件優勝。

蘇大衛老師

開場致詞

彭怡平：

　　各位下午安，很榮幸能來到臺灣這麼漂亮的一所學校，剛開始應邀的時候我還以為要到南京，後來才知道在南投。一進你們學校就讓我心曠神怡，同學能在這樣優雅、優美的環境跟大自然朝夕相處，應該可以培育出非常多優秀的人才，我拭目以待。

　　接著談談這次讀決審作品的感觸，第一，同質性相當高，這次的決選的作品不分主題，我都會看見中央出現太陽，這其實滿令我震驚的，不是太陽的問題，而是表現形式為什麼會如此地單一，這是比較令人納悶的地方。

　　第二，聽說只有大一可以參加，我在大一時拍攝的作品已經有非常多人文社會的關懷，但你們的作品裡面，我未見你們對人文精神的關懷、對於自身環境以外的好奇心跟探索心。這讓我有點擔心，大學四年不只要研讀自己的課業，同時也要探索「你是誰？」、「你的人生意義是什麼？」、「世界與你的關係是什麼？」一張影像對我而言不是看到什麼就拍攝什麼，而是要提出一個問題，而且跟自己息息相關，如果一張影像中沒有問題，那就不是好的影像。也就是說，打開影像像是打開一扇窗，窗外展現的風景要能夠激起我的好奇心，但這次讓我激起好奇心的作品並不多。

　　第三，攝影不是且行且走，當然希望同學們以攝影機拍攝，顯現你們的專業度跟誠意，但大多是手機或傻瓜相機，這也沒有關係。不過有一個東西我很在意，就是作品背後的概念。你們的作品文圖概念相當分離，故事跟影像沒有任何的呼應、反證或是對話，影像搭配文字變得各行其事，成為我在評審圖文的時候一個很大的困境，因為我不知道你要表現什麼、影像的概念是什麼、這張影像到底要說什麼故事。感覺好像是影像先拍出來，再寫一段文青式的故事。在文圖部分的概念性與語言的解析度還需要努

力。

馬尼尼為：

　　大家好，客套話都由彭老師說過，我以前常關注許多人如何演講，他們一定會稱讚這個校園是多麼的漂亮，後來我就覺得我以後去演講不要講這些話。我在看這些作品的時候，感觸與彭老師非常像，同質性非常高，我在想這背後會不會是因為高中老師的同質性可能就這麼高，所以教出來的學生就是這樣？拍出來的東西同質性很高，寫出來的東西有特色的也很少。

　　雷蒙·卡佛在十九歲的時候就結婚了，但是他非常想要寫作，於是在二十歲的時候去讀了大學裡類似進修部的寫作班。第一天在學校，老師把全部的同學叫到外面，問他們喜歡誰的作品，老師聽完說：「我感覺你們當中沒有一個人有火。」他後來有一本詩集的名字就叫《火》。沒有火，其實就跟我看這些東西的感覺是一樣的。但即便這位老師在所有同學之中感覺不到火，他還是非常認真帶領他們進入寫作的殿堂，就算是當初沒有火的同學，像雷蒙·卡佛，後來也成為比他老師更有名的人。

　　再來是我覺得圖文比賽的形式限於攝影有點可惜，攝影大多只在複製現實，這其實是滿無聊、無趣，也是一種不太可能的事情，建議可以將照片拼貼，或是加上塗鴉等各種媒材的運用，不再只侷限於攝影，這樣圖文作品可能會更加豐富。

蘇大衛：

　　大家好，我是大衛。坐在這邊的感覺有點奇妙，有種回家的感覺，我於五年前從暨大中文實務組畢業，今天看到很多學弟妹、老師，感覺很親切。

　　我先講一下心得，當時的文學獎還沒有圖文這個項目，要是

有的話我一定會投稿。我大學四年都很喜歡拍照，人生最寶貴的四年就是在暨大中文，出社會以後還是覺得能來到暨大中文是非常幸運的，希望大家都可以好好把握。

回歸到這次的比賽，收到決審稿件後的心情跟兩位老師一樣，暨大中文多年來都有在發展攝影，所以當時對稿件的期待有點高，覺得應該會有一些不錯的作品。但有點可惜，看完後覺得好像要調整一下標準，一直到後來才知道原來投稿者都是大一新鮮人。

拍照已經是現代人的反射行為，跟以前的時代相比太方便了，我覺得也就是因為有點太容易了，所以我們忘記了作品應該如何表達。我想問來參加的兩百多位同學：「你確定這個是最優秀的作品？」各位未來若對影像有興趣的話，絕對還有很長的一段路要走。

看完入選的四十幾篇作品，其實就是高下立判，保留下來的這些作品，它們的共同點來自於：傳遞出你想傳遞的、讓陌生人看到你作品時產生共感。大家文思泉湧、感情很豐富，寫了許多親情、感情等，但懂的人可能只有作者自己。要把圖文傳播遞給更多人看，勢必要加強圖文的連結性，不能只是孤芳自賞。我選進來的作品都是有觸動到我，或是我能夠理解你想要傳達的，這就是及格的標準。

各位同學來到暨大，接下來還有很多的課要上、很多的路要走，希望大家可以把今天當作你們的養分，不管是在影像的提升或是文字的經驗程度，希望大家可以再繼續加油，謝謝。

囪

| 管理學院學士班一　許弘楷

震懾著人民的戰火，
如今追隨時間
　　　弭平。
掩護著平民的隧道，
如今承載歷史
　　沉重。
煙囪
猶如一口古井
擷取陽中一柱光線
窺探滿天火光的一隅
探知動盪時代唯一窗口
。
如今
戰火停歇，煙囪未倒
光束見證了歷史興衰。

許弘楷，2001年生，現就讀國立暨南大學管理
學士班，首次參加文學獎，有幸在這次的圖文
獎脫穎而出，真的是受寵若驚。入圍後，總覺
得應該就此止步不前了，但是在決審會時，聽
著三位評審認真地分析各個選手的作品時，還
是有種緊張與興奮交雜的感覺。雖然圖文獎都
是同年級的參賽，但裡面不乏成熟的作品，很
幸運在最後獲得三位評審的青睞奪得首獎，希
望將來能繼續參加各種不同的文學獎。

| 彭怡平 |

它雖然拍攝上有一點眩光，但我覺得瑕不掩瑜，它是個很特殊的拍攝跟主題選擇，而且囵跟它文字的抽象概念形成多重繁複的辯證，非常有趣。比如說它可以是隧道，也可以是一個古井，你看它說是隧道的時候是平視，古井的時候是俯視，可以是由外到內、由內到外、由上往下看，或是由下往上拍，有很多視點透過文字產生多種不同的觀看興味，也就是透過一張影像跟文字產生不同的視點轉換，對我來說，這是一個相當不錯的創作。

| 馬尼尼為 |

彭老師說到她喜歡影像作品有一種不安跟神祕感，我其實認同這種感覺，雖然不知道是偶然拍到還是刻意的，但我覺得重要的是這位創作者有沒有心去拍一系列這樣的東西，而不是隨手剛好拍到，就拿來參加比賽。今天這個東西得到評審的喜歡，應該繼續去拍這系列的更多東西，而不是只有一張，如果只有一張，沒有辦法完成對圖文的訓練跟練習。

這件作品有神秘感，但還不夠，我覺得這種不安跟神秘的特質在文學和圖像作品裡都滿受歡迎的，不是受一般大眾歡迎，而是很多創作者喜歡，比如說高第，還有像雷蒙・卡佛的小說，讀起來有一種莫名其妙的不安。如果你真的對這種特質感興趣，可以去多留意其他作品，把它們找來看。

| 蘇大衛 |

其實一開始在挑選時，它有一度入圍，跟其他作品取捨後，第一階段我沒有選它。但後來經過老師的拉票成功，我覺得這張其實滿有趣，它可以用很多角度去看，而且滿特別的是攝影的後視，從遠到近的這個圓，旁邊一層一層的，應該是石頭堆砌，或

是磚塊之類的，剛好因為光線的關係，變得一圈一圈的，成為光暈，所以它其實不太像照片，像一幅畫。它的焦點在最光亮的地方，配置的位置也滿適中，有點偏右射，左下又剛好有一個逆光照射的炫光光影，有點對角線的感覺。它給我們觀看者帶來非常多不同的想像，所以這一票我也願意投給它。

茫

｜ 社工一　陳姿君

我生於海洋
鹹淡的氣味始終環繞
對海水的渴望滲入血液
卻極力抵抗那深情的呼喚
義無反顧地走進群山裡
投身在層層濃霧之中
迷失在　未來

陳姿君，2000 年出生，宜蘭人。現就讀於國立暨南國際大學社會政策暨社會工作學系。時常以影片、小說和烏克麗麗作為娛樂自己的工具。每天努力將生活過好，即使不斷被許多小事擊垮，仍要慢慢地重建自己。我總覺得寫作是很赤裸的事，甚至有一段時間很排斥寫作，而高中老師卻說：「你們應在這年紀多留下點東西，之後你們再也寫不出同樣感覺的作品了。」於是，就想為了我的青春歲月留下些什麼。感謝所有評審和參賽同學一同豐富我的青春歲月。

| 彭怡平 |

　　這篇在意境上深邃悠遠，主題用「茫」，左上角一點點斜的枯枝，遠處有樹，是一種小小的美，用一個不張揚且極簡的方式和漸層的色調，展現出一種蒼茫之中遠近之間的距離感，好像會隨著畫面慢慢進入「茫」的世界裡，很有意境，文字我也給予相當的讚賞。最重要的是我覺得攝影有一個很重要的概念：留白。我很不喜歡一張攝影從頭到尾填得滿滿的，留白也是戲劇的一部分，就像陰影，亮光跟陰影同樣是戲劇性的、心理上的展現，那影像其實有一個重點，就是展現心理的劇場，這張有一點那種感覺，越看越茫，挺好的。

| 馬尼尼為 |

　　這篇我沒選，因為我覺得照片算是有意境，但是隱喻太過俗套。這裡處在山區，霧應該是滿常見的，拍到霧可能也不是太特別的事情，以霧來象徵未來、象徵茫我也覺得不特別。就像波赫士說五大常見的隱喻之一就是戲如人生，這個霧也是。文學作品裡可以揪出很多大家一直在用的隱喻，比如星星是眼睛、女人是花、大海是什麼這種大家已經用得非常俗濫的隱喻，所以我沒有選這個。

發現

｜ 原專一　張羊真

黃斑蛺蝶放棄了鮮豔的花瓣，

選擇在溪旁低處的秋蟹，

而我，放棄了在空中飛舞的彩蝶，

俯伏在地，效法牠的人生抉擇。

牠正吸吮秋蟹的汗液，

如同秋蟹吸吮溫暖的陽光，

我在自然中吸吮生態的奧祕。

原來，放下高姿態，

置身低處的平廣與純樸，

可以，發現偶然！

張羊真，Losing‧Kincyang，2001 年生，來自新竹尖石鄉的泰雅青年。現就讀國立暨南國際大學原專班一年級，這是生平第一次參加這麼大型的文學競賽，感謝主辦單位讓我有這個機會參賽。攝影，是我從小的興趣，直到大一上學期我修了一門課「攝影的生態關懷」，才開始學習攝影技巧。〈發現〉是在埔里彩蝶瀑布拍攝的作品，對於還是攝影菜鳥的我而言，要拍空中飛舞的蝴蝶，真的是一項大挑戰，當我正要放棄時，便看到了在吸吮溪蟹的黃斑蛺蝶，馬上透過鏡頭拍下這珍貴的畫面。在整理照片時，體悟到忙碌的我們，常常因瑣事而忽略了周遭的事物，只有當我們放下姿態，靜下心，才能在那些平凡的事物，發現感動。

| 彭怡平 |

其實我真的討厭昆蟲生態之類的,但我還是選了這張。因為它是一個很特別的時刻、是大自然中的驚鴻一瞥,它的魅力足以讓我認為:它值得被挑選出來、被關注,所以我將它列入選擇中。

| 馬尼尼為 |

這個作品如果投稿給報紙,報紙會用,它有達到這種標準,大家看了會覺得有趣,又可以學到這是什麼蝴蝶這樣的知識,所以還是選了它。雖然沒有什麼獨特性,但是我覺得如果往這條路走,也是會有你的群眾。

| 蘇大衛 |

這篇我也有選,我覺得它是一個中上的作品。

第一,它的影像有水平,至少器材是單眼相機,而且是有長鏡頭的,大概是中長焦段的鏡頭。第二,它的蝴蝶還滿親切的,而且蝴蝶在埔里非常重要,以前埔里有蝴蝶王國的稱號,有非常多原生種,在寫文章的時候有把這個品種寫出來,代表他有去認識這個蝴蝶,這點值得肯定。

那這篇滿戲劇化的是,一般我們都會覺得蝴蝶是很美好的一種昆蟲,吸著花,好像很光明、和善、可愛,卻沒想到牠在吸食一隻死掉的螃蟹。這就有一種衝擊,帶出了生命的生死、自然界的殘酷,只要死了就會成為別人的食物。

拍下這張照片要有一定程度的觀察,要去野外、在惡劣的環境中趴在地上放低去拍,為了這個畫面作者願意趴下來跟牠同高,放下身為人的高姿態,看見低處一些很微小的事物,我認為他有拿出生活在埔里的觀察,單這張照片就可以入圍了。

　　那我滿好奇的是牠為什麼在吸螃蟹？內容說「牠正吸吮秋蟹的汗液，如同秋蟹吸吮溫暖的陽光……」，這其實有一種食物鏈的進程，只是比起用「吸吮汗液」，應該用「最後殘存的養分」之類的。

鐵馬與永遠的青春

| 教政一　曾昀喬

仲夏，年屆 80 的爺爺騎著他的老鐵馬，清晨 4 點從台中市區出發到山上來找我，約莫中午時分抵達。在學校小七前，見到滿臉通紅的他，只帶了一個用了 30 年的背包以及佔了大半重量的要給我的點心，我的嘴巴像是被封住了一樣，一句話也說不出來，心裡很是溫暖，一看見我便笑呵呵地說：「哎呀，我退步啦，沒辦法像年輕時一樣騎到日月潭了。」喜歡跟年輕自己較勁的他，雖然這次沒有征服日月潭，但是騎了 8 個小時路程來到南投，已經是超級青春無敵。跟他一起度過短暫的午休，爺爺補了一些體力，便趕著回家和奶奶一起享用晚餐了。回想他離開的背影，令人驚嘆的青春少年，我的鋼鐵爺爺。

曾昀喬，1999 年生。喜歡透過文字跟大家分享眼中的世界，陸陸續續默默地有在投稿，但由於敘述方式比較小眾，投稿的作品往往石沉大海。這兩年經歷了人事劇變，「當下」成為了我最想把握住的瞬間，「日常」則是最珍惜的生活點滴。這篇文章是要送給我爺爺的，很感謝評審老師們的欣賞，讓我能夠透過這個獎項，紀錄我與爺爺的故事，也希望我的作品能夠帶著讀者們回家，享受與家人們平凡卻珍貴的每一天。

38
39

評審講評

| 彭怡平 |

　　這張我覺得是非常討喜的作品，它的文字很感人，也難得的可以看到一個人存在，而且這個人跟他息息相關，是他的祖父。

　　我覺得背影跟故事有點讓我想到朱自清，但在情感、張力的表現形式上，只能算是中規中矩。攝影的一個 cut 跟主題的遠近，分寸之間就相差千萬里，鏡頭跟主題之間的距離，使得整張畫面情感的飽和力被削弱了，這是很可惜的地方。而且你用的畫面是直的，如果拍攝者站得稍微靠左一點，拍出來的路有點彎的時候，整個畫面就會有一種迴旋的動感，你的情感、動作是動的，但你的畫面卻是靜態的。所以這張文字上我給予的分數高，但影像上我給予的並不高。

| 馬尼尼為 |

　　我也選了這篇，跟老師一樣，這篇文字是所有作品裡唯一比較涉及人文關懷的，看了會覺得：我也喜歡這樣子的故事，真實的、活生生的。但是文字也不是很行，比如說「仲夏」，這兩個字就覺得是中文系會用的，「年屆八十歲的」年屆就不用了，「八十歲的」就好。裡面有非常多的數字，其實可以重寫一次的，有「清晨四點」、「用了三十年的背包」、「騎了八個小時」，你可以再強調自己的故事，或是讓句子再通順一點。

　　再來是裡面有很多，比如「心裡很溫暖」、「一看見我便笑呵呵地說」、「令人驚嘆的」可不可以換別的方式說？用別的方式去寫出跟別人不一樣的文字吧。

｜蘇大衛｜

　　這個作品其實是我目前給最高分的，兩位老師都說得非常透徹和細膩。

　　我覺得這篇最強的點是圖文的感染力很強。雖然這樣說有點矯情，但我確實是有被他感動到，因為每個人在人生的某個階段，可能都有被長輩在某一個瞬間所觸動。彭老師剛剛也有講到如何讓這張圖像變得更好，沒錯，如果以攝影技巧來講，它絕對有很多可以改善的地方，比如說主體的阿公沒有對到焦、構圖有一些雜物、可以用望遠鏡頭把前後擠得有壓縮感，甚至是做出彎道的弧形，這張照片卻都沒有做到，但就是因為通通沒有做到才顯得真誠。這應該是用手機拍的，當下阿公要走了，他趕快從口袋抽出手機來，用手機拍下阿公，回去寫下對他的感謝。我覺得就是因為它這麼的不完美，這麼的樸實、真情流露，所以感動到我。

　　圖文為什麼要攝影？除了創作之外，它其實留下一種記憶。長輩有一天也會不在，這張照片的當下就是永恆，阿公可能再也沒有下一個可以這樣騎腳踏車來到學校完成這張照片的瞬間，這是一生中可能只有幾秒鐘的機會。對玩攝影來說，最好的相機是什麼？就是你每天都帶著的。現代人大多都帶著手機，它可以在當下把握住這個瞬間，即便它這麼的不完美。但有些人就會覺得：這個不夠正式、沒有人工的裝飾。但它的樸實反而讓我覺得出眾，文也不複雜，就是阿公來找他，以及阿公離開當下他的心情。這個畫面暨大生應該都知道，就是宿舍前那一條路，阿公要騎走了，他對阿公說的話，最後用鋼鐵爺爺來代表。我相信這個圖文的功力達到了阿公看到會很高興的程度，其實最棒的狀態就是這樣。我被這樣的作品感動，可能明天以後還會記得他，這是我對於為什麼要給這篇高分的原因，謝謝。

水煙紗連 文學獎

| 彭怡平 |

　　我再補充一下，它是很感動的，但是我覺得大衛大概是被文字感動，不是被影像。我還是要特別提醒，因為我特別龜毛於影像，這是你阿公，你有很多機會跟他私下相處，現在有一種攝影的類型叫做親密攝影，每天就在拍身邊非常親密的人，而這種人是只有你看得到、別人看不到的，所以你會有很多角度跟機會去捕捉奇妙的時刻。我覺得是要表現這個東西，親密攝影才會呈現真正的味道出來，努力的空間還很大。

| 馬尼尼為 |

　　我補充，我不是被文字或圖畫感動，而是被事件感動。我覺得這是一個很好的事件，但是寫得沒有很好，再來是這個事件非得要用離去的背影照片嗎？假設是換成在阿公家裡，或是拍他剛到，滿頭大汗的瞬間，拍下一個非常隨意的照片，會不會更好一點？當然，目前作品看起來是對應主題的，但是我覺得迴響會比較弱一點。

陽光

｜ 中文一　葉智毅

攪拌，把咖啡粉與孤獨一同拌入了杯中。碰撞，把一些回憶撞出清脆的聲響，在房間迴蕩。

白煙冉冉，陽光踩著飄忽的白梯跑進來，沿著杯緣滑了下來，一腳登上我的桌子，印上它無禮的光亮。

它的魯莽亮得厭惡，把我的孤寂照得無可奈何，如同沒有陰影可躲的動物，只能讓孤單在白光下，溫柔又殘忍地坦然。

葉智毅，2000 年出生，屏東人。目前就讀暨南大學中文系。大一開始以一台類單接觸攝影，喜歡日常生活的角度與黃昏的夕陽光，還有貓。曾像夸父一樣，追著夕陽拍。攝影是我看世界的視角，每張照片都在邀請觀看者住進我腦中，接上眼球的神經，用我的眼睛看世界。平常最大的娛樂是跳舞，除了是興趣，也是我認識世界的管道。它能表現音樂，就像文字與攝影能展示我的世界。

| 馬尼尼為 |

　　拍攝主題雖然是近物，但是近物場景其實滿有想像空間的。把這想像成在一家旅館的窗戶，或是某個房間，杯子上面有煙，其實又多了一個味道，它有空間、有味道，後面背景上也是有光線的，然後杯子有寫一行小小的字，可能是作者挑到他愛人的名字，或是他自己的英文名字，是比較有故事性的畫面。但我沒有很喜歡這樣的文字，我不知道用「很中文系」來說適不適合，就是很喜歡用形容詞、成語，用一些故意要把句子寫得很長的方式，好像是一些無中生有的情緒還是什麼的，但因為我就在這樣子的條件下挑，所以其實各有好壞。

| 蘇大衛 |

　　這個作品作為第一件有好有壞，因為它被放在作品集的第一頁，我當下看到的時候會停下來挑、去細看。它把顏色抽掉了，其實有灰階，剩下的就是灰、黑跟白。它也不是用黑白的比例去拍，而是你用彩色，然後再有意識的把它弄成黑白。我就會好奇，把顏色抽走之後，你想要表達什麼？我一開始想的是，這個是對於陽光的一種渴求，或者把它跟孤獨帶入背景。而且我覺得攝影機調得好，可取的點就是有把握住曝光，煙飄上來的瞬間，有一點抓到光透過去的感覺。那一杯咖啡放在那邊，是不是要等待一件事情？或者是說有什麼樣的心情，讓你沒有去動這個咖啡、去觀察這個咖啡？讓人家引起這個好奇，但我後來看完了文跟圖，沒有獲得解答，這個問題沒有給我一個豁然開朗的感覺有點可惜。我覺得上面的名字，可以融入你的文，把這個名字打出來，或提到為什麼你會把這個杯子放在這裡之類的。我覺得這個作品可惜的就是沒有讓人家看到結局，感覺還可以再更完整一點，所以我沒有選這個。

｜彭怡平｜

我覺得剛剛大衛講得很好。我比較在乎的是影像本身，因為彩色攝影比黑白攝影難拍非常多，它們只有一個不同，就是顏色。有了顏色，關注的東西還有元素更為豐富，複雜度也增加，就會更難拍。黑白事實上有兩個很重要的東西在裡面，就是線條跟影調。這張影像的線條是 ok 的，因為用的是逆光，而影調在黑白相片裡面，就好像在彈一首鋼琴曲，影調的高低，就像鋼琴上不同的黑白鍵，會形成你可以聽到的音符，在腦海裡面懸浮的一種美妙的感覺。但你的影調基本上是很混濁而且凝滯的，也就是說對於光影的掌握上面，其實只是對光有感覺，但對影調是沒有感覺的。對影調沒有感覺，去拍黑白的照片，會死得很難看，所以這張我沒有選。

｜馬尼尼為｜

我覺得這個杯子可以再小一點、後退一點會更有想像空間，或者是桌上可以有其他更多的線索。再來剛剛大衛老師說覺得文字沒有結尾或是沒辦法跟圖有很大的共鳴，我覺得文字跟圖畫裡沒有密切結合的，反而更有探討的空間。不一定每段文字跟圖畫是百分百結合，我討厭這種東西，當然這也是一件不可能的事情，有可能一張照片完全可以被一段文字取代嗎？這是圖畫跟文字關係中一個非常有趣的面向。一百個人對這張圖畫說話，可以講出一百種不同的觀點，沒有一個絕對的關係，它可以是二分之一結合的關係，這種關係其實也是不錯的，那也有些圖畫跟文字的關係可能只有三分之一、四分之一，或是更少，只有八分之一，但是在藝術創作裡，沒有對錯，也沒有老師可以跟你說它的關係應該到怎樣是最好的，因為那是看個案、看感情是不是真的，就像我記得有一個人說過：「你怎麼去看詩是好還是壞？」就像你們

的這些作品，有些人用的是文青式寫法，這種是真的我也有一點受不了。用很文青的文字或是生活化的文字去寫，你覺得哪一種風格比較好？我們不應該用這種方式去評定文字好還是壞，重要的是這個文字是活的還是死的。

｜彭怡平｜

圖文創作永遠是拉鋸，挑戰度是雙倍的，圖跟文到底要各自獨立存在，還是互相干擾、彼此對話、互相為佐證，這個都是個人的選擇。但有一點我還是必須強調，就是剛剛老師說你有千百種解釋，其實我是沒有那麼認同，因為我認為一個創作者就是要有這個能力可以讓創作朝著你希望被解讀的方向走去，要給予很多的暗示，這樣創作才會有真正的力量出來，如果你的創作好像墜入五里霧之中，誰都可以這樣子寫，現在很流行虛無主義。但虛無主義玩久了會很煩，所以基本上我還是希望創作本身可以各自獨立或能夠互相對話、相輔相成，總之要擲地有聲。

｜馬尼尼為｜

我說的不是虛無主義，但是圖畫跟文字的關係是有很大很大的空間的，老師說的那個我認為是一種訓練，你永遠沒有辦法考量讀者會怎麼看你的作品，而你訓練自己往這個方向做，我要我的東西是讀者有這種感受的。但是每個創作者的習慣不一樣，我也創作了不少圖文作品，但我從來不會像老師說的這樣，方向非常清楚、非常在意讀者會怎麼看這個作品、得到了什麼樣的感覺。因為我覺得解讀別人的作品的時候，我也希望自己的解讀跟別人不一樣，而解讀一張作品時，個人成長經驗及對事物的喜好都不一樣，怎麼可能期待在座每個人對這張圖畫都有一樣的想法？當然這可能就是一種成功的作品，有商業、有溝通目的，但是在這個範圍之外，還是有其他可能性的。

天天

｜ 教政二　王亮云

紅色的窗簾、黃色的窗簾
哪一種才能凸顯我的平凡
你說家裡要有花園
可以的話大門要是天空藍
和桂綸鎂無關我只是喜歡

彩虹不是電影／
不是徽章／
不是旗幟／
只是偶爾雨過天晴劃過天邊
只是和你沒有不同的每天

王亮云／2000年生。沒有東泉血統的臺中人，也沒有槍只有臺中腔（？
喜歡脆脆的東西和透明的東西，不喜歡自我介紹（˙_˙）喜歡看山、看海、看劇、看電影、看小說、看很遠的地方，像夜景或星星之類的。
喜歡胡凱兒（是個樂團）的如何（是首歌）：
他們說人生如何／就是有意義了／但追逐意義的／意義又如何／看著吧／是誰變得／自己也不認得／你說呢／所謂值得／又是怎麼樣的？

| 馬尼尼為 |

　　這個攝影作品感覺有一種他自己沒辦法預期的效果，拍上面的曝光導致彩帶變成這個樣子，應該是他預期之外的，但是這個不預期的東西是好的。這首詩跟裡面的其他文字有一種氣勢，雖然可能會覺得一些地方怪怪的，比如說為什麼會出現「你說家裡要有花園／可以的話大門要是天空藍／和桂綸鎂無關我只是喜歡」唸下來會是有一種氣勢，詩有時候要有一種氣勢，就是你要講什麼道理。那個斜槓可以拿掉，「彩虹不是電影／不是徽章／不是旗幟／只是偶爾雨過天晴劃過天邊／只是和你沒有不同的、每一天」吧，這樣才可以剛好押到最後。

| 蘇大衛 |

　　這篇作品我也有選，很明顯它是關注性平的社會議題，我覺得相較於其他作品，它有一種比較公共議題的概念出來，有想要去表達他的立場、找到問題意識，那還有一個比較特別的部分就是因為逆光所以會有陰影，在陰影下唯一出現的顏色只有彩虹的顏色，滿奇妙的。彩虹旗全部都在發光，人群是暗的，最後上面飄揚著彩虹的絲帶，剛好蓋住了陽光，陽光從後面透過來，變成一個照片的前景，它的照片有深度，因為它有前、後、中景，有一個前景，去襯後面遊行的人群。我覺得逆光其實有去傳達出同志族群的處境，我不知道他有沒有帶入這樣的想法，或許是無意識，但他的無意識滿巧妙的，大眾是黑的，在黑暗中閃閃發亮的是彩虹旗，而且有一個明暗的對比。內文還有提到電影，不知道大家有沒有看過桂綸鎂演的《藍色大門》，開頭那幾句話就是在講《藍色大門》。我覺得這張作品最後回歸到「其實彩虹和你沒有不同」，這個「沒有不同」就是最精準的文字，其實人都沒有不同，即便你喜歡同性，大家也是沒有不同的，我覺得你有去關

注你以外的世界是非常好的，希望大家都可以多看你心裡以外的世界。

｜彭怡平｜

　　我稍微講一下這個影像，我還是比較重視在影像的表達上，這張影像很討喜，因為在這麼多的晨昏落日、生態攝影裡面，突然有一張關心整個社會議題，它的主題本來就討喜。但主題討喜並不能直接等同於影像本身的表達是 ok 的，我是覺得大衛的形容比這張照片本身好太多了。這張照片第一個，構圖是雜亂無章的，也沒有焦點，就只是要表達同志的運動。你要表達同志運動，到了一個運動的場合，還是要有觀點，不是只是拍彩虹旗就代表我來參與了，這是不行的。你還要表達對參加運動的感受是什麼、看到什麼東西。第二，觀點還要加上想像力才能變成構圖，最後形成一張影像。框其實不是限制我們，它是要突破的。基本上，你們所有的作品都被框限制住，所有的故事都發生在框裡面，那框外有沒有故事？有啊！這表示你沒有想像力。從二十世紀開始，你不懂得影像語言，就是現代文盲。因為我們朝夕跟影像相處，懂得去解析、閱讀、反思、創作影像，這是現代人必備的基礎訓練。我建議大家多看一些真的好的影像、多看一點好的東西，還要知道它為什麼好，你知道好在哪裡，再去思考你的創作，就知道你的失敗點在哪裡。

水煙紗漣 文學集

提問時間

◇問題一

同學：

　　各位老師大家好，想請問馬尼尼為老師，您在諸多創作上都表述了自己對家庭的情感，想必這當中有很多比較私密的感受，想請問您書寫這些感受或者是創作的過程中，會不會遇到一些困難？您是如何突破它然後完成的？謝謝。

馬尼尼為：

　　你是說怎麼克服寫作家庭的問題嗎？還是克服一般的眼光、大眾的眼光？我從來沒有去想這些，因為我大學美術系畢業以後人生就毀滅了，已經沒辦法有任何的夢想。可能跟各位不一樣，各位受到的教育、各位的老師都比我那時候好太多了。我中間大概隔了十年時間在上班，當你經過一段人生經歷、受過很多挫折，最後有機會可以創作的時候，就會用盡一切的方式跟力量去創作，不會再去在意大家的眼光或是任何人的想法。這是因為對創作的渴望，當你想要創作的時候，所有問題都可以被克服。我當時想要創作一本繪本，在我三十一、二歲的時候，我想要做什麼，都會把目標寫下來，有短期的目標，這一年、兩年內要做什麼，但我大概只會有短期的目標，我人生中想要畫一個繪本，這中間我克服很多的問題，最大的問題是我不會電腦，我是一個電腦非常弱的人，可是我為了做那本繪本，我自學了電腦，我非常不受教，沒有人有辦法教我任何東西，我只能靠自己，就做得特別辛苦，但是當你想做的時候，一定有辦法克服。我覺得在創作這條路上，受到的傷害一定是非常多的，不管今天老師說你的構圖非常糟糕，或是什麼東西一無可取，如果你真的是一位創作者，你就要繼續

走下去，不要管這些人講什麼，即便我創作到現在，我有一個案子，國藝會委員說我做的東西都是鏡花水月，我也很生氣。或者是到這個時候也還是會有出版社不要出你的書，如果你是一名創作者，就是永遠準備要受這些挫折，至少你在前面十年要準備好被大家看不起，這句話也是我還沒有開始創作的時候，聽一位藝術家講的，然後我就深深記得這句話。真的在這十年內，就是撐下去。

彭怡平：

　　我對馬尼尼為講的特別有感觸，因為只有真正的創作者能夠瞭解這些東西。創作是用生命來換的，不惜付出生命，來換取一個作品。人的一生裡面，大概只要能夠有一件真真正正的作品，你這輩子就沒白活了。絕大部分你做出來的可能都會是有異議的東西，但就一件，那一件就是你這幾十年來，你人生的智慧、你一切的結晶，在那個作品裡爆發出來，就一件就夠了。那如果你運氣好一點，可能還多幾件，但絕大部分大概一件就不得了了。我再說一遍，用命換來的，沒有這個決心，就沒辦法做創作。

◇問題二

馬尼尼為：

今天彭老師能來到這邊真的是非常難得，老師你可不可以談談你對圖文的理解？

彭怡平：

我剛剛好像有稍微談一下，圖文是兩個創作，要精通圖像的語言、圖像的創作，同時也要精通文字的創作，還要把這兩個放在一起。然後你為什麼要放在一起？你要它們各自爭鳴？還是要它們對話？還是要它們互相辯駁、對視呢？這個都要你自己才能決定。但影像的創作基本上來說分為好幾種，影像其實有剛剛馬尼尼為老師講的繪本，也有攝影，還有電影，還有現在發展到數位的多媒體的影像，還有 video、實物投影等等，太多了。

新詩組

評審介紹

詩名阿翁。香港出生，臺灣念大學，再到法國，做過不少性質不同的工，寫了一篇有關月亮的論文。法國巴黎第七大學東方語文系博士，現任成功大學中文系教授。專研現代詩「語言結構」上的美學變化，長期鑽研中國古典，再經歷法國詩學的洗禮，又是語言實驗的詩人，為臺灣最前衛詩刊《現在詩》五人編委之一。因此，翁文嫻詩學多能疏解自白話文運動後，由於語言混雜而生的各種美學與思維現象，挖掘被質疑、被誤解、卻真正具原創力的詩人。出版詩集《光黃莽》、散文集《巴黎地球人》、詩學論文《變形詩學》、《創作的契機》、《李白詩文體貌之透視》。

翁文嫻老師

東華大學中文系、創作與英語文學研究所畢業，芝加哥藝術學院電影創作藝術碩士。在詩歌的渠道裡接引影像的狂流。潛心探索靈魂與生滅，喜歡穿越各種邊界。作品曾獲聯合文學小說新人獎、國語日報兒童文學牧笛獎、德國斑馬影像詩影展最佳寬容影片等。育有詩集三本，《漆黑》、《越車越遠》與《順順逆逆》。英譯詩選《他度日她的如年》，入圍 2014 年美國最佳翻譯書獎詩集類；荷譯詩選《我不知道你不知道我不知道》，像是冒號又像預告。

葉覓覓老師

寫詩寫小說，和其他東西。曾自費出版詩集《1993》、《1993》增訂版、《恐懼先生》、《1993》三版、《人工擁抱》。啟明出版詩集《我討厭我自己》。尖端出版小說《少年粉紅》、《藍色是骨頭的顏色》。

潘柏霖老師

開場致詞

翁文嫻：

　　這裡的會場好豪華，我第一次在這麼舒服、漂亮的會場講評。我們剛才在吃飯的時候，外面的蟬聲忽然就亮了起來，像打開燈泡一樣。我第一次參與貴校文學獎的評審，同學們在聯繫方面都很殷勤、很周到。我來過兩次暨南大學，我很喜歡這個學校和環境，能處在這麼優美的環境我覺得很舒服。

　　我覺得在這次選進的二十六篇裡面有個共同的語言特性，是我研究的三種語言中的其中一種，屬於虛擬跟意象多一點的作品，那另外兩種就沒有進來了。

　　我另外還有研究華人語言裡的敘事型詩歌，還有一些對應型詩歌，對應就是兩個東西撞擊以後，在詩的中間產生了很多新的語言。

　　我不知道同學們有沒有觸及到這個，但在這二十六篇裡面比較沒有這類型的語言，不是說你們沒有生活的觸覺，而是說你們觸覺的方式不一樣。我覺得同學們能在這麼好的環境裡讀文學是非常幸運的，這個文學獎叫水煙紗漣，很好聽的名字，真的滿好的，謝謝。

葉覓覓：

　　大家好，這是我第一次來暨南大學，我覺得非常開心，剛剛在路上你們的學長還帶我到了虎頭山拍照，非常感謝。

　　我覺得像翁老師講的，不管是同學的聯絡或接待都很周到，讓我來到這有一種放鬆的感覺。但我必須先誠實地說，我在讀這些作品時有些失望，因為我喜歡充滿想像力與創造力的作品，當我閱讀這批詩的時候，感覺大家的取材很生活，卻沒有那種真切

水煙紗連 文學獎

地又生又活的感動,還是流於表面。

剛剛跟一位老師確認過了,暨大的現代詩創作課好像在一年半以前開的,那表示大家的寫作經驗是在一種自我摸索的過程,這個資訊也讓我更能理解為何我讀到的是這樣類型的作品。

以我過去評審文學獎的經驗,一批詩稿裡,總會有兩三首作品是我喜歡的,可惜的是,這次我讀到的二十六首詩裡,沒有我特別欣賞的,但我後來還是圈選了六篇,我想提供一個全新的視角給大家參考,希望大家可以更勇於創新,而不畫地自限。

潘柏霖:

我其實不是很知道要補充什麼,我跟葉覓覓老師對這次的作品有類似的感覺,但等下在詳細的評論中會提到所以先不講,先講一下我自己前幾年有受邀,但當時我不是很想離開家門,所以沒有接受邀請,今年又再問我的時候我就有點不太好意思拒絕。

因為我剛剛跟葉覓覓老師同車來的,學生好像有說文學的創作課程開得比較少,其實我覺得以文學創作本身來講的話,自己摸索可能會比學校可以提供的資源多很多,因為我在大學是唸中文系畢業的,我覺得中文相關系所的話,自己可以操作的時間比較多,以自由創作來講,大學其實是滿好發揮的時間點,等到大學畢業以後可能就沒有那麼多餘力可以練習創作,可能大家還是要繼續練習怎麼用「詩」這個文體講話,謝謝。

在拯救世界之前，
你要先學會當自己的英雄

|　應光一　李中愷

你要學著過新生活
把灑在潔白桌面上的牛奶擦乾淨
你要學會收好自己的影子
不要隨便跟其他人交換

在快撐不下去的時候
你被允許預支一點幸福
你也可以選擇當一朵花
久久的一次被人照顧
你要有限度地消耗悲傷
在記憶快到停損點時
贖回的眼淚才不會顯得這麼廉價
在踏上自己的陸地前
你還得繼續挨著暴風雨清脆的巴掌
乘風破浪

李中愷，彰化人。喜歡新生代作家的詩集或散文，明明十分著迷於復古，在文學這一部分卻復古不起來。高中上課無聊時喜歡寫東寫西，歌詞撿一點，日記也撿一點，把生活拼湊成不太流淌的文字。從沒想過能在新詩比賽中得獎，有幸在眾多優秀的參賽者中受評審青睞。感謝評審團和全體工作人員的辛勞，也感謝我那群喜歡打球、吃宵夜和夜唱的朋友，即使年紀不盡相同，你們仍然豐富了我大一的日子。

｜葉覓覓｜

這首詩一直寫「你要……」，也太勵志了吧，很像一直在跟自己精神喊話。但我還是滿喜歡它的一些意象，比如「把灑在潔白桌面上的牛奶擦乾淨」、「你要學會收好自己的影子／不要隨便跟其他人交換」、「……選擇當一朵花／久久的一次被人照顧」，都滿有想像空間的，畫面感十足，雖然不夠完整，卻是一首有潛力的詩。

｜潘柏霖｜

我對標題和內容的語言使用上比較困惑。雖然我選這首，但我主要想講的是標題。詩作裡面使用的意象比較多，牛奶、影子、花等等，沒那麼直接的詞彙，可是「在拯救世界之前，你要先學會當自己的英雄」嚴格來講是比較沒有意象的句子，我會覺得標題跟詩作內容在文字使用上選用的邏輯是有衝突的，雖然標題可以呼應整首詩的內容，可是有點像是想很久後想到的一個標題，或是標題先出來之後磨很久才寫內容。但除此之外，我覺得這首的呈現，像「你要學會收好自己的影子／不要隨便跟其他人交換」看得出來作者的自我思索，這在創作裡面滿重要的，因為通常最有趣跟最新奇的，我覺得就是自我思索這方面的事。雖然它很單純、很直接，沒有很複雜的句子，但我覺得是作者需要思索到自我、探索自己之後才寫得出來的東西，這樣子的作品算是讓我比較喜歡的。

｜翁文嫻｜

這個題目確實有不少干擾，題目跟內文好像不是同一個人的語言，如果它不要用這個題目，它裡面的寫法跟句子可能就不會那麼互斥，它這個題目會使我有點排斥。當然剛剛兩位老師講的也滿有道理的，但還是會有一點排斥，所以我沒有選這首。

下落不明

| **教政碩二　許庭瑄**

如果你挖出我的心臟

也許你會訝異

裡面沒有我

如果有

可能是

在想起你的時候

打包著那些喜歡

又不小心

把自己忘在裡面了

也許

沒有一次

是真的不小心

被自己落下的時候

我們都在裡面了

許庭瑄，1996 年生，沒有任何投稿經驗及獲獎紀錄。第一次投稿就是水煙紗漣文學獎，從被通知入圍到決審會上被唸到名字都很不真實，作品能夠被閱讀已經是很開心的事了，謝謝主辦單位和評審。

｜葉覓覓｜

〈下落不明〉這首詩非常短，其實我也覺得它不完整，但是我很喜歡最後兩句「被自己落下的時候／我們都在裡面了」，它的韻味很深長，而且「落下」又跟題目〈下落不明〉有一種很奇妙的連結。我覺得它可以發展成一首美麗的情詩，可惜的是，彷彿沒有寫完、只寫了一半，但我願意為了最後那兩句詩投給它一票。

｜潘柏霖｜

順便提一下，我跟葉覓覓老師的喜好好像差別還滿大的，其實這樣還滿好的，有時候會遇到三個評審的口味一模一樣，可能講十分鐘就結束了，多元是比較好的，因為這樣可以談到的範圍比較大一點。

我自己給這首的分數比較高，整首詩雖然只有四段，但整體對應起來算滿好的，有點類似在玩小小的文字遊戲，講淺白一點就是「把我的心臟挖出來，我可能不在裡面」，在第二段寫「我很喜歡你的時候，我把自己忘在裡面」，其實就是「我很喜歡你的時候，我不知道自己是誰」，很簡單的思維，但我覺得在這首詩裡面運用得滿恰當的，輕巧可愛。之後又回來說「雖然好像不在裡面，但其實好像在裡面」，我自己的解讀是因為喜歡對方，「喜歡」是一個進程式的東西，我如果喜歡一個對象時，可能會忘記自己到底是誰，可是如果真的忘記自己是誰，也沒辦法確定自己到底是不是喜歡對方，所以最後又回到自己身上，就是「雖然我好像不太知道我是誰，但就是因為喜歡你，又讓我知道自己是誰」這種感覺，我自己解讀是這樣，覺得整首詩的表達滿輕巧可愛的。

| 翁文嫻 |

　　我沒有選是因為最後兩句「被自己落下的時候」這很簡單的文字不是個意象,「被自己落下的時候」那個文字我不是很明白,落下是從哪裡落到哪裡,把自己落到哪裡去呢?這個很重要。最後結語是「我們都在裡面」,那把自己落下的時候,它沒有說上升也沒有說跌到哪裡、去到哪個地方,只說有一次不小心把自己落下來,這個落下讓我有點被卡到,所以沒有選進來。

五個年華　兩滴血

｜ 中文三　曾子源

〈魚散〉
海上的 81 天　我閉上了　希望是永遠
小時候　總想著躺在馬路的美夢
沉醉著　那些瓦斯
呼吸開始變得鮮甜　船也不需要馬達　水手也不必揚帆
魚善忘　刀叉的形狀　卻不會忘
後悔嗎
身體的第一次裂開　第一把雨傘　和　第一顆子彈
在皮開肉綻之前
你怎麼不說　不說我知錯　說我是岸上的魚

〈大年初一的一串魚蛋〉
嘿　聽說　游上岸就會變成人
卻沒人說過　深海會拋棄我
旁人譏笑　謾罵著
魚鰓被切去　最後一口　顯得多麼貪婪
此城死了
魚蛋翻身一彈　輕描淡寫
狠狠被竹枝捅穿
後來　我寫了封信
一封跨越十年的信

〈七月二十一日〉
白問灰　此處堆滿屍體　黑跑去哪了
白　他早就鑽進你心裡　找到靜脈　撕開傷口

很奇怪　門始終敞開　白血球似乎對我不感興趣
我記得　我以前叫白
在那死靜的地鐵站內　慢慢腐化　蛆蟲也不屑咬我
螞蟻失去了天敵　毒性堪比蜘蛛
我曾經以為世界只有黑白　直到你渾身黏稠　腥臭

〈連儂牆〉
便條　膠帶　印刷　謾罵　不屑
同路　異鄉　分化　理解　手足
這種壓逼　從來沒有過
被一整塊島嶼壓平　變得沒有稜角
皮變得更薄　一刮　便開了
城的距離　不是飛機可以跨越
這裡　走路必須慢
我小心翼翼　生怕冒犯了她
隨手遞上一張便條當作調味
一條待宰的魚　一條就夠了
砧板滿了　別上來
馬克筆正在微笑　用螢光當作句號

曾子源，1998 年生，香港人。現就讀國立暨南
國際大學。從中學畢業後開始寫作，而我寫作
十分注重情感的觸碰，如這次作品便由自身經
歷去書寫，我相信這種經歷一輩子都不會有幾
次。原本不想碰政治，特別在臺灣的文學獎寫
香港的政治事件更是自掘墳墓，奈何天生倔強。
有人言：「政治不應帶入校園。」我認為這是
反智的言論，校園不寫／談政治，該到何處談？
如是者，〈五個年華　兩滴血〉便誕生了，我希
望，這只是創作、只是虛構情節、只是實屬巧
合。但這不用質疑，因為現實便是如此。

| 翁文嫻 |

這首詩是我的首選。第一雖然它不是很清楚，〈五個年華兩滴血〉可能就是五年，那兩滴血好像比較模糊，有點隱喻，但不是很清楚，如果不要在意這個的話，我覺得這首詩在所有的詩裡算是有一個很深的背景。這不是個人的故事，是整個族群、某個時間的一個故事，在這個詩裡面滿清楚的，因為它提到雨傘、提到子彈，是我們比較可以體會出來的，它也不是直接地講，而是用「魚」，那魚有一些意象確實屬害，它這個〈魚散〉、〈大年初一的一串魚蛋〉、〈七月二十一日〉七二一是我們都知道的事件、〈連儂牆〉也是，雖然我們不知道那種體悟，不過我們當代都明白這指的是什麼，所以很容易根據這個意旨讀懂。

我覺得每個句子用得很深，不是虛擬也不是故意用意象，而是情，雖然我不是很懂，但是我感覺得到，「沉醉著　那些瓦斯／呼吸開始變得鮮甜　船也不需要馬達　水手也不必揚帆／⋯⋯／後悔嗎／身體的第一次裂開　第一把雨傘　和　第一顆子彈」，讀到這裡的時候，會覺得它抓住你了，不是寫意象，它是抓住你了。「在皮開肉綻之前／你怎麼不說　不說我知錯　說我是岸上的魚」，我覺得它是有氣勢的，裡面那個東西太重了，它不得不這樣子出來，還有「嘿　聽說　游上岸就會變成人」這句也很屬害，「卻沒人說過　深海會拋棄我」你不游了深海就把你拋棄，「此城死了／魚蛋翻身一彈　輕描淡寫／狠狠被竹枝捅穿」這是一個意象，但是它是到很深的時候，自己出來的一個剖析，「⋯⋯輕描淡寫／狠狠被竹枝捅穿／後來　我寫了封信／一封跨越十年的信」香港有一個電影叫《十年》，讀到這裡大家並不陌生。

〈七月二十一日〉也是個重要的日子，「白問灰⋯⋯／白

他早就鑽進你心裡　找到靜脈　撕開傷口／很奇怪　門始終敞開
白血球似乎對我不感興趣／⋯⋯／我曾經以為世界只有黑白　直
到你渾身黏稠　腥臭」，這邊也翻轉了，我覺得這是我還滿能讀
進去的詩。〈連儂牆〉我不知道指的是什麼，還有四行「這種壓
逼　從來沒有過／被一整塊島嶼壓平　變得沒有稜角／皮變得更
薄　一刮　便開了／城的距離　不是飛機可以跨越」可以指向很
多，我就講到這裡。

｜潘柏霖｜

我不是很確定這是一首還是四首，另外一部分是我在閱讀上
可以理解〈連濃牆〉整首的意思，但覺得跳得有點太遠。我在第
一次審的時候，看到〈大年初一的一串魚蛋〉的第一句就很想選
它，「嘿　聽說　游上岸就會變成人／卻沒人說過　深海會拋棄
我」我看到這兩行就很想拋棄其他疑慮選進來，但又覺得這樣對
其他作者有點不公平，所以最後還是放著。這首是真的滿多很好
的句子，像〈七月二十一日〉的「⋯⋯撕開傷口／很奇怪　門始
終敞開　白血球似乎對我不感興趣」很多句子很有力道，但在結
構問題我有點困惑，所以最後沒有選。

｜葉覓覓｜

我欣賞作者書寫時事、書寫熱血沸騰的抗爭，那是需要勇氣
的。不過，如果以語言技藝來看，它還有很大的進步空間。如果
我曾經去過現場或曾經參與相關活動，我可能會深受吸引，但作
為一個跟這個事件無關的讀者，這首詩跟我不只有空間上的距離，
更有文字上的距離，我無法被捲入情境之中。

水燸紗連文學獎

跑馬燈

| 中文五　賴政賢

悲劇片

身上都是血水
但所有人都在笑
可能是見了我裸著身子
也或許是因為我不合群的哭聲

紀錄片

耳膜是最熱鬧的祕境
表演疊羅漢的聲響常來拜訪
躺著、坐著、爬著、站起然後走著
用各種姿勢記住了訪客們的面孔

冒險片

叢林的樣貌規矩地令人迷失
所幸天際總會傳來清脆的聲響
提醒我遲早該前往目的地了，否則
老愛唱名的怪物們會阻擋我們取得藏寶圖

恐怖片

原來人皮也能算得上一件衣服
牠們有些則擅長把誠信當成籌碼
蕩產地玩著人性的賭局
只為能更盡興地沐浴在銅臭味裡

災難片

跑著、走著、坐著、跪地然後躺下
天空飄落的，白得越來越像雪花
從地心竄出的也不再是沸騰的岩漿
而是引力砸向膝蓋的尖石

奇幻片

太陽沒了燃燒的勇氣
想念海水也只要貢獻點往事就能尋回
也早忘了腳掌跟地表碰面時聊過什麼
而我要比微風還輕盈，並教它怎麼飛翔

喜劇片

詩句要斷在闔眼之後了
這一次沒有任何人在笑
可能他們忌妒我躺在木床裡還西裝筆挺
用哭聲替我皺褶但上揚的嘴角扮演配角

賴政賢，臺中人，鼠年生。讓千思萬緒竄動在血管的時間總是比書寫還多，新詩自然而然變成了最常接觸的文體。「詩人沒有影子／他的詩，為他提供了遮蔽」這是讀到了湖南蟲的新詩〈詩人沒有影子〉之後就一直被我記得的句子。高中開始寫詩後，轉而把在陽光下曬死的那些，斷斷續續記錄在筆記本上。到了大二與詩意重逢，才又再次讓夾雜情緒的文字曝光。新詩這樣精煉的文體，本身即是堡壘，讓我能在城牆上安心地吹著號角。

| 翁文嫻 |

這個也是有點勉強，因為它有七種片，從悲劇到喜劇，每一個都非常工整，工整的意思是說，它沒能夠提出一些超乎我想像的特別想法，但是它也有一個結構，那個結構是它創造了一個什麼片什麼片，像我們人生不同種類的畫面，所以這個我也有選進來。

事實上我們人生不可能同時出現那麼多的片，恐怖、奇幻等，但還滿好的是如果人生有這種片，最後一個喜劇片我覺得還滿有意思的，我比較喜歡最後一個喜劇片。

| 潘柏霖 |

我覺得標題有點泛稱，雖然可以明白想要呈現人生不同種類的畫面，或是不同種類時間的階段、某一種跑馬燈形式，可是其實跑馬燈可以泛指很多東西。我自己還滿喜歡喜劇片的想法，但其他前面像悲劇片、紀錄片、冒險片、恐怖片、災難片、奇幻片都沒有太新鮮的想法，變成每一段都在定義一個不需要看這麼多行也能理解的內容，像悲劇片大家可以想像得到悲劇片是什麼樣子，沒有提出什麼新鮮的東西。

閱讀上雖然滿工整，讀起來明確但會有點無聊，我自己是滿在乎閱讀上直接不直接的問題，雖然很直接可能會陷入的一個問題就是：它很容易變得太無聊。所以雖然要直接，但還是要想辦法提出新的見解，讓這個直接是可以被接受的。

| 葉覓覓 |

　　我必須跟作者道歉，我沒看到後面「喜劇片」這節詩，因為不知道它翻頁過來還有，看了一下後我覺得寫得真好。所以，我可能會因為喜劇片而選你。

我想和你一起去溫暖的北極

｜ 中文三　蘇瑾珮

夢到你成為花火
點亮整個黑洞

把日子成就的繭剝碎
好讓生活更普通一點

普通地向生
普通地向死

遺忘失去的睡眠
和一身纏綿的濕意

你說傾斜的角度是同樣的
日陽長出枝椏
瞞著所有人
吐出稀薄的謊言

宇宙獨冥
最北端的縫隙裡
才有風的聲音

我想和你一起去溫暖的北極

不用帶著你的刺和行李、
你的夢以及睏意

永晝時
我們一起朝著光亮走去。

蘇瑾珮，筆名甘之，但比較喜歡草岐。一九九八年尾
出生，喜歡冬天但也不討厭夏天。現就讀國立暨南大
學中文系。總妄圖在草根般的日子裡，綴上一朵花。

朋友開玩笑說我又拿了獎，是不是很輕鬆？其實無關
輕鬆與否的問題，寫作於我而言，是重審自己目光的
辦法，人永遠都在修改，個性或者習慣、想法或者回
憶，我們總努力要成為更好的人，其實也不住地往這
條路上前行。

害怕生活的同時，永遠記得不要拋棄自己。

| 翁文嫻 |

這首有些句子我還滿喜歡的，比如第四段「你說傾斜的角度是同樣的／日陽長出枝枒／瞞著所有人／吐出稀薄的謊言」、「宇宙獨冥／最北端的縫隙裡／才有風的聲音」，還滿有趣的。

但是它就兩句兩句偶然有些有趣的，不知道它更深的意思是什麼，比如最後結語「永晝時／我們一起朝著光亮走去。」這就是比較沒有意思，很陳腐的陳言，我就不是很喜歡，沒有感覺了，前面有些我有感覺的句子，但有一些瑕疵不是很整齊，不過比起別的詩它還是有一些讓人有感覺的句子。

| 葉覓覓 |

這首我一開始沒有選，因為我對「溫暖的北極」打了一個問號，我想說溫暖的北極，那就是暖化耶，感覺很可怕。我們要去溫暖的北極，是準備讓溶冰淹沒嗎？那大概會是一個很悲傷的畫面吧，為何這是一首情詩呢？可是因為我必須選出六篇，於是又仔細讀了幾次，跟其他作品相較之下，它寫得更為節制，也有較強的音樂性。這次很多作品是沒有音樂性的，像是斷行的散文，因此，相較起來這首詩讀起來的節奏感強多了。

| 潘柏霖 |

我覺得這首的文字在運用上算相對優秀的，單純講文字字詞運用的話。因為很多詩的句子在閱讀時會有撞車、卡住的感覺，閱讀時會發現，那個詞可能是作者停下來思考要用什麼詞寫、塞在這個框框裡面的，這樣其實會造成閱讀起來沒有音樂性跟節奏，會被這個卡卡的東西卡到。這一首詩在語言上比較沒有撞車的狀態，但我對於北極這件事比較困擾，北極有點算是陳語，是很明確的、重複使用的，大家都比較知道的固定意象，對於作者沒有

反轉或是重新拆解固定意象、沒有讓它有新的意思，我會有一種把標題看完就好像看完一整首詩、不用再繼續讀的感覺，所以最後沒有選進來。

水煙紗漣文學獎

故事

| 中文四　張皓瑄

喧鬧的，旋轉著
還沒醒的，夢
一片故事吧

很久很久以後
我，倒下，暈開
在黑暗中，白色上，在
那女人蒼老的光滑裡

遲了
從皺紋到光滑

早了
一滴永恆

用光滑細緻哺育
依偎的無知
旋轉，不斷旋轉
不再無知的，一句一句蠶食
光滑細緻，不
不年輕的皺紋
離去，最後，不是我的

殘忍
然後無知

成長
這是我說的

不久之前
還是倒了
在白色之中，在黑色之上，在
我懷裡
滴落，永恆
不再暈開，她的結局

還是醒了
終究還是順著旋轉的

張皓瑄，1998 年出生，苗栗人。畢業於國立暨
南國際大學中國語文學系，就算到了這個年紀
仍然沉迷於有無之間的拯救世界與橫豎空白之
間的幻想。寫詩是為了與自己對話，對於創作
最大的夢想是寫出自己覺得有趣的作品，但從
詩來看，我或許不是個有趣的人。對於得獎我
也十分意外，感謝給我這個機會的評審，與這
首詩的原點，母親。

| 翁文嫻 |

這篇〈故事〉它裡面有些地方是我不能明白的，坦白說我不知道是他做得不好還是我碰不到他，有一些是不能交集的。但是就整首詩來講，這個結構本身有些句子滿奇異的。我看了二十六首詩，這首詩留下的印象算是不錯。如果只看一段一段的話比較ok，連起來的話故事線索比較片段。

但有些句子我還滿喜歡的，比如「遲了／從皺紋到光滑」、「在黑暗中，在白色上，在／那女人蒼老的光滑裡」，這個畫面還滿美的，尤其是「那女人蒼老的光滑裡」，這個詞本身是很新穎的，它給我們很多想像，用了滿多次的「不年輕的皺紋」、「不再無知的，一句一句蠶食」、「在白色之中，在黑色之上，在／我懷裡」，這我就有點不明白了，我們寫一首詩後面可能會有一些想法，把它描述成一個畫面，那個畫面才是詩，我們的想法、我們的故事不是詩，它可能有什麼情節，但是它提到「偶然」，有一些部分我還覺得還滿耐咀嚼的，比如「殘忍／然後無知」，其實它可能指涉著某些東西，但整個連起來是故事，比較遺憾的是我覺得這個故事很不容易，但是片段看的時候還滿 ok 的。

| 潘柏霖 |

因為我是先評分再選出六首，其實很多詩都是差不多分的。我對這首詩的感覺是在敘事上不夠明確，我不是很確定這首詩在講的故事是什麼。在閱讀的時候，作為接受者這端，我對於整首詩的故事，在閱讀完之後並沒有因此得到解答。我最後沒有選的重要原因就是，雖然有一些片段的畫面滿漂亮的，可是讀完之後我不太確定為什麼這首詩叫〈故事〉，我也不是很確定敘事者想要講的故事到底是什麼。我覺得這次作品很多不是很明確指涉的東西，我會覺得有點可惜啦，因為太泛稱的東西其實在閱讀上會

讓人有點分心，每一段都有指涉不同的方向，但是對於整首詩的主軸，就算讀了好幾次，我還是有點不太知道發生什麼事情。

｜葉覓覓｜

作者勇敢實驗斷句，以及在形式上的翻新，值得鼓勵。我本身就喜歡寫隱晦的詩，只是我的口味比較濃重，詭異、奇幻的意象會更吸引我，這首詩像是一盤清粥小菜，所以我沒有選它。

提問時間

◇問題一

同學：

老師您好，我朋友是一個我很崇拜的新詩創作者，他之前在寫作的時候遇到的掙扎難題是，他大學時期的新詩作品大部分都在描述自己的近況還有與自己對話，或是將自己某部分剖析、解構，再重新結構成為他自己的新詩作品；出了社會之後，嘗試與社會進行一些對話，進行一些議題性的操作，像是新冠肺炎、墮胎、出軌之類的題材，拿來作為新詩的創作，我自己看了之後比較喜歡他出社會之後的創作，但他自己更喜歡他與自己對話的過程，想請問三位老師如果想要給這位創作者一些建議的話，會希望他繼續往自己內心探尋，還是跟這個社會多接軌一些？謝謝三位老師。

潘柏霖：

我其實不太知道出社會是什麼意思，但如果直接回應那個問題的話，應該說我個人覺得面對議題跟自我探索不是兩件事情。因為我們先是人，才是在社會裡面的人。如果說要講時事這類型的話，我自己的建議是如果那個時事的話題跟自己沒有那麼相關的話，他可能不是那麼喜歡，只是單純在陳述某一個事件，這樣我自己是覺得很多時事滿容易講的，因為它很不私人，很容易會變成沒有個人化、公眾的事情，我自己比較不喜歡這樣。我個人覺得時事跟自我探索不應該分那麼清楚，應該理解世界上的想法，還有思考這些時事對個人思維的影響、我對這些時事的情緒反應，如果我只是在寫我覺得是正確的政治議題的話，其實很容易演變成某一件事一定只能寫某些東西，然後某些東西可能要用另外一

種形式來寫。

走時事社會實務路線，它其實比較缺乏個人化東西，就是在講社會，不是說這樣不好，而是如果創作者自己想要比較私人、跟作品比較接近的話，他要思考的是我看待這些時事發生在我身上或周遭有什麼情緒的反應，那些情緒反應就是對時事的評論，他不應該是完全寫社會詩就只能寫社會詩、寫個人抒懷就只能寫個人抒懷，這樣，可能這樣會造成在分類上有點困擾，大家會不確定說這首詩我應該要放在哪個位置，可是我們作為人類，「我」一定是先出來的，後來才是整個世界圍繞在我周圍、我所有產生的反應，如果照同學剛剛講說好像比較喜歡以前的，應該是因為社會時事對他來講沒有那麼私人、不太個人，沒有觸及到自我層面，他可能要思考為什麼某些時事我自己有感覺、為什麼某些時事我自己沒有感覺。

葉覓覓：

我曾經以為自己無法書寫時事，但過去兩年來，我有了新的轉化，在心有所感的情況下，寫過香港的抗爭和同志婚姻的議題。即使我不是香港人也不是同志，但我感受到的是一種「人的困境」，人人都需要自由，不管你是誰、是什麼身份，這些時事，在某程度上跟我自己對自由的渴望共振了。我的書寫方式是另類的、拐彎的、遊戲的，一點都不直白。因為我依然在乎藝術形式的呈現，無法為了議題而議題。如果有感覺，就去寫吧，但要寫出你靈魂的聲音，而非他人的聲音。

翁文嫻：

我舉一個愛爾蘭詩人奚尼的例子。在愛爾蘭的戰爭，他很多同學朋友都在戰爭裡面打來打去，很多親友都死掉了，他當然很氣憤，猶豫著要離開寫作去參與抗爭的行列，還是要維持在書桌前寫作，繼續過表面上看起來跟他們有分隔的生活。他本來也可以跑出去參與夥伴們的戰鬥，但他最後還是坐回書桌前繼續他的詩創作。

我想很多事情不時在世界上發生著，作為一個詩人，詩就是反映時代族群心靈的狀態，這種心靈的狀態並不是新聞報導的那些內鬥，而是只有詩人可以看到，知道在一個謎一樣的現象裡要怎麼戳開最關鍵核心的問題，因為他不是直接跑到前面去抗議或是叫喊，而是要不斷從心靈探索，他懂得最關鍵核心的那條線，他一解就知道那個要點在哪裡。這整個世界的事是個投影，我想詩人如果是個行業，它另外有種社會的意義，社會的意義不一定是每個人都站在同一邊，那如果你的朋友都比較喜歡自己以前的詩，那麼他作為一個創作者可能有體會了，那作為一個觀眾，可能你覺得看他寫別的議題的詩比較有同感，因為那個議題也是你的議題。

散文組

評審介紹

本名林皎宏，臺灣臺北人。國立臺灣大學歷史研究所肄業。曾任出版社編輯、主編、總編輯，二手書店總監，現任「掃葉工房」主持人之一。樂在閱讀，志在編輯，並提筆為文熱衷分享書籍的美好，勇於跨越各種技術障礙，思索出版的形式與可能。著有《生涯一蠹魚》、《蠹魚頭的舊書店地圖》、《我書》、《書人行腳》……等簡繁體著作多種。近年戮力籌辦一年一度「春風似友 珍本古籍拍賣會」，試圖再現紙本書的價值。

傅月庵老師

臺大中文系博士班肄業。曾任職於《壹週刊》、《報導者》，深耕公共議題報導，嘗試結合人物寫作與深度報導，曾獲得台達能源與氣候特別獎、SOPA 亞洲卓越新聞調查報導獎。散文作品多次入圍年度散文選，並以〈草莓與灰燼——加害者的日常〉獲 2016 年度散文獎。

著有散文集《單向街》、《小塵埃》、《河流》；人物訪談《像我這樣的一個記者》；報導文學《煙囪之島：我們與石化共存的兩萬個日子》（合著）。

房慧真老師

1982 年生。政治大學臺灣文學研究所博士。現為東海大學中文系助理教授。曾獲花蓮文學獎、臺北文學獎、林榮三文學獎、全國學生文學獎、九歌年度散文獎、國藝會創作補助等獎項。著有散文集《白馬走過天亮》、《沒有的生活》。

言叔夏老師

開場致詞

傅月庵：

很榮幸，兩年前來過，今年又能再次來擔任評審。我想談一下兩年前和今年的不同感覺。

首先要說的是：希望參賽的同學能了解一件事，所有的評審都是主觀的，絕非客觀的。他有他自己的喜好，也有其閱讀傾向，你的作品若沒能入圍或最後沒有得到名次，未必是你有問題，很可能是評審有問題。歸結到底，評審與你無緣，你的作品剛剛好就不是他所傾心的那一種類型。問題是，他的喜歡也只是他的喜歡而已。只要你願意，你還是可以照你的方式繼續去寫，寫作這條路，沒有非得要怎樣才對，重要的是寫！寫！寫！繼續不斷地寫，寫到某個程度，很多問題自然就有答案了。至於已經入圍的同學，評審所給的也只是建議，不要把它當作「真理」，那只是給評審認為「也許這樣子想會比較好」，抱持開放的胸襟，聽一聽想一想也就好了。

第二，我很感謝大家、感謝主辦單位能邀請我來當評審，為了報答這份情誼，我一定實話實說。實話有時會傷人，等一下若我講得比較不客氣，或是讓參賽同學覺得不那麼舒服的話，我先致歉。但我就是必須要講，被說不客氣、被罵毒舌都沒關係，因為這樣我才對得起各位。

第三，看過這次作品，相對於兩年前，我的感覺是質感普遍下降中。這當然有種種因素：很可能是上一屆件數多、這次件數少，相對沒那多可看。普遍感受到則是，這屆作品多半圍繞生活層面在寫，或許因為大家認定散文就是應該寫跟生活有關的東西。這一認知不能說錯，比較麻煩的是，參賽同學的生活層面似乎不夠寬闊，十三篇作品裡，自殺兩件、跟死亡有關的有四個還是五

個、跟酒吧有關的兩個,其他範圍相對狹窄。生活是非常寬廣的,為什麼寫來寫去就是這些?難道自殺、死亡的陰影真的緊緊抓住大學生不放了嗎?我覺得這是很值得思索的。

或者說這次的稿件有很多是習作、命題作文,大家把課堂習作改一改就出手投稿文學獎?我不曉得,我必須要說的是評了兩屆,很遺憾感覺這一次整體水準沒有上次整齊。最可惜的是,上一次有一篇作品是喜劇,非常好笑,評審們都覺得很有意思。這次我卻發現大家生活似乎都很辛苦、沒什麼活力或說生趣,搞笑是很有意思的事,年輕人應該很歡樂的,這次的作品相對少了些歡笑,這也是我覺得很可惜的。

第四是影視化的影響。所謂「影視化」就是,大家把很多影視技巧用在寫作上面,也就是說你不是一鏡到底,敘述一件事情,很單純地起承轉合講完一件事,而是用了很多技巧,長鏡頭、短鏡頭,雙線併行,這個鏡頭跳接到那個鏡頭,這是技巧,是好的。問題在於,如果你的基本功不行,譬如你對文字的駕馭能力沒那麼好,你又不願慢慢寫,多寫一些的話,很容易會讓人家看不懂。

這次有幾篇作品我看了一次、兩次,最後方才明白:原來他要講的是這個。技巧顯然高於基本功。關於寫作這件事,我始終老派,認為第一重要的,應該還是文字駕馭能力,也就是鍛字鍊句,鍛鍊我手寫我口,我口說我心,我能用文字表達所有我想說的。文字精準,文章才會結實而不是虛胖。什麼叫虛胖?我每讀一篇都會試著把其中幾個段落拿掉,若對於文章一點影響也沒有,那就是虛胖。同樣的,一段話裡,把轉折詞全拿掉,所表達的意思一點都沒影響,那也是虛胖。鍛字鍊句是散文寫作的基本,怎麼說呢?今天來學校途中,有一位同學問我,小說跟散文的區別是什麼?我回答他:小說、散文、詩其實擺在同一個文學光譜裡,

我的理解：詩是把「最好的字擺在最恰當的位置」，那是一端，小說重視的是情節結構，把一個故事講非常好，引人入勝，個別字詞相對沒那麼講究，這又是另一端。散文恰好在中間，散文是要把「好的字擺在好的位置」，擺什麼？怎麼擺？那是很重要的。大致而言，所謂評審的主觀，也就只「擺」而已。一篇文章裡，有沒有把好的字、好的段落擺在好的位置？那個段落拿掉了有沒有影響？我努力看清的，只是這個。先講這幾點，謝謝大家。

房慧真：

大家好，很高興來到暨南大學，這裡到了晚上還有宛如杜比環繞音響的蟬聲，非常特別。我剛才在校園繞了一下，發覺好久沒有光著腳踩在草地上的感覺，兩排的松樹不知道是不是落羽松，還聽到五色鳥的叫聲，牠的羽毛顏色非常漂亮，但並不容易看到。在臺北，你會看到一群人扛著非常昂貴的大砲守著一隻五色鳥，所以大家能處在這個環境是非常幸運的，不管是聽覺或者是腳踩在草地上的觸覺，會讓你回到童年，那是一種鄉愁的感覺，而文學都是從這種地方誕生的。

對於入選作品的標準，我比較注重大家有沒有形成自己的語言和聲腔。在校園文學獎中我比較期待看到純樸真摯，因為我們去評其他文學獎，有些作品寫了就是為了要投文學獎，非常像一棟結構精準的建築，但在裡面讀不到真心。而你們剛剛脫離升學考試的階段，作品裡難免會看到作文的窠臼，特別是結尾，會好像該給它一個結尾，或是要開始說教。結尾是最難的，這次的作品裡有些文章細節很好，但可能太想要結尾了，所以加入一些不是自己的語言，或是不會發生的對話。有時候要讓結尾看起來不像結尾，才能有一種茶味回甘的感覺。關於題材，在各大文學獎無可避免地會看到很多關於親人死亡的題材，其實大家要駕馭這

麼沉重的題材還有點太年輕，有太多非常優秀的例子在前面，我建議像這樣沉重的題材，可以先放一下，拉出距離後找到更好的觀看視角，如果真的很想寫，也許可以先做一些筆記，不一定要那麼急著在這個年紀裡面就把它寫出來，謝謝。

言叔夏：

各位老師同學大家好，很高興今天來這裡評審。其實我跟傅老師的意見有點類似，在這批作品裡面，題材除了兩篇酒吧素材之外，其他感覺非常類似，比方親人的死亡、憂鬱症，這幾年很常在校園文學獎裡看到這種內向性、對於疾病、某種精神狀況的寫作。

其實在這一次作品裡，結構非常穩定且縝密的寫作並不多，大概只有一、兩篇，可是在這一、兩篇的作品裡，又會發現它太平穩、太直線。對我而言，散文是最貼近我們生活的，它的素材和我們的生活經驗無法切割。它是一種說話的聲音，像一條河一樣，穿行過日常生活中的許多人、事、物，最後串成一個流域，這個流域就是散文的結構。它包含了整條河流的聲音，流經怎麼樣的石頭，就會產生不一樣的聲響，這個聲響並不是來自文字，而是素材之間相互碰撞，若是穩定、線性地布置流域，它當然會長成一條穩健的大河。而有些篇章其實是一條支流，寫到最後突然就沒有了，或是找不到源頭，如果有一個閱讀者涉河去探險，他會在不知道下一步是什麼的同時找到樂趣。

我非常同意傅月庵老師講到文字基本功的部分，一個寫作者如果要寫得長遠，文字的文本意識很重要，比方很多題材寫疾病，不一定是從自身出發，有好幾篇是從旁觀者的位置，書寫者選擇什麼樣的視角看出去，應該就有那個窗口相對應的某種敘述，即使所有人都有類似的經驗，當你選擇的角度不同，也會獲得不太一樣的風景。有沒有辦法把位置與對應風景之間的關係整理好，

會是我這次評選的標準。校園文學獎有趣的是它有很多不乖的地方，有很多地方還沒有長好、被馴化好，也有很多作品是從作文的窠臼剛掙脫出來、還找不到聲線，形狀長得有點奇怪，可能做得並不是很好，但它也許是文學的開始，這也是我在完整性跟獨特性之間希望取得平衡的地方，謝謝大家。

散步到茶蘼

｜ 中文碩四　鐘允棻

　　妳漫步在首善之都，卻覺得這城市一點也不友善，在撩亂的臺北車站裡迷路，在凱道上看成群妖冶的男體鶯聲燕啾經過身旁，都若合符節那紊亂荒唐的一年，彼時亦在臺北車站裡不辨南北，他說：「像有學者來訪，我們都得到機場和高鐵站去接，我去找妳，別動。」他的耳機線摩擦防水夾克揉合步伐行進於臺北車站裡，摻著一口捲舌音紛紛從話筒裡一齊遞來，眾聲喧嘩，妳閉上眼睛在臺鐵月台中靠著柱子，用力讀取他的聲音表情：「我想搭最快一班高鐵到妳那兒，把攢下來的時間都用來與妳散步。」，拴不住狂跳的心脈，諾諾地：「我是文盲，我是行路塵，低到土裡，看你總是雲去蒼梧——」他截斷妳的膽怯：「妳就會是學人，等妳畢業那天，也算是未來的同行，我得用招待學者的規格，包辦車馬費、落地招待，返程時親自送行。」說得理所當然。

　　行經臺北市南海路 56 號，路上擦肩而過身著卡其制服的男孩行走匆匆，是誰開始稱那些少年是「紅樓駝客」？妳揣想他年少的樣子。他說：「以前我同學們會在帽子上畫星星，對著教官喊『同志好。』越是號稱黨校就越要裝作親共，明明敞著門沒有禁令，也要爬牆出去找食物，某一天學弟帶著午餐爬牆進校園時不慎跌傷，下巴縫了好幾針。」

　　禁令總是召喚滔天的罪惡。彼時他捧妳的臉，雙手拇指揩去妳的淚光，問妳：「小丫頭，為什麼哭哭了？」妳差點脫口說：「我愛你，捨不得你走。」話到嘴邊，嚥了下去，只說：「到研究室，你總給我一杯茶一杯水，若是沒有來世，我現在就能還你的灌溉，

就也不算虛假。」

　　有時候妳忘記界線。忘記妳只是窺牆的鄰子，仰望他站在黑板前的模樣。忘記自己是一句不合時宜的句型，像流水帳一樣，說著這些那些細碎的事，而他像沒有盡頭一樣地收納，他從不刪增妳，只是說：「語言會長成自己的樣子，妳是新的文法，他們還不懂。」

　　途過金甌女中，妳尋找田調訪談對象，慌亂中耳朵貼著手機發燙，妳說著文學領域學者，他說著社會學主義學者，他們都叫雅各，他在電話裡說：「同名不稀奇呀！搜尋『王陽明』會有船運小開和宋明理學家，搜尋攀龍，有高攀龍、熊攀龍、祖攀龍……」學術圈竟是迷宮。彼時，身旁行人如潮，猜這些令妳不辨東西的街道是否曾在他腳下眼中。

　　找尋社運先驅的路上也像迷宮，他問：「那個街角本來是7-11，被星巴克做掉了嗎？」那種人事已非的口吻多像我們。於是，妳在田調後，再撥了電話給他，埋怨同運先驅總是忍不住偷瞄短髮平胸褲裝的女孩，卻又撇嘴啐了一句：「假小子！」同運先驅對妳說的第一句話竟是：「我不喜歡長髮大胸部還穿裙子的女人，我喜歡過假小子，後來覺得幹嘛不喜歡真男人？」眉間的皺褶和鋒利的詞彙，妳想不起來那是在鏡頭前下跪哭著祈求大法官釋憲的那位蒼蒼老者。

　　他說：「鏡頭會騙人的。」那，聲音會嗎？他的聲音款款溫柔，總是依妳吹散疑惑和眼底的霧。如他所言，性別是一種光譜，妳想勇氣也亦如是，妳們已經在同一座城市，距離這樣近，還是隔著電話說話，說明年再見。總是在論文與心緒打結的時候，他說：

「有問題就來問我吧！」

他說：「做不成妳的王子，很願意做妳的騎士，做妳的藏鏡人，守護公主摘下夢想。妳問了他：「地下老闆，我今天好累。你知道嗎？我常常覺得我們之間有一條粉筆畫的線，超過了會受傷，但它那麼容易模糊，卻是一道銀河。不知相見是何年？」

網內互打十分鐘內免費，你們遂長出九分鐘掛掉重撥的生理時鐘，像島嶼兩端的，十分鐘又十分鐘再十分鐘，他說「情深緣淺」妳不敢說一個名字竟此般逼仄，將妳的心間擠壓成張裂的板塊，終把罅隙扯為地塹，蓄滿愧歉。

妳前往代課的學校，最後一堂國文課，那日妳決定講蘇東坡的兩闋〈江城子〉，中學生很容易混淆詞牌和題名，就講〈乙卯正月二十日夜記夢〉和〈密州出獵〉讓他們知道詞可能配同一個曲牌，兼及兩種風格，恰恰成一組完整的對照，並能說明蘇東坡的開啟新詞風的地位。

妳雙手按著講台，慢慢地說：「『凡有井水處即能歌柳詞』，意思差不多就是有礦泉水販賣機的地方就有人會唱周杰倫的歌，這樣懂嗎？」妳說得極慢，複製貼上他的語調和動作。

當年，他也是這樣說的。兩闋〈江城子〉，妳百般無賴地找盡藉口說是珍藏大師手稿，問學長給學妹筆記不是天經地義的事嗎？他但笑不語，很乾脆地把備課手稿給妳。講課時，妳讀到學生一些被打動的表情，想起那時的自己。

研討會供應了茶點，妳端著盤子走到那群人背後，語氣像開

水一般：「借過。」之中一人邊說不好意思，挪開腳步，另一人轉頭看見妳，他正要開口，妳微笑，一字一頓地問：「你，好，嗎？」妳看不出來他的神情，卻知道他連話都說不清楚：「妳，妳，噢，我，等我一下，我去洗手間。」是空調溫度太低，以至於氧氣稀薄，太冷，就深呼吸。

他問起妳的指導教授，妳沒有說實話，卻反問：「關你什麼事？」心裡卻想：「你不敢要我就不甘你的事。」他仍然口吃，半晌擠出一個句子：「好。我，那，妳，好吧，妳的老師是哪位？」

這時有人向他打招呼：「教授，這是？」他開口，未置一詞。那人又問：「這是您的夫人嗎？」他再度開口，猶未說，抿嘴搖頭。那人又問：「那是？」

他依然沉默，那人走遠了。他輕輕地、長長地吁了一口氣：「妳的老師是？」妳雙手抱胸，踩在比他高一階梯與他平視：「你剛已經問過了，我也回答過了，再說一次，關你屁事！」

他再吁一口氣。

發表人說完，他評論，主持人、三位發表人和兩位評論人一齊轉頭看著他口吃，會議結束。

這時有人喊「老師」，望了妳一眼，轉過頭用眼神問他。
他遲疑，卻答：「她是晚你幾屆的學妹。」

那天會後他在中間，左右站著妳和學長，仨人一齊下階梯，他舉起手背到腰際，又慢慢收回。

彼時，妳總愛踩上十公分高跟鞋，下課走在他後邊，他問：「妳幹嘛跟著我？」妳理所當然地問：「學校是你開的？只有你能走？」漸漸地，他習慣放慢腳步，研究室裡案上一壺茶總擱上兩個茶盅，在固定的幾個小日子裡給妳沖一杯熱可可，話說不停續杯不停，在大樓熄燈警衛關門前得離開，妳愛穿高跟鞋，但不搭電梯，也不許他搭電梯，走得不穩時，他便伸手讓妳攙著，一階一階地，聽鞋跟的迴音。

會議結束，他、學長和妳，你們仨下階梯，看見他舉起手背到腰際，又放下。學長問要不要送妳一程「不用了，同學會來接我，謝謝。」學長走了。其實妳是自己來的。他沒問妳怎麼來的，卻說：「妳能認路嗎？可是，我今天沒辦法送妳，我待會得去接孩子。妳要去哪裡？要不要坐計程車？我幫妳攔車？車資我能付。」妳沉默。

他繼續說：「今天，今天真沒法兒，」
「你沒有要請我吃飯就不干你的事。把你的捲舌音收起來！」打斷尷尬之後更尷尬「但是你得載我到門口。」

沒有第二頂安全帽，提醒妳沒有妳的位置，為什麼卻還要知法犯法？妳在後座將臉埋進他肩膀，車速很慢，妳說：「這是唯一可以光明正大在路上擁抱你的時候。」妳聽到風聲聽到他嘆息，你們擅長的共同語言是沉默。

機車停車場到大門口其實不過一百公尺，車停，他又問妳認路嗎？妳一貫沉默。認得如何？不認得如何？話到嘴邊說成：「我是因為太累才靠在你肩上，不要以為我在吃你豆腐。」他說：「不

敢，那，妳的老師？」

　　終究沉默是你們的共同語言，橫亙在你們之間，接續你們之間，你們最熟悉的是風穿過樹林掀起濤聲吐復收。依稀記得詩人形容自己是痛苦的醃漬物，那些抽離體內的水份是感受的能力，愛或者悲傷、憤怒，在負面情緒裡浸泡太久，已經對許多事情毫無感受。

　　妳曾經心有所愛，與租賃妳瞳孔的人忙著把腳印撒在校園每一處，於熟悉的城市裡迷路，浪費時間說一些鬆軟的話語。課室裡，同學們低下頭像羊群逡巡筆記本，人群像水域，隔開你們的對望，像困在暴雨的橋下等一座盛開的花園前來。

　　課後，他低聲對妳說：「『此去經年，應是良辰好景虛設。』柳永講的就是我想的。」

　　妳常常忘記致謝，向那時的暗無天日，從一場快樂的夢遊甦醒；妳常常忘記致歉，與他一起聽著話筒中從遠方傳來的思念；妳常常忘記歸還私藏的口音，給沒有來過的明天。「抱我緊一點。」那時肋骨被圈住那麼疼痛，鬆開就約好不要再見了，那麼多年，妳遵守與自己的約定，刻意避開有他出席的研討會。甚至想不起來道別之後的夜晚，把自己淹在浴缸裡，他工整的硬體書法在黑板落下「系我一生心，負妳千行淚」想起她的眼淚和羊水，是不是比宿醉疼痛。

　　他為妳安好肩岉，為妳撥穗，為彼此餞別，他說：「孔雀東南飛，我們東北飛，我該走了。」

畢業典禮以後，妳經年吞嚥這一幕，藥粉壓縮成藥錠包裝成膠囊，像色票，像分界，像冥河，是跌在白紙上的顏料，斷開晝夜寤寐的連結，朝生而暮死。明明已經消毒過的情緒，過幾日又滋長出整罐子細菌。

「太太明天出月子中心，我不會再打給妳了，保重。」

他們的孩子每長一歲，就提醒你們，又錯了多少年。

本名鐘允棻，筆名：關關、款款、瑪法兒妲，暨南中文所研究生，賃居臺中，愛貓和刺蝟。在尚不知寫作為何物時，記載夢境、見聞與際遇，意外地有幸能有一些散文、詩作、訪談紀錄散見於文學獎、報紙、雜誌與詩刊。
此次得獎實乃評審給初學者的鼓勵強心劑，因獲而有了繼續寫字的勇氣，雖然也不是用功型的作者，是深切地掏出自己的情感與經驗，如實寫下每曾經鑿穿我的境遇，寫作像是栽植作物，取一枚不知其名的種子，也許曾經被委屈考驗的心情，能煮成一壺茶，或一盞療傷的藥膳。

｜房慧真｜

　　這篇的文字能力大概是入選文章裡前幾名的，很久沒有在文學獎中看到這類作品了。所謂的這類作品大概有一脈的書寫，類似蘇偉貞、鍾曉陽、楊佳嫻，都有寫過師生戀或戀父情結，可能是海派書寫，讀來絲絲入扣，對話在一開始會覺得好不自然，像裡面說：「到研究室，你總給我一杯茶一杯水，若是沒有來世，我現在就能還你的灌溉，就也不算虛假。」但是我讀到最後還是被說服，大概可以了解中文系的男女主角都浸淫在古典文學的氛圍裡像古人一樣講話，不知道這是哪個年代的，可能就真的是學長、學妹像小兒女半呢喃半鬥嘴的情況。

　　但這篇的中文系的腔調還是稍重了一點，時間感不太能跟現在對應起來，有種很奇怪的復古感，不過細節處理得很不錯，我覺得這是一種不管到哪個年代都不會絕種的書寫，謝謝。

｜言叔夏｜

　　其實我也覺得這篇是十三篇裡面文字能力數一數二的，而且經營了非常完整的迴路，包含題目還有整個散文的開頭、描寫，甚至對話。往他們的過去穿行，最後繞回現況，有非常完整的書寫。

　　我非常同意剛剛房慧真老師說的，語言感的部分非常古典、中文系，裡面的時間線基本上是停止的狀態。但到最後很弔詭的是，我莫名其妙地就被作者架構起的世界說服，關於這點我覺得滿厲害的。因為寫作這件事情，其實就是把文字當作自己宮殿的支柱，我覺得他在建築自己世界的工法上，是一個非常老練的工匠。裡面有一些現代的元素想要融合進來，包含人和人之間的感情、關係，像網內互打十分鐘免費就長出九分鐘掛掉重撥的生理

時鐘等，這些細節把現代的物件有趣地融入了古典、充滿絕對感的世界。雖然有種很弔詭的像是海派的譜系，但也有一個很微妙的懺情意味，這可能是這篇散文所吸引我的地方，謝謝。

| 傅月庵 |

這篇是我最欣賞的一篇。若說電影是以「餘味」來定勝負，這篇是所有文章裡，我讀了之後留有餘味，讀完還會去想這到底是什麼？可能的狀況是什麼？另者，這篇的文字已寫出自己的風格。雖然和那兩篇「調酒」一樣，某個層面上，不過就是「言情」而已，而且是慢慢的言情，可是他有自己的風格，這點非常重要！張愛玲其實也是寫言情小說，最早她所寫的都是言情小說，在她那個時代裡，大家都當她是通俗小說作家而已，可是寫著寫著，她寫出了自己的風格，那就不俗了。

在我來看，這篇作品最成功的地方就是看到了某種文字風格，雖然如另兩位老師所講的，確實有文藝腔，可是他的文藝腔是很特別、能說服你，讓人覺得「沒錯！就是這樣子」。最後結尾接了一句「孩子每長一歲，就提醒你們錯了多少年。」到底誰錯了多少年？是你？還是我？大家要記得一件事，所有寫作，第二人稱是相對難寫的。第二人稱是把要自己出離，等於我在外面要看到「你」，這個「你」卻是自己，這個相對困難，要夠冷，且得冷得恰到好處。這篇在冷熱之間掌握得非常好，尤其有很多對話，「關你甚事？」幾句便顯現現代女性主體性，能寫到這樣是很不容易的，所以還是那句老話：祖師爺賞飯，你要繼續寫啊！

21

｜ 中文四　張貽茜

　　有些人的旅途已經結束了，而我們仍舊在人生這條路上散漫地走著。

　　接下來的日子，該怎麼過就還是這麼過吧。

　　J 說。

　　下午 4 點半，騎往日月潭的路上。

　　一條路騎久了，視線容易渙散，路況模模糊糊的，沒有可以聚焦的點。就像去眼科檢查視力，額頭抵上機器軟墊時看見的，那條筆直淨空的大道，卻總會慢慢糊成一團，只剩隱約可見的形貌。

　　紅燈。看著對向密密麻麻的車輛發呆時，我產生了一股念頭：他們載著行囊準備返家，而我正前往他們離開的遠方。

　　突然就想起了 J。

　　距離 J 父親的過世已經過了幾個月。

　　每當憶起這件事時，心中仍舊帶有一點對於 J 的愧疚，這份複雜的情感我也說不明白，大概是得知這個消息的一分鐘前，我才剛從搞笑綜藝的猖狂中脫離吧。

　　當她茫然無措的時候，我卻一無所知地大笑著。

　　於是電話被接起。

　　「我知道這樣問可能不太好，但這很重要。妳爸有買保險嗎？」這是我在聽到 J 失去她的父親後，腦海裡冒出的第一個念頭。

有些人走了，而留下的日曆仍舊天天被撕去，生活還是得過。

「有，但他被判定是自殺，如果是自然死亡，保金才會加倍，自殺就是原本的還回來而已……」Ｊ的語氣是深沉的疲憊。

Ｊ的家境並不好，原本是公車司機的父親久病在床，無法正常工作，家裡的經濟全靠母親一人支撐。她埋怨過受盡父母疼寵的弟弟，沒能將軍校生活堅持下去，導致要花更多錢才能從公費制度「退學」；她也曾面無表情地說，其實有個領著身障手冊的父親也不錯，大學的學雜費等支出還能有一定程度的減免。

「如果他能夠健康的去工作，賺的錢肯定比減免的學費多，但是我就是有種……是『我花了這個家比較少錢』的感覺，是我讓這個家的負擔減輕了。」雖然這筆省下來的錢是用身障手冊換來的。

這樣的想法，對Ｊ的父親而言並不公平。

那年同學會，第一個報名參加的Ｊ卻遲遲沒有出現。打電話給她，才知道她被父親留下來料理晚餐。

「他說菜都熱好，就不讓我出門了。」

她知道他很孤單。一個行動不便的人獨自在家裡，除了吃飯、看電視和睡覺，似乎也不能再多做些什麼。

她都懂，只是不想去體諒。憑什麼只比她小一歲的弟弟可以三天兩頭往外跑，她就必須安安分分的待在家裡伺候。

是不是她性別不對？

就算母親是保險業務，寄來家裡的保單上頭卻從來沒有她的名字。後來她終於收到了屬於自己的保單，繳納保險的錢卻要從生活費裡扣。

後來我們都上了大學，她開始自嘲回家就像回賭場，得忍受滿室煙味、散落的酒瓶與嘩啦啦的麻將聲。

「這就是他的新消遣。」

她以為感情會就這樣消磨殆盡，但沒有。

「當我聽到消息的時候，怎麼還是這麼難過呢？」

妳以為妳已經夠獨立，再沒什麼能夠打倒妳，不管是父母的偏心，還是生活的拮据。可是有時候就只要輕飄飄的一句話，還是能讓妳潰不成軍。

「我怎麼還會這麼難過？」

環潭公路彎彎繞繞，第一次騎這條省道且是獨身上路的我難免害怕。望著頭頂上標示著到「霧社」、「水里」還有幾公里的綠色牌子，我忍不住找了塊空地將車停下，傳訊息給 Z：雖然這是環潭公路，但我有種能到海角天涯的感覺。

Z 笑著回覆：南投縣怎麼樣都不會騎到天涯海角。

身體裡循環的血液也沒有天涯海角。

根據研究，血液繞全身一圈只需要不到一分鐘的時間。

可是那是在血管「閉合」的狀態下得到的數據，一旦有了逃離的出口，流出來的血液就再也無法回到心臟。

身旁的人偶爾都曾經歷一些，如今看來傻透了的舉動，姑且稱之為「中二期」吧，反正這病犯了的時候也都恰巧是國中。

例如拿著全新的美工刀在手腕輕輕地劃出一條小口。

那時候班上最聰明、如今就讀醫學系的同學嘲弄地笑出聲。

「橫著劃都只是玩玩，要認真就割直的。」還不一定會死喔。

知道血是怎麼流出來的嗎？只要俐落的一個出口就好，夠大夠

深，最好接著心臟，這樣就真的會死了。

她曾在摯友圈裡發過一篇文，照片是一隻垂在被子上的瘦弱手臂，上面是貼著醫藥用的透氣膠布與被固定著的留置針。

都那麼大一個人了，還鬧著不配合，想把身上的管子拔掉。那個護理師臉上無奈又斥責的神情，她一輩子都記得。她說那時候她真的覺得很丟人。

「昨晚，他又任性了。」J 放輕了說話的語調。

發現的時候已經晚了，鮮紅已經流了滿地。

這也是她第一次知道，原來人可以流那麼多血。

血管在人的身體彎彎繞繞那麼長，如果全部流出來要花多久的時間？

我說我不知道，也許妳可以去請教那位嘴巴很壞，書倒是讀得挺厲害的醫學系朋友。

其實她只是想知道，他會有多少時間可以後悔，後悔這麼衝動的結束生命；又或者有多少的時間可以慶幸，不繼續拖累這個家的決定。

我覺得我的心好像也空了一塊，她說。

這麼說似乎有點俗爛，但我的內心某處好像有一部份也跟著失去了。

「那時候的他，不知道在想些什麼。」

即使妳一開始就知道，這只是一條環潭公路，出發前也無數次確認過遲早會回到原點。但看著通往陌生地方的綠色標示，妳會開始懷疑自己是不是錯了，會不會就這樣到了遠方。

是該堅定著繼續騎下去，還是當機立斷打方向燈在雙黃線迴轉？蜿蜒的環潭公路，我終究繞回了起點，J 的父親卻到了還活著

的人們永遠去不了的遠方。

警方後來詢問時，向政府申請來照顧父親的護工表示，J 的父親曾經告訴過她，他已有想要自殺的念頭，甚至連自殺的方法都想好了，但是她沒有告訴 J 的母親。

「他們的關係看起來不好，所以我沒有說。」

聽到 J 轉述的當下，掠過腦海的第一個念頭就是：荒謬。

那位護工沒有試著排解，也沒有告知老先生的家人，他的心理已經出了狀況，而是就這樣沉默的，假裝自己一無所知。

也許他們的感情在久病的情況下確實出現了裂痕，但他是不是曾經沉默著期待，期待得知消息的妻子能夠安靜坐在身旁聽他說說話？如果護工選擇轉告他的妻子，他們的關係是不是就能夠改善？

偏激總是在沉默的壓抑裡爆發，如果他不沉默，她也不沉默，結果是不是就會不一樣？

可是來不及了，無論事後怎樣追究都回不去了。

手機震動，是 Z 傳來的訊息。

「天黑了，別在那邊晃太晚，快回來吧。」

後來再度與 J 視訊時，夜已深，她還留在學校的畫室裡。我窩在房間的角落，靜靜地盯著在小小的螢幕上顯得更加嬌小的身軀。

習慣性講了一堆沒有營養的垃圾話之後，我猶豫了一下，還是開口問道：「最近還好嗎？」看起來精神還不錯。

她從畫作中抬起頭來，遲疑了一下：「還行吧。」

這大概就是相識多年的默契吧，一個不明不白的問候，她卻能

夠了解我想問的是什麼。

「後來我媽有去找人問過，因為他沒留下隻字片語，遺書什麼的，都沒有。」

你有什麼要交代的嗎？

沒有。

你有想跟誰說什麼嗎？

沒有。

「不管問什麼，他都說沒有。」J 又慢慢地低下頭，我的視角看不到她手上的畫筆有沒有輕輕顫動：「我們好像也沒什麼能夠糾結的了。」

幾天前是 J 的生日。

凌晨十二點，我在 IG 發了一則限時動態，並標記了她。

22 歲。

別人的 22 歲在做什麼、怎麼過的我並不清楚，但是我知道：

「妳一定要永遠快快樂樂的。」

21 歲那年，她經歷了很多，也已經夠了。

沒事的，22 歲。

從來沒想過我會寫 J，一個至今交情 10 年的摯友。比起尚存的，我更習慣寫文來紀念那些已經消逝在生活中的人。只是動筆的當時愧疚仍然存在，這無關她的想法，料想她也不會在意，就只是我的感受而已。

這篇散文沒有想要訴說什麼，只是替她、替我的人生做一筆紀錄。故事至此已經結束，只願往後是新的、幸福的日常。

她被寫在我的生活裡，並且用獲得的獎金請她吃了一頓飯。

｜傅月庵｜

　　這篇我很喜歡，寫友情寫得恰到好處。整篇都很平穩，技巧展現也恰到好處，沒有什麼大壞，但也說不上讓人睜大眼睛驚豔。對於作者，我唯一想講的是：你應該繼續寫，不要寫了又停下來了，平穩是練基本功，平穩了就可走鋼絲翻跟斗，不繼續太可惜。因為你可以寫，所以請繼續寫，有問題的話，就來問吧！問我們三個評審，相信我們都很樂意回答你的。

｜言叔夏｜

　　這篇作品的語感非常抒情，相較其他篇用強烈的設計，這篇是用散落的筆觸留下空隙，包括我要介入它描寫的故事，所站的位置其實都保有一定程度的距離，距離會讓文章產生很多空隙，而它最吸引我的就是這個部分，好像站在很遠的地方看著朋友，裡面的「我」在這篇文章裡也只是一個觀看者。

　　這篇文章裡有兩條主線，一條是 J 的故事，一條是在四點半騎著腳踏車到日月潭的環潭公路，藉由一段循環，跟 J 談到遺書和父親過世、死亡是有終點的，形成一個有趣的對比，而文字裡的空隙也讓對比顯得自然。

　　但我看完之後免不了會冒出一個問題，就是他和 J 之間的關係是什麼？為什麼要做一個觀看的人呢？當他後面寫道：「他的 IG 發了一則限時動態，也標記了她」，然後他寫二十二歲，別人二十二歲在做什麼我不清楚，但是我知道你一定要永遠快快樂樂的。我覺得這一段也許在某種意義上回答了我的困惑，這會不會是二十數歲的年紀裡，人際關係中的某種感覺結構？那個「我」透露得很外面，他跟那個人之間的關係卻是極為抒情、散落的，但散落跟抒情之間又保有某種無法介入的狀況，這是這篇文章對

我來講滿微妙的地方，謝謝。

｜ 房慧真 ｜

該怎麼去寫悲劇、生離死別、家庭黑暗面，我覺得這篇是一個滿好的寫作示範。

他選擇隔著一段距離看向 J 家庭的悲劇，讓觀看的鏡頭一直停留在長鏡頭。因為是長鏡頭，不免會有種冷靜跟客觀，無形中把原本濃烈的情緒淡化過來。第二，它在整批作品裡第一次讓我有南投的地方感，當然不是說每一篇都必須寫到南投，但這篇的地方感有一個滿巧妙的運用。

其實我一開始不知道 Z 這個友人是做什麼的，但是作者每次和 Z 的對話都有畫龍點睛的作用，包含日月潭的環潭公路，環湖騎車就是一種封閉型的迴圈，有一種他人的悲劇和一般人的日常生活是平行世界的感覺，敘述者對於這個人悲劇的世界彷彿觸手可及，卻又咫尺天涯，我覺得在鏡頭和關係的遠近調動上滿成功的，謝謝。

失而復得

| 社工一　張幼潔

　　大概是在去年，差不多也是這個時候吧，我的爸爸失蹤了。他就這樣，在每一天都彷彿一模一樣的日子裡，突然地消失了，從此，這一天對我來說開始變得有些特別。即使我已經記不清正確的日期了。我常常在想，爸爸到底去了哪裡呢？又是什麼原因讓他一聲不響的離開家裡？這些問題一直以來都是無解，所以即使我再怎麼想知道答案，再怎麼想挽回些什麼，似乎也都只是徒勞無功而已。不過，直到最近發生了一件事，讓這一切的答案開始逐漸清晰了起來。

　　在幾個月前寒假期間的某一天，我看見媽媽一如往常的這個時間工作回來，不過那天似乎有什麼地方不太一樣。我沒有去問媽媽，因為我好像感覺到了一股模模糊糊的恐懼，我不敢問，也不想知道。

　　晚餐是一天中唯一可以慢慢吃的一餐，因為是在家裡，而且是和媽媽和弟弟一起，所以自然而然就吃得比較久了。然後我們大家會一起待在客廳吃水果、看電視。看電視的話通常是看一些非常狗血的鄉土劇，雖然我每天都完完整整的從節目的開演坐到結束，但真要說它演了什麼，我卻是一點都不記得了。不過想也知道，裡頭演的大部分都是什麼家破人亡、車禍，或是丈夫拋家棄子之類的吧。雖然節目裡的男女主角是各種的悽慘落魄，不過我總會拿著當題材，盡情的玩笑它。弟弟聽到後總是哈哈大笑，而我卻一點都不覺得有哪裡好笑。

　　吃完水果，看完電視劇後，我們就要準備各自上樓睡覺，打算

結束這普通的一天。但在這時，媽媽說了一件事，她說她要去醫院開刀了。

媽媽跟我和弟弟說：「媽媽上次去醫院檢查，醫生說媽媽需要去開刀。」我一直很喜歡媽媽用對小孩子說話的方式來對我說話，因為這總讓我覺得，我仍是一個可以受人保護、被媽媽疼愛的小孩子，就像爸爸消失之前那樣。但是，現在的這句話，不允許我這樣想。

我轉頭看了弟弟，弟弟好像沒什麼反應。雖然我知道弟弟的膽子比我大多了，但我猜弟弟的心裡肯定也有些不安吧。只是在弟弟的世界裡，和他年紀相同的那群同學們，他們的媽媽很理所當然的一直陪伴著他們，每天載他們上學，然後對他們嘮叨。媽媽的存在好像也變得這麼理所當然的了。

在事件發生後的隔天，我提早回去學校了，因為我實在是太害怕了。

學校生活一如以往，每一天都像是昨天的複製一樣，沒什麼新意。不過還是有一點小小的不同，那就是，每一天的白天都變得更長一些了，這對許多人來說或許是件無關緊要的事，但是我卻漸漸地感覺到，我就要無處可藏了。

在學校的每一天裡，我總是笑著聽同學們講些沒意義的八卦，然後和其他人一起附和著。畢竟這樣才會看起來正常些，似乎才是大家所認為應該要有的那個樣子，活潑，而且青春。等到下了課後，我會去圖書館讀一下書，為的就是等到那一個時間。那個時間的天空是絕對的黑色，黑到彷彿世界上所有悲傷與脆弱都能被之掩蓋

住，再也看不見了。然後我會再走著一樣的路，慢慢的回到宿舍。這一段十分鐘的路程可以是一小時、兩小時的，因為我總會坐在外邊的椅子上，看對面一片的大草原，黑黑暗暗的，它好像是廣闊無邊，沒有盡頭的了。這時我又會想起爸爸，他就像是站在大草原另一端的人。我不敢走過去，因為我實在是太怕黑了。或許我能大喊，把他喊回來這裡，可是我也不敢喊。所以我想要哭，大聲的，毫無顧忌地大哭，說不定這樣他會心軟，然後就回來了。可是我也不敢哭。

媽媽就要動手術了，我們之間變得只靠一條細細的線牽著，我害怕若我一動，線就斷了。

但是這一天不太一樣，當我吃完晚餐，正往圖書館走去時，媽媽打電話過來了。她問我說，最近在學校怎麼樣？還好嗎？我說我還沒有作業，每天都玩得很開心。然後她說，她的手術很成功。

聽到媽媽的話後，我感覺我心裡那個掐著自己手臂，痛得縮成一團的小人兒，霎時站了起來。當下我只覺得有股沉重的喜悅。我微笑的走著走著，走到了外邊的椅子。這時我的眼淚再也忍不住了，一條一條的淚痕劃過我上揚的嘴角，印在了我的臉上，而我現在卻是毫無隱藏。

太陽還未完全下山，所以我終於看到了，那裡已經不是一片沒有盡頭的黑暗。下過雨的草原，在斜陽的照射下，閃亮閃亮的。而在更遠，越過一道石頭的橋的更遠的另一端，是一片樹林，開滿了金黃色的花。或許我該讓那個美麗的地方，成為所有煩惱的終點。

一個小時、兩個小時又這樣過了，原本的白天也確實黑了。我坐在這裡，就像每一天的晚上那樣，不過又好像有些不同了。此時，我看見有一個人從另一端走了過來，走得很慢很慢，不過我卻早就

看清楚了，那是張和我一模一樣的臉，是另一個好久不見的我。

　　我終於找到爸爸了，並且，我也找回了當時和爸爸一起消失的自己。

　　媽媽的手術讓我真實地感受到活著的珍貴，而且，或許我可以開始學習到生與死，這一切的一切，究竟怎麼一回事。

　　過了幾天，我回家了。

　　我搭了好久好久的車，車窗外貧瘠的土地種不出半點稻米，這些無聊的風景一閃而過，可是卻一直停留在我的心底，直到車子緩緩地開上了小山坡，停在了一座寺廟前。

　　寺廟裡有許多層樓，每一樓卻又是高樓林立。我爬上了梯子，打開了小小的門，看那小小的罐子，小小的照片。這裡是世界上最安靜的地方。

　　爸爸消失所帶給我的悲傷，是這樣無比的巨大。我死了悲傷，活著也悲傷。活了又死，死了又活。但是活著所體會到的失而復得，總還是讓人歡喜，又忍不住淚流滿面的。

　　這日子一天一天，好快，卻又好慢，轉眼間，明天就滿一年了。

張幼潔，剛剛接觸文學的小菜鳥。對於各類型的文學作品都還在嘗試摸索，今後會更加努力學習。

這次能獲獎真的很開心。當時在投稿作品前，猶豫了很久，因為知道有太多更有實力的同學們了，也害怕給自己太高的期望。不過最後我很幸運的，讓自己的東西被大家看見了！謝謝給予我肯定和指導的評審們、一直鼓勵著我的老師、a 同學，和我最親愛的家人。

| 傅月庵 |

　　〈失而復得〉我沒選，原因是覺得不夠完整，可能是他選擇了一種寫法，講「我的爸爸失蹤了」，這個切入的「梗」很好，因為媽媽去開刀，爸爸失蹤讓人覺得很惶恐，媽媽開刀沒事讓他覺得又找回爸爸了。讀到最後，我們才知道爸爸的失蹤其實是過世了。文章裡沒鋪陳到底爸爸的過世為什麼讓他覺得害怕？這部份沒講，就沒辦法讓人家感受到媽媽萬一出事，對作者來說是很恐怖的事。你想讓大家有一個懸念：媽媽到底是怎麼了？爸爸到底是怎麼了？最後是又是怎麼了？這個寫法相對另一篇「夢中夢」的設計，不算太成功。可是不成功不是不好，而是沒有寫足，沒有寫足沒關係，寫好寫滿就好了。問題是你察覺了沒有？感覺到「沒寫足」嗎？其實多寫一點，講講跟爸爸的感情、他的失蹤對你來說有多可怕？假如媽媽手術失敗了又會怎樣，如此一來，或許大家就會覺得這個失蹤真的很嚴重。謝謝。

| 言叔夏 |

　　這篇作品我個人還滿喜歡的，作者大概剛開始寫作沒有多久吧，我會覺得這是在裸寫的情況下寫的，也就是說他的文字能力不及感受能力。

　　作者的感覺能力是非常細膩的，文章裡雖然寫父親失蹤和母親去開刀，可是他有時候會忽然停下來做細微的觀察，比方說「那時候天空是絕對的黑色，黑到彷彿世界上所有的悲傷都是脆弱的，都能夠被之掩蓋住，再也看不見」，然後他會「走著一樣的路，慢慢走回宿舍，這段十分鐘的路程可以是一個小時、兩個小時，因為我會坐在外面，看著對面的一片大草原，黑黑暗暗的。」作者有非常原生的抒情感受能力，這些感受能力會讓他感覺的鐘面和別人不一樣，裡面有很多地方在寫時間，寫到這天過得好快、

卻又好慢，失去某個東西之後自己時鐘的刻度、自己經過一些改變後的紊亂感，可以看出作者感知力滿強的。不管是寫他在太陽還沒完全下山的時候，還是寫到白天確實也黑了，他看到了這個地方、看到了一些意象，有一個人從另一端走過來。如果掌握一定的語言文字能力可以把這裡處理得非常意識流，但是作者能力並沒有發展到這種程度，所以他透過感覺能力用很純潔的方式書寫了這段。我覺得這個作者如果繼續寫、擴充詞彙量，也許會有滿好的進步空間，謝謝。

│傅月庵│

補充一下，我非常同意叔夏老師所講，相對於他的觀察和敏銳度，作者的文字駕馭能力確實沒那麼強。作者若在座的話，或者可試做一件事情，在學校的每一天那段，你將裡面所有的「然後、畢竟、似乎、而且、絕對、因為、可是、所以」通通刪掉，看看有什麼不一樣？大學文學獎當評審，我經常看到這個問題，一如我年輕時，寫不下去了就用轉折詞轉一下，因為、所以、由於……後來寫多了，發現所有的轉折詞其實都可以不要，不要濫用轉折詞，那會讓文章「氣虛」。另外是已故散文家思果所說的，在座各位或許也有人知道：所有「的」，都可以不要。中文不需要那麼多「的」，把所有「的」都刪掉，對你文章影響不大，這是題外話，剛好想到順便亂入講講。

│房慧真│

這篇我滿喜歡的，的確如叔夏講的像是裸寫，沒有過多修飾，還有很多累贅的連接詞，但就非常奇妙地觸動了我。整篇就像是霧中風景，很多沒有解答、也不一定需要解答的地方。我特別喜歡大草原那一段，像是黑暗、草原對面的爸爸，和「等到有一個人終於走過來，我早就看清楚，是一張跟我一模一樣

的臉⋯⋯」這就像是鏡像效果，這張臉其實就是父親所給予我的臉，雖然寫得很淺很淡，但是最後又有收束在寺廟小小罐子上的小小照片。

這整篇文章沒有太多修辭跟場景轉換，但是它具有電影的隆重感。包括母親向他們交代開刀這件事時，就好像在說「你們在家裡等一下，我出去買個菜，等一下就回來」，有種非正常的詭異冷靜，對比他在學校的庸俗生活，給人一種在日常生活中死去又復活的感覺。但是我對這篇還是有一點小意見，題目〈失而復得〉不一定是最符合意境的題目，也許可以再斟酌一下，謝謝。

| 言叔夏 |

我想要幫這篇補充，其實它的缺點我們剛剛都有說到，可是我覺得像草原的頂端有一個父親在那裡，而父親轉接到骨灰罈一個小小的照片等等，每個畫面選擇的意象都非常精準，這種準確還有敏感度非常需要某種嗅覺和天分。也許在詞彙上有非常多贅字、指涉時間，比方說「吃完水果看完電視之後準備睡覺，打算結束這普通的一天，但在這時」，彷彿對時間有種很不安定的感覺或指稱，但如果某一天得到某些像寶物一樣的書寫詞彙時，也許能夠有自信地把這些拖贅的時間性詞彙刪掉，謝謝。

| 傅月庵 |

同意叔夏老師所講，其實剛才所講的轉接詞都是小缺點，並沒有那麼重要。一個寫作者有沒有潛力？依我的編輯經驗，主要看他的文字風格或「質」怎麼樣？「質」是什麼？我常舉的例子，譬如我們去打球，有種東西叫做「球感」，跟你一起打籃球的人，他也沒有長得特別高，球技也不算特別好。可是球投出去沒進，

大家爭籃板球，很奇怪的，他站到哪個地方籃板球就往那裡掉下，手到擒來。剛開始你以為他只是運氣特別好，後來才發現不是，每次都這樣。這種人就是祖師爺賞飯吃，有「球感」的人。寫作也是這樣，有一些作者，祖師爺特別賞飯吃，他的文字感特別好，用字遣詞不但精準，且常能看到別人所看不到的東西。這種人不多，我同意兩位老師所講，這位作者確實有那種「質」。所以拉票的結果，我同意、我投降，妳成功了，我不應該太在意小節。

眠

｜ 中文四　蘇瑾珮

　　我記得我坐在房間的地板上，實木地板雖有別於大理石那般冰涼，但也沒有溫暖到哪裡去。鵝黃色的窗簾刷刷飄起，還沒有陽光的早晨，怪不得感覺自己一身冷意。

　　「走吧，我們回阿嬤家一趟。」

　　媽媽把我從地板上拉起來，半哄半催促著，她明明知道今天是假日，孩子的生理時鐘並不會太明確地知道何時該清醒，但我還是站起來了，沒有耍賴，也沒有聲音。

　　多年後我回想起那一天，有點意識到那是自己最接近死亡的一日。即使錯置了時空，但我仍知道自己不會因此而苦痛、不會因此而憂傷，只會因此而深深明白：人們在說「生」的時候，話語裡早已「死」透了。

　　太平間是個什麼樣的地方？亮晃晃的空間，幾張椅子上擠滿人，大夥兒乾巴巴地看著眼前的長桌，各個臉上或是呆滯的表情或是乾涸的淚痕，眼裡倒映出長桌上的白色長條布包，整個房裡流淌著乾燥的冷空氣，寧靜像是頭慢慢啃蝕的野獸，沒有人想承認它的緩慢是多麼磨人。

　　是奶奶先發話的。她說：「你們要看看她嗎？」

　　「啊。」媽媽一聽馬上站起來。

　　我看向奶奶，彼時的她有沒有做出表情，我已經忘了，只記得當時的我想著：原來真的有白髮人送黑髮人。奶奶的樣子憔悴，對於媽媽的欲言又止佯裝沒看見，但是她伸手拉開布包時，還是忍不住顫抖。

　　她這最小的女兒還沒有嫁人，不知道是不是她的遺憾。

　　死是難事，在人的意志裡輕易是死不了的。他們說她把房門用膠帶封死，喝了幾罐酒，吃了幾包安眠藥，買回來的竹炭點上火，就再也沒有醒來過。他們在嘆息她的決絕，而我正盯著她的容顏，那是一張過於安靜的睡臉，忽略掉透著血管的慘白膚色，以及停止起伏的呼吸，彷彿下一秒她會慢悠悠地睜開眼睛，得知那並不是她的床。

　　但是沒有。

　　我好想問她，妳難過的是什麼呢？
　　難過到害怕世界把自己徹底摧毀之前，先親手摧毀自己。

　　「她已經吃了好幾年抗憂鬱症的藥，仍走不出來。」
　　大姑姑來了，彼時的我們已經離開太平間，坐在一樓大廳的椅子上。這時候還很早，醫院還沒開始忙碌，掛號、批價、服務台，皆是空蕩蕩的一片。大姑姑的聲音很輕，但即使她極力忍耐喉嚨發出的顫抖，在這異常安靜的空間裡，輕易地就會被察覺出來的。
　　「她吃藥的事只有我和她朋友知道，除了鼓勵她，我們又能幫

水煙紗漣 文學獎

她什麼呢？」

　　我想起剛才看到她的樣子，簡直像是無病無痛地離開人世，這時才真正覺得，那安詳的睡顏對旁人來說，是多麼殘忍。

　　「我甚至還不知道，她到底有多痛苦。」

　　大姑姑早已痛哭失聲，媽媽輕拍她的背安撫著，口裡喃喃說道：「好了好了……」

　　你知道人死後最可怕的事情是什麼嗎？

　　是不可挽回。

　　幾日以後，我們一起去奶奶家找尋她的照片。

　　「你們順便幫我整理她的房間吧。」奶奶扶著樓梯，裝作是不經意地提出這句話。

　　那是她小時候的房間──說是房間，感覺比較像閣樓。高高的天花板傾斜著，如果上面再開一扇窗，就能更接近天空了；狹小的空間裡塞了一張單人床跟一組桌椅，放在角落的小書櫃堆滿各種富有年代感的少女漫畫；牆上貼著幾幅素描，看得出作畫者的心有多麼的細膩真摯。

　　「她呀，從小就愛畫畫，但是那年代畫畫有什麼用呢？還不如讀點書。」奶奶將牆上的畫小心翼翼地撕下來，「早知道就該讓她畫畫的啊。」

　　這房間的一切都完好無缺，只是少了點生氣、又鋪蓋著一層灰。我問奶奶她都沒回來過嗎？奶奶回答我說：「上班以後，她就

很少回來住啦。」

　　我可以想像的是她從這一個小天地轉移到另一個，艱苦地走過那名為成長的路途。深夜時她餵養她的貓和悲傷，白天裡她得挺起背脊，在百貨公司的服飾專櫃裡笑容滿面。

　　我們曾有一次去看過她，那時快過新年，百貨公司裡喜氣洋洋，聽著廣播的發財歌，看著她忙裡忙外地幫客人試穿、結帳，那時的我還更小一點，乖乖地坐在小凳子上，只能瞧著大人們說話。

　　「給，」她在百忙之中抽空遞給我一枝糖，「無聊嗎？再等一下喔。」

　　我跟她說過的話並不多，這大概是唯一最有印象的一句話。糖早已吃完，人也已經離去了，我還不了解的時候就明白「失去」擁有它專屬的儀式，而在我真正能了解時，卻已經無法再對誰做出印證。

　　所有人都說她走得很突然，也有人嘗試用埋怨來說她走了以後的事實，不論是哪一個，最終都還是坐跪在靈壇前，對著她的肖像哭得一把眼淚一把鼻涕。他們說她生前最愛漂亮了，所以給她畫一個完美的妝容，慎重地穿上最好看的衣服，並且帶來許多不同花樣的紙衣服。

　　那一天下著零零落落的小雨，來的人不多，但也不少。許多她的朋友都來跟她道別，他們或是啜泣，或是面無表情，髮色各異，手臂上也有明顯而搶眼的刺青，可卻以反差的語氣、溫柔地告訴奶奶：她是個很棒的朋友。

　　奶奶欣慰地說：「有好多人來看妳。」

　　她繼續沉睡在冰櫃裡。

她要走了。

但我還想問她，妳還難過嗎？

或許妳真不是故意的，不是真想溺死在自己的某種執著裡，只是太辛苦了，自己突如其來的憂鬱跟悲傷，不知道該如何面對才好。

雨停了。人群開始有著說不出口的焦躁。預示的分離還有永遠的相隔兩地，她選擇一個電話和簡訊都無法傳達的地方，將自己的名字永遠留下。當她的聽覺陷入黑暗，她所朝墜落之處將會是連心音都無法抵達的地方，世界又寂靜又溫柔，再沒有誰對誰錯。

再見，晚安。

祝妳好眠。

蘇瑾珮，筆名甘之，但比較喜歡草岐。一九九八年尾出生，喜歡冬天但也不討厭夏天。現就讀國立暨南大學中文系。總妄圖在草根般的日子裡，綴上一朵花。

朋友開玩笑說我又拿了獎，是不是很輕鬆？其實無關輕鬆與否的問題，寫作於我而言，是重審自己目光的辦法，人永遠都在修改，個性或者習慣、想法或者回憶，我們總努力要成為更好的人，其實也不住地往這條路上前行。

害怕生活的同時，永遠記得不要拋棄自己。

評審講評

｜傅月庵｜

　　三個人都選了，這篇肯定不錯，不錯的話就是要繼續寫啊！但這篇感覺沒剛剛那篇完整。我建議作者或可思索一件事情：把第一段、第二段拿掉，試試看從第三段開始寫就好。因我覺得第一段、第二段有點「虛」，且造成一個問題：「我們回阿嬤家」，阿嬤一般很可能是外婆，因為底下稱呼是奶奶，前面卻是阿嬤，後面又有姑姑，中間不免造成讀者疑惑：到底阿嬤跟奶奶是不是同一個？第一段和第二段我怎麼看都覺得不寫也沒關係，直接從「多年後我回想」開始寫起就好。對於這篇，我只有這點意見，其它我都覺得滿好的。

｜房慧真｜

　　我對於開頭的感覺和傅老師不太一樣，我選這篇進來就是因為我非常喜歡它的開頭，包含對溫度的感覺。他應該是處於年紀很小的時候，對任何記憶都不是線性而是觸感的狀態，寫到木地板本來應該是相對溫暖的，但是那天它雖然沒有像大理石冰冰涼涼的，也沒溫暖到哪裡去，好像露出了一點線頭，可以讓你去找尋後面好像有什麼事情即將發生，包括鵝黃色的窗簾也是暖色調，但整個都沒有溫暖的感覺，全身一股冷意。媽媽把他從地板上拉起來，他說：「我沒有要賴，也沒有聲音。」小孩子好像野獸一樣有敏銳的直覺，會覺得好像有什麼事情發生，我非常喜歡它的開頭。

　　這篇其實是滿溫柔熨貼的一篇弔文，感覺作者其實並不那麼熟悉姑姑，因為跟她說過的話不多，有一種淡淡的、彷彿不太貼身的哀愁感。但是我覺得它的破題非常好，對溫度的感覺帶出後面故事，讓死亡的溫度好像早上去海灘、冰涼的海水慢慢淹漫過來一樣，謝謝。

| 言叔夏 |

雖然有一些作品寫親人的死亡，但這篇我非常喜歡的部分是，他所處理的親人是一個被封印在童年時、有非常淺薄印象的姑姑。

所以處理起來不像其他人有非常近的鏡頭，相反的有很多柔焦處理，這種柔焦的處理、充滿霧面的質感滿迷人的。尤其是回去奶奶家尋找照片、幫姑姑整理房間，他進到那個看起來有點像閣樓的房間時，有一些非常細節的描寫，寫姑姑在狹小的空間裡面有一張單人床、一個桌椅、一些有年代感的少女漫畫，一切都完好無缺，可以想像她是從這個小天地轉移到另外一個地方，也寫到她白天要挺起背脊，在百貨公司的服飾專櫃。她對這些細節的描寫、對於死去親人的描述，不知道為什麼並沒有讓我覺得很膩，我覺得是距離的問題，雖然有畫面，但畫面的周圍充滿光暈，這個部分滿吸引我。

當然它也有很難被忽略的缺點，比方說剛剛老師們都有提到的開頭，其實我覺得這個鏡頭處理得非常好，可是文字可以再更追得上鏡頭一點。還有其他地方，比方說最後的「再見，晚安，祝妳好眠」，當然我相信作者是很誠摯地說這樣的話，可是不免會覺得在這樣的篇幅裡面，它顯得有點太輕、太快，也許可以再有一點層次，謝謝。

有病

｜ 中文四　馮怡婷

睡不著。

像是要跟誰較量似的，我瞪著眼前的漆黑、聽著耳邊來自鄰居的嬉笑聲，有點窒息地吸吸鼻子 —— 剛透過浴室窗戶朝外大喊「安靜點」，結果半小時後又恢復的音量，確實是很令人窒息。可是我還能怎麼辦呢？又不能像特工翻進樓下，舉起槍喝斥。

「暴民！都不准動！」

她們不是犯人，我才是躺在黑色盒子裡、在心底無數次詢問自己下午檢測表的犯人。

我應該閉上眼了，又似乎沒有，因為無論如何，那張表總在眼前問著我的「罪」，最後只能拖著腳步走進診療室，像緊縛腳鐐的犯人即將面臨一顆子彈。抬起頭發現醫生的視線落在我臉上，於是露出一個淺笑，然而醫生又低下頭，指了一旁的椅子讓我坐下。

我垂下眼，看見口罩邊緣跟被呼出的熱氣熏白的下半部眼鏡。

「妳看起來很累。」

「嗯？」我下意識挺起背脊，推了推下滑的眼鏡，悶在口罩中的話十分含糊，「喔……好像中鏢了，等下還要看內科……」

醫生發出一連串意義不明的低笑聲，挑起眉：「是因為感冒嗎？還是因為要做 ADD（ Attention Deficit Disorder ，注意力不足症）測驗？」

我像是平常被人逗笑而彎起眼睛，只是口罩後的嘴像死魚一

般張著，張著，不會再呼吸了 —— 又或許是怕這不會閱讀空氣的醫生，藉著我的呼吸發現其他蛛絲馬跡。

醫生收起表情，開始對我進行檢測。一一做出答覆的同時，像是重新建構一個已然活了二十年的我，我感受到正在測試的自己旁邊有如堆積木一樣，「喀喀喀」作響，轉眼間是一個等高的積木人了 —— 由各種顏色、不同大小的積木堆疊成的「我」。

「積木我」朝我傾身過來，邊邊角角磕碰到皮膚並不是很痛，而是遲鈍地壓進我的肉裡。

或許是因為「積木我」並沒有多少重量。

我有點意外，二十年的重量是這樣的輕。這樣的輕，依然可以戳出一個個淺淺的窟窿。

「馮小姐？」

我把視線從身邊移走，放到醫生臉上，眨眨眼。

「那這樣我們檢測就結束了。」

我瞄了眼他手下的測試紙，無法從上頭的字得出什麼結論。

「可以讓我看一下嗎？」

不知道哪根筋不對，我忽然對那張鬼畫符產生了無法解釋的興趣，伸出手就想去拿，然而我剛觸到邊緣便被抽走了。

我緩緩偏過頭去看醫生，而他一手支著頭，一手舉著那張測試紙晃了晃：「我幫妳分析吧，妳可能看不懂。」

平攤在桌上的手緩緩握成拳，我離開位子，口罩後的嘴大張，藏匿於胃袋的未知怪物仰頭瞧見影影綽綽的藍光，渾身沾滿鹽酸翻騰著，一路在狹窄的食道縱火。即將要觸碰到藍光時，喉頭卻被一股黏稠的稠狀物堵塞住，像是緊扒住喉壁，沒有一絲縫隙 ——

隔絕了所有空氣。

我摀住腹部緩緩後退，本來壓在我旁邊的積木人一下失去了重心，上半部瞬間崩塌，「乒乒乓乓」落了滿地。只見醫生走到我身邊，伸出食指跟拇指，拾起其中一個積木，輕巧地擺在我頭上。

「很吃驚？」他勾起唇角輕笑，「我是妳每一次剖析自己的結果，理所當然能幫妳分析。」

我攢緊拳頭，胸口大幅度上下起伏，嘴張了老半天，終於憋出兩個字：「少來。」

醫生聳聳肩，彎下腰又撿起來一小塊積木往我手臂上壓，登時，一陣劇痛炸裂開來，跟剛剛的鈍痛不同，我確信這人是壓到神經了。

咬起下唇，我忍住快要脫口而出的髒話，使盡全身的力氣甩開壓在我手臂上的手，接著往前撲去——

「靠！」

一陣天旋地轉後，我揉著隱隱陣痛的太陽穴，張開眼後又暈了一會兒，只能瞇起眼打量左手邊的矮書櫃跟右手邊亮著電源光的筆電。

我長舒了口氣，是目前的租屋處。

琢磨了一下自己的狀況，基本上就是睡昏頭從床上栽下來的蠢樣，夢裡那被積木折磨的紅印還在，罪魁禍首是腦袋邊掛有鈴鐺的一串鑰匙。

滑開手機屏幕，被突然的亮光刺激到閉上眼睛，腦海裡是瞥見的「8：17」，距離鬧鈴響起還有十三分鐘。

　　把手機撥到一旁，我沒有改變自己的姿勢，呈大字型癱在床跟地板的落差上。早上八點的陽光並不毒辣，刁鑽的光線從窗簾下方起伏的皺褶悄然無聲入侵到陰暗的室內，它以為能趁著沒人發現，就成功將太陽的溫度帶進來。

　　我仰起頭瞧見那波浪般的光線，宣告了它的「祕密」失敗，不過「行動」還是成功的 —— 室內溫度會在短時間中上升 —— 這是我無法改變的。

　　翻了個身順便把腳伸下來，我拉長身子去勾不小心放太遠的手機，點開各社群 app 瀏覽起來。

　　先是臉書。我耷拉著眼皮，手指重複下到上滑動，沒有什麼特別的事情，回覆了幾個朋友的 @ 後便關掉頁面，打開推特。刷新頁面的同時，我打了個哈欠，頓時明白為什麼夢裡的我會遲遲發不出聲。癢意漸漸攀上喉頭，在我連忙丟開手機去抽衛生紙摀住口鼻的瞬間，一陣驚天大咳爆發，足足有一分鐘，咳到我以為內臟會跟著跳出來。

　　裹起帶有痰的衛生紙擲進垃圾桶，我癱回原處吸吸鼻子。

　　原來感冒了嗎？感受到喉嚨火辣辣的疼以及非常有存在感的頭痛，我試圖回想是什麼時候著了涼，不過沒待我細想，樓上「咚咚咚」的腳步又打斷了我的思緒。

　　為什麼是「又」？

　　閉上眼睛，我試著集中精神。

　　不知道確切的時間，從某個時間開始，我發現自己很容易去在乎身旁發生的大大小小聲響，也因此容易一驚一乍。像是樓上腳跟撞擊地板的聲音跟樓下的交談聲，或是大半夜外頭重重踩踏樓梯的聲音，這些噪音都令我無法專心，而且火氣直飆。

　　不是沒有跟他們說過，但是相同的行為依舊持續進行。況且，照理說這樣的聲響應該不是只有我深受其擾，可是其他人似乎不以為意。後來我反思，還是自己反應過頭了？然而每次聽到樓下巫山老妖般的笑聲，又肯定了這不是我的問題，於是更好奇其他人是怎麼想的。

　　直到有天我看到臉書上關注的一位 coser 轉發的文章。那是一個女生，她列出一連串我看完後非常有共鳴的事情，然後寫道：如果中了很多條，那表示你可能有「注意力不足症」，不過只要吃藥就能讓你集中注意力，跟眼鏡一樣——戴了清楚、不戴模糊。

　　我上網搜尋了這個病名，找到一個自我檢測的題目表，當結果出來後其實在意料之內：有可能注意力不足，但沒有過動。

　　「過去認為這樣的疾病多出現在兒童身上，但其實有些患者可能會在青少年或者成年初期開始顯露症狀。」

　　來回看了好幾次維基百科，我又開始搖擺不定：果然有病還是要看醫生，免得小病胡亂查成絕症了。

　　做好要去看醫生的打算後，我總算是把自己從地板上拔起來了，洗漱完畢，戴著口罩便出門了——等下看完病還得去拿感冒藥。

　　口罩嚴絲合縫，裡頭跟外頭的二氧化碳似乎不交融，我獨享這份窒息。

　　我張開嘴。

　　但也僅是「似乎」，口罩有細孔，被迫跟外頭有絲絲縷縷的牽扯。

　　我閉起嘴。

　　前幾天看臉書的時候，有人貼了一張圖，內容是人在戴口罩

的時候會不由自主張開嘴。穿過馬路，不經意瞥見身邊戴黑口罩的女學生。

綠色的小人奔跑起來，我跟著它的腳步，她是不是也悄悄張開了嘴？想藉著單薄布料的遮掩發出聲音，發出內心深處怪物一般的咆哮。

鼻腔充斥新口罩近似塑料的味道，我用力吸了一口氣然後打出一個噴嚏，吸吸鼻子，還混雜了客運行駛消耗的汽油味，有些令人作嘔。

我揉了揉隱隱抽疼的腹部，後知後覺想起自己還沒有吃早餐。

這個想法浮現的時候，我恰巧經過一家早餐店。看了看招牌又探頭探腦觀察了一下，客人挺多的，應該不至於踩雷，於是我走進店內，不經意跟櫃台處的男人打了個照面。儘管是非常短暫的時間，但在那短短一秒，我渾身的雞皮疙瘩都爬起來了，趕緊抽起菜單就往內跑。

坐定在最裡面的位子後，我還餘悸猶存，畢竟誰看到夢中的陌生人活生生出現在自己周遭都會嚇到吧！

我翻出手機，先確認了時間 —— 8：17，可以悠哉吃完早餐——接著打開相機，偷偷拍了那個男人，發布貼文：

臥槽！居然在現實中看到夢裡面的人！

跟朋友聊上幾句後，我才放下手機開始研究菜單，卻越看越害怕，因為手上的紙根本不是菜單，而是一張 ADD 的自測表。

「好了嗎？」

　　聞聲，我猛地抬頭，方才還在櫃檯的男人不知何時站到桌旁，臉上帶著微笑，伸手要拿我手上的紙。

　　我大喘幾下還是忍不住了，放聲尖叫。

　　一番掙扎後，我散亂著頭髮爬起身，略迷茫地環視四周：前方亮著電源燈的筆電、右手邊的矮櫃以及輕輕擺動的窗簾，下方是安靜入侵的陽光。

　　撈過手機，正巧叮叮咚咚的鋼琴聲響起。關掉鬧鈴後，我坐在原處許久，將整個夢中夢理過一次後，深深吐出一口氣。

　　有病啊。

　　想如此吐槽的，脫離嘴的三個字卻是無聲的。

　　我吞嚥了幾次口水，感受到明顯的窒礙感及疼痛後又重新躺回床上，內心萬分無奈。

　　是真的有病啊。

馮怡婷，一顆製造於 1998 年、產地為苗栗的 couch potato，畢業於國立暨南大學。雖然是顆馬鈴薯，有時還是會癱在床上，努力寫些自娛自樂的小短文。

能獲得佳作是意料之外，也是一種鼓勵吧，鼓勵我繼續寫，特別是開始工作了，只能忙裡偷得隻字片語記錄在手機的備忘錄中。

｜房慧真｜

　　這一篇我反覆看了兩三次，覺得它非常像一個俄羅斯娃娃，一層一層的，只要把那個娃娃切開來，裡面就有一個更小的娃娃。有點像諾蘭的一個電影叫〈 Inseption 〉，裡面的夢有好幾層，而我自己也曾經有這樣的經驗，所以看著這篇的一些設計，例如八點十七分，時間好像一直停留在這裡，讓我覺得夢像是一個迷宮，同時也是一個小宇宙，看到最後會去想作者到底醒了沒，說不定他還是在作夢。它能夠成功引起懸念，形式上的設計是可以說服我的，謝謝。

｜傅月庵｜

　　這篇是十三篇裡設計感最強的，我讀了兩三次之後，才覺得他滿厲害。第一次讀，只覺得「你到底想講什麼？」不太清楚；再讀一次，以為你醒了因為一直碎碎念一直講這些那些事，然後做夢又醒了，突然發現我怎麼會碰到做夢的人，然後也把它傳到臉書上了，結果沒想到後來才知道他又做夢去了 —— 它交代鬧鐘的時間，讓我們知道原來他又睡著、又做了一次夢。知道了這樣的設計之後，不免讓人想到，這有點像普魯斯特《追憶逝水年華》，他花了很長篇幅在碎碎念，講睡覺前所看到想到的很多事情，這篇就有點類似，抓來一些很平常的事情，或說做了兩個夢，然後在枯燥的生活裡面把它講成一個早上的事情，很棒的設計，很有意思！但這篇文字相對沒那麼好，文字駕馭能力弱了些，若想繼續創作的話，我的建議是文字要再加強，贅字甚至錯字都應該要想辦法去掉，更簡潔一點，加上你的設計感，那就會很強了，謝謝。

水煙紗連 文學獎

| 言叔夏 |

　　它的優點剛剛房老師和傅老師都講滿多了，我自己讀這篇作品最大的感覺是，雖然寫的是某種疾病的狀態或精神狀態，可是這種精神狀態在非常具設計感的描寫下，會有滿明顯的痕跡，這種發生在潛意識裡的東西，也許會有一個更流動或模糊的地帶。而且在這裡面的「我」是非常理智的，每一層都知道自己在幹嘛，也知道他掉入了下一層去，是他的某一種精神狀態，只是這在文字的處理層面上顯得有點太生硬。

　　怎麼讓這種很理智、知道自己在幹什麼的人處在瘋狂的狀態，這種瘋狂的理性是非常難去駕馭的，我會覺得也許作者可以試著把每一層之間的界線處理得稍微模糊一些，會感覺比較真實，謝謝。

水煙紗連 文學獎

你想怎麼喝威士忌

｜ 外文一　李柔臻

每個人慶祝成年的方式各不相同。

有些人惴惴不安地成天帶著身分證，有人迫不及待地報名了駕訓班，也有人滿懷期待地拉著同儕一起上酒吧，這些行為俗稱：成年禮。

其中又以上酒吧最為青少年憧憬，身旁不乏有人過了一個週末，洋洋得意地向同儕炫耀：「我這星期六去了酒吧！」

酒吧裡總有許多事悄然發生，各式各樣的人們聚集於此，上千種不同的性格，上萬種不同的組合。一臉疲態的大多是上班族，下班後小酌一杯，隔天繼續面對乏味的生活；一身西服革履的人通常三五成群，大多都是談完生意後的非官方交流；渾身散發不安氛圍的絕大部分是初訪酒吧之人，帶著緊張的心情踏入酒吧。

我今年正好十八。而我慶祝成年的方式，正如上述所言：成為一名忐忑地站在酒吧門口、準備第一次進酒吧的平凡十八歲少年。

叮鈴。我推開了那扇看似沉重的木門。調酒師在吧檯內擦拭著酒杯，聞聲才抬眸瞥向門口。

他對這位陌生的訪客報以微笑，眼睛瞇成月牙。我有些侷促不安，緩緩踱向吧檯。

「您好，」他將吧檯上的酒杯擺置整齊，雙手撐在乾淨的深色吧檯上，身後澄澈的酒瓶陳列在眼前，惹得我心中叮噹作響，背景音樂慵懶而輕鬆，他問：「是第一次來嗎？」

我點點頭。

「請先借我一下身分證。」

　　我慌忙拿出早已擱在口袋的證件，他看了一眼便還給了我，笑道：「不用這麼緊張。」

　　我有些窘迫地低下了頭。他拿出酒單展示在我面前，各類酒名在我眼中像一連串難解的密碼，令人頭暈目眩，我顫巍巍地開口：「你能為我推薦嗎？」

　　「當然，」他點點頭，「有喝過酒嗎？」

　　「這個嘛，我剛滿十八……」

　　他有些詫異地望向我，「所以沒有喝過酒嗎？」

　　「呃，僅止於淺嚐。」

　　或許是覺得荒唐，又或者被我的回答逗樂，調酒師啞然失笑道：「真是一位守法的好公民。」

　　「那麼，」他收起酒單，「我們先來一杯 Blue Hawaii 吧。」

　　他一邊調酒，一邊跟我介紹著六大基酒以及「藍色夏威夷」的成分，我聽得有些出神，只知道那似乎是一種水果酒——直到他端上一杯漾著清新藍綠色的飲品，我才明白何謂「藍色」夏威夷。

　　我看向調酒師，他眼底閃耀著奇特的光芒，如星辰，如海洋，似是興奮，又好似期待。

　　我小心翼翼地端起那杯藍色夏威夷，在杯緣輕啜了口，沒有想像中的濃烈酒精味，不苦，卻也不會太甜。我驚喜地望向他，他也回敬我一個滿意的笑容。

　　自此，我便成了酒吧的常客。

　　「好久不見。」

　　結束了轟轟烈烈的期末考週後，我捧著疲憊的心來到了酒吧，他向我打了招呼，我癱在吧檯上，說了聲：「嗨。」

　　成為常客已近一年，我已不再是當初那拙劣模仿成人的青澀少

年——或許說得有點過了，至少我已能自然地走進酒吧，甚至和調酒師成了關係不錯的朋友。

「考得好嗎？」我沒有回答，他笑道：「看來是不太好，那我換個問法吧，最近過得怎麼樣？」

我猛地抬頭，他明顯嚇了一跳，我不禁失笑：「啊，本來心情很差的。」

「怎麼了？」

我頹然將右臉頰與吧檯檯面親密接觸，低聲道：「最近總在想，不知道自己追求的是什麼了，兒時覺得『長大』是一件特別酷的事，可當年紀漸增，未來卻愈發模糊。人際關係也是如此，純粹的友誼漸漸發展成利益關係……總覺得，好累。」

他一言不發，惹得我有些煩躁，坐起身來，宣告般道：「給長不大的男孩一杯威士忌吧！」

他失笑，無奈地聳了聳肩。

在此之前，我尚未直接品嚐過威士忌，畢竟它貴為六大基酒之一，烈酒的威力不容小覷。人在鬱悶之時，似乎都喜歡挑戰一些平時辦不到的事。

「有人說，成長的過程就好比釀酒。」他仔細地擦拭古典杯，眼神銳利而謹慎，「將原料清洗、乾燥、打碎，在合適的溫度下佐以酵母，接著便是漫長的等待。」

「整個過程決定了最終結果，釀出來的究竟是香醇的酒，還是酸鹹的醋。」他將完全透亮潔淨的杯子輕放於桌面，從冷凍庫拿了瓶單一麥芽威士忌，澄澈醇香的烈酒在杯中晃蕩，他將酒杯推向我，道：「嚐一口，一小口。」

我拿起酒杯抿了一口，試圖品嚐威士忌的醇厚，可灼燒感幾乎在一瞬間逼迫我投降，我皺著眉說：「成長的過程不是釀造，我覺得我就要溺死其中。」

「畢竟你是第一次嚐威士忌，」他笑出聲，於此同時鑿好了一顆球冰，他將其放入杯中，說：「所以我們還是加一些冰塊吧。」

我再嚐了口，酒精味如剛入口時那般濃烈，可我似乎已經習慣了這樣的刺激，抑或球冰沖淡了它的氣味，喉頭竟有一絲回甘醇厚的感覺。

他笑了笑，想必已從我的表情洞悉了一切，「人生也是如此，再怎麼濃烈難以入口，總會有一絲值得品嚐的奇妙韻味。」

我愣了一下，便笑了出來。

「我一直想不明白為什麼，心情不好就會自動跑來這裡。現在終於找到原因了：你總是能在人們低迷的時候說些適當鼓勵的話。」

「是嗎？」他似乎有些不好意思地低下了頭。我望向窗外，明月高掛，星期五的夜已深，窗外一片寂靜，酒吧內卻剛揭開夜幕。

今夜來的不是時候，恰巧遇上了酒吧的巔峰期。許多人擠在吧檯前，有些人向陌生人攀談，有些人與朋友三三兩兩地笑鬧著，我向忙碌的他打了招呼，點了杯黛可瑞（Daiquiri），默默走向不熟悉的四人桌，確認尚有位置後，我坐了下來，電視上正好在播著《Love , Simon》，一個關於少年出櫃的故事。

「啊，為什麼播這種不正常的電影。」正對面上班族模樣的男性幾杯調酒下肚，已有七八分醉。一旁的女性有些慌張地看向四周，見許多人投來異樣的目光，她連忙道：「你不要這樣。」

「本來就是了，應該很多人、很多人都這樣想吧！」他帶著不知從何而來的怒氣道：「同性戀本來就不正常！」

「正常與不正常，又由誰來定義呢？」我忍不住開口反駁，兩人愣了下，眾人也紛紛看向我，我有些不自在地挪了挪身子，上班族男性不悅地皺起眉頭：「哪有什麼定不定義，大家都這麼覺得！」

「大家是誰？」我靜靜地反問，「你是說誰？」

「就……」他漲紅著臉，似乎不知該如何應對，大聲吼著：「啊，反正就不正常啦！」

「所有人都是不同的，談何正不正常？」我以冷靜卻生硬的口吻道：「大家都是獨一無二的個體，為什麼卻硬是加了邊框，搞得相互對立？」

「……」

酒吧頓時一片寂靜。我有些慌張，調酒師卻端著威可來到我身旁，輕輕拍了拍我的肩。

「你說得很好。」他笑著說，將調酒放在我面前。

那名男性突然像洩了氣的皮球般趴在桌面上，他憤憤不平地說：「那我怎麼辦？女朋友突然出櫃還提了分手，為什麼我要被這樣對待？」

我和調酒師面面相覷。從沒想過是這種原因。

他身旁的女性似乎不知道該如何安慰他，時不時求救般地望向我們，我只得開口：「無關性向，單純只是兩人不適合而已吧。」

「還有，不要因為自己悲慘的經歷而去怪罪其他無辜的人，打起精神吧。」

身旁的調酒師詫異地望向我，不合時宜地道：「你長大了耶……」

四周的人忍不住笑了出來，我漲紅著臉反駁：「你不要用那種老父親的口吻好嗎？」

酒吧又恢復了輕鬆愉快的氛圍，那名男性也由同行女性攙扶著走出了酒吧。

或許這樣微弱的反駁毫無意義，可總得有人來駁斥這樣的偏見吧？我拿起威可和調酒師碰杯。

「敬成長！」他說，我笑著回：「敬成長。」

叮！敬這樣的夜晚！

星期六的夜晚，我仍拖著疲憊的身軀來到酒吧。頹靡得不能自己，酒吧內似乎也失了真，沒有了往常的歡快氛圍。

「你不會想談戀愛嗎？」我坐在吧檯前沉默了十幾分鐘，突然問道。

「有些人不甘寂寞，可有些人，一個人也能活得很好。」他淡淡地回，似是察覺到不對勁，「怎麼了？」

我撐著頭，略為哽咽道：「我見到他的新對象了。」

他似乎想說什麼，可話到嘴邊又嚥了回去。我也沒說話，只是愣愣望著檯面的反射，燈光一閃一閃，朦朧而遙遠。

他靜靜地拿出利口杯，熟練地依次倒入咖啡酒、奶酒與伏特加。拿出噴槍時，他愣了神，時間彷彿靜止了一、兩秒。彷彿猶豫再三，他把噴槍收起，輕聲道：「多少人反覆在寂寞冷清的夜裡蜷曲著身體，渴望被愛？然而又有多少人相互給予炙熱的擁抱，兩顆心卻遙遠得如南北兩端？」

「心像兩塊同極磁鐵，一接近就分開，互相抓緊彼此又有什麼意義呢？」他說，微苦的笑容淺淺地掛在他臉上，有些牽強，有些扭曲，「當初不是已經決定好好放手了嗎？」

「有時候拖著不願放下，對誰都是一種折磨。」他嘆了口氣，將沒有點燃的 B52 遞給我，然後轉過身招待別的客人去了。

我明白的。我都明白。

每當寂寞的時候，我會獨自一人數著夜裡的星星，而面對滿天數不完的星辰，我卻更加寂寞。

然後我會想起，我曾對那個深愛的男人說過，說他如星辰閃耀，如今那明亮的星斗離開了我的身邊，於是在孤獨的夜裡，我的夜空清亮無星，獨留月色潑灑在沉靜無言的漆黑畫布。

他早已離去，而我也清楚明白，期待著他回眸的我無非是個傻

子。我將對他的期盼及埋怨作為原料，佐以酵母，卻釀成了思念。就像患了斯德哥爾摩症候群，傷得再深，卻仍無法自拔。

　　我明白的，這是失戀的人們都走過的路。誰不是磕磕絆絆跌跌撞撞才找回正確的方向？

　　可冰涼的淚水仍劃過臉頰，留下淺淺的痕跡。我伸手抹去眼淚，靜靜地端起那杯安慰酒，一飲而盡。

　　熒熒燈光照得人昏昏沉沉，我迷迷糊糊見到窗外明月在夜色中漾開，黑夜染上月的顏色，頓時明亮起來。室內的一切逐漸朦朧，所有事物失去了稜角及邊框，相互融合、交錯——

　　晚安。倒下以前，我荒唐地說道：晚安。

　　終於趕在了打烊前一刻，我鬆了鬆領結，內心埋怨著上司拖延下班時間的不道德。

　　如今我已過而立，卻仍準時在星期六夜晚造訪這間酒吧，他臉上也總掛著初遇時的淺淺笑容迎接我。當初的煩惱早已煙消雲散，如今威士忌的灼燒及尾韻已成了我的心頭好。

　　同樣的人，同樣的位置，同樣的昏黃燈光，不同的心境。我在他面前坐下，心有靈犀地互相交換眼神。

　　「今天，你想怎麼喝威士忌？」

李柔臻。2001年生，高雄人。現就讀國立暨南國際大學外文系。

文學一向是抒發情緒的途徑。無論是天馬行空的幻想或真實經歷，都能透過文字記錄下來。此次投稿見到了其他創作者的作品，實在自愧不如，聽過評審建議後更是徹底了解自己不足之處，了解該如何對自己提出質疑。

感謝評審的建議及鼓勵，未來將精益求精，持續創作。

｜言叔夏｜

其實這篇我一直很猶豫要不要選進來，這篇作品的作者相當聰明，用一個敘事或小說的入口，進入到一個酒館，因此這個酒館裡面，包括他每次來到這個酒館遇到的人以及發生的事情，可以用類似小說說故事的方式，把一個東西丟進去，第二次再丟、第三次再丟，在重複裡形成差異跟美感，我會覺得其實還滿有趣的。但是在一些細節上面，比方說對白，他跟 bartender 說敬成長，對方也說敬成長這裡，我會覺得它有點像某種偶像劇，有一點drama 的部分，所以對這篇有點保留，謝謝。

｜房慧真｜

這篇的題目很好，看了會讓人很期待，其實這個題材我在文學獎是第一次看到，對於一個那麼好的題材覺得有點可惜。

他用非常工整的結構按著年紀時間順序，從十八歲可以喝酒，到二十歲、三十而立，有點太工整，我會建議作者可以把順序稍微打亂，就像看電影會有一些倒敘法，或是在中間提到前面的部分，加上這篇裡面特別是調酒師的口吻，調酒師講的話其實不像是一般人日常會講的，非常文藝腔，很像在拍偶像劇。

但我還是選了它，因為對調酒師的動作形容得非常精彩：「靜靜的拿出利口杯，熟練的依次倒入咖啡酒、奶酒與伏特加，拿出噴槍時他愣了神，時間彷彿靜止一兩秒……」對於調酒師，作者的確有觀察出細節，但講話的部分太書面了，顯得很設計的感覺。還有一些用字的部分，在快要結尾的時候又開始喃喃自語，顯得太刻意，把一些剛剛醞釀起來的氣氛破壞掉了。譬如說有一句話：「每當寂寞的時候，我會獨自一人數著夜裡的星星，而面對滿天數不完的星辰，我卻更加寂寞。」這是不是你自己的語言？在臺

灣我們容易有滿天數不完的星辰嗎？這是自己的語言，還是快要結論就開始要文藝腔起來、有這種對影成三人的感懷？總之這東西就顯得很不自然。

| 傅月庵 |

我沒有選這篇。為什麼沒選？一如兩位老師所講，我對它的對話有意見。文中的對話不是一般人會講的對話。

這篇是所有文章裡面最像小說的一篇。小說和散文之間是不是應該有界線？什麼叫小說？什麼叫散文？對於這個，我沒什麼意見。你把它投稿到散文組，我就算你散文；投到小說組就算小說。你要用這樣的方式來寫散文，絕無不可！問題在於對話，什麼樣的身分講什麼樣話，你得讓角色回到人間來，不要留在電視裡面。我覺得這篇的對話需要好好鍛鍊改進。第二，文章太鬆散，很多地方必須節制。寫作這件事，「自我節制」是很重要的。剛開始你往往寫不出來，只能用擠的。寫到某個程度，漸漸會發現：太多可以寫可以說，於是喋喋不休。這時候你就必須勇於刪文，力求精準。

我個人的看法，這篇文章裡，一整段都可刪掉，從「我明白了，我都明白」開始，一直到「我明白了這是失戀的人都走過的路，誰不是磕磕絆絆跌跌撞撞才找到正確的方向」，把它都刪掉再讀一次，基本上一無損傷。包括最後那一段，若也整段刪掉，會不會對文章造成太大影響？你所想要表達的會不會因此少掉呢？拿出來的都得是剛剛好的，絕不多拿或少拿出來，絕不能讓評審覺得「這個是多的、不重要的」。想做到這點，就得不時回過頭去看 —— 尤其寫很多的時候 —— 你一定要確認拿出來的都是「精」的，沒有「虛」的、「胖」的。謝謝。

提問時間

◇問題一

同學：

　　三位老師好。想請問言叔夏老師一個老調重彈的問題，我們在閱讀散文或是創作散文的時候，會面臨一個解構再重新結構自己的問題，在這個過程當中如果感受到痛苦，該怎麼讓自己好過，然後把文字寫下來？

言叔夏：

　　謝謝同學有條理的提問。關於這個問題我想可能很多人都有，包含我也是。

　　寫作時絕大多數都是將個人的某些經驗，透過外力或是內部壓縮榨出的渣滓進行重組工作，這種工作很像絞肉機，經歷過的東西很多都是用真實的皮膚去撞擊。過程裡書寫者會首先面臨到的問題，除了創作過程本身技術性的痛苦之外，有很大部分是來自很難在過程裡得到某種純粹的快樂，它總是會混雜著其他東西，那些東西都會折射到現實層面，比方自我質疑，寫完之後這些東西還是持續存在著，這些東西要怎麼產生對話或拉鋸、達成某種動態的平衡，很多時候在當下很難處理它，所以我會推延到很遠的未來。剛剛講評的時候，不管是我或是兩位老師都提到有些素材在某些時刻不一定能被處理，因為書寫有一個最終極的敵人，時間。

　　時間影響了我們面對素材本身，包括它必然的消逝和消逝後的虛空，同時作者的身體也在現實中老化或侵蝕，會有非常現實的性格，包括詞庫是不是會老化、舌頭隨著散文作者的年紀越來越大，是不是會越來越頓。但有些東西需要在拉鋸時鬆手，也許

始終跟你處於對峙狀態的人事物，在這時候關係會產生一些鬆動。寫作裡面有些東西是非常技術性的問題，比方說留一些空隙，像剛剛講的〈21〉我常常提到「空隙」這個詞彙，我覺得空隙就是當你擁有技術去書寫時，能回到創作中把某些力量、技術放掉，鬆一口氣時把敵人撂倒。謝謝。

◇問題二

同學：

房慧真老師您好，在去年年底的華文朗讀節中，有聽您與駱以軍老師的對談，在對談的時候您曾經說過自己是同輩當中最用功的作者，我想請教您如何在閱讀文本時詳細精讀？想請您分享一些經驗或技巧給大家。

房慧真：

謝謝這位同學的提問，其實台上另外兩位的讀書量也很驚人，如果要成為一個寫作者，首先必須要是一個閱讀者。我自己的閱讀方式分兩種，一種是泛讀，把自己閱讀的庫存量想像成一座雨林，因為物種在雨林裡面最豐富。我在當記者後讀了大量歷史、社會科學，不一定是跟文學相關的書，像我前陣子跟童偉格在麥田有一個導讀的計畫，因為童偉格的大腦非常恐怖，我壓力非常大，所以寫了一篇史達林時代底下知識分子的命運。它不只是一篇很簡單的文章，裡面大概是我持續半年都在讀的相關書籍，包括我之前也有一兩年的時間在讀納粹集中營的書籍。但泛讀也不是什麼都讀，因為很可能在森林裡面迷路。雖然說是泛讀，但是你還是需要找到一個參照體系，我當記者其實對於時事非常具有切身性，不管是史達林時代底下知識分子還是納粹集中營，它會幫助我們回頭關照自己的島嶼、帶我們關注白色恐怖和史達林時

代的大清洗有什麼差別。亞歷賽維奇寫的《二手時代》是一個很棒的參照體系，這是一個參照體系的閱讀方式，它可能會持續個半年、一年，我會攻讀某種類型的書，但對於文學的書籍還是需要細讀。另外一種閱讀方式就是需要一字一句慢慢地去讀，像我前陣子正在細讀的一本書是陳淑瑤的短篇小說集《地老》，很建議大家去讀她的小說，意象經營非常精采，至於國外像海明威跟沙林傑的短篇小說對於我在新聞寫作影響很深，因為新聞寫作必須用最簡潔的字彙涵蓋最大的意義，就像海明威的冰山理論，浮在海水上的十分之一，但是下面其實有十分之九。這個時代也許沒那麼有餘力去讀長篇，但是可以從短篇小說開始讀起，謝謝。

◇ 問題三

同學：

　　傅月庵老師好，想請問去年臺灣書籍的出版量是十八年來的新低，作為一位編輯及創作者，在面臨臺灣閱聽習慣轉變的狀況下，您覺得出版社可以做出怎麼樣的轉型？加上這波新冠肺炎的影響，很多實體書店經營不下去，大眾的消費習慣從線下逐漸轉變為線上，我也是在一個類似二手書店的地方工作，所以想詢問您實體書店應該如何轉型或如何走出自己的路呢？謝謝。

傅月庵：

　　人年紀大了，個性會轉變。我今年六十歲，我發現我越來越成為一個「佛系」的人，譬如剛才在問叔夏老師的問題，如果我來回答，我就會說：「讀得下去就讀，讀不下去就別讀。自在一點吧！」如果要我回答房慧真老師的問題，我的答案可能是：「讀了之後有感覺就多讀兩次，沒有感覺就別讀了。自在一點吧！」回到我的問題，答案差不多：出版社該倒的就讓它倒、書店該倒

的就倒吧。

　　網路時代裡，書店也沒那麼重要，多半是我們自以為是知識份子，我們有話語權、我們能書寫，把「書店＝知識」，所以把書店看得太重要了。問題是人類沒有書店還是活得下去，沒有出版社也活得下去。更何況，真要講人類的歷史，人類有史以來學習最蓬勃、吸取知識最多的時代就是現在，那是因為網路出現了。換言之，以往人類吸取知識只有一個管道，就是透過書籍，現在已經不是。我只要看我兒子就知道了，他是一個怪咖，今年十二歲，小學六年級，他不曉得哪根神經不對，四年級時開始對「京劇」瘋魔了，我沒法教他，他媽媽也沒法教，在臺灣能教的人很少。他莫名其妙就喜歡京劇，到處找到處看，兩年下來，他能唱《四郎探母》、《戰樊城》、《二進宮》。他是怎麼學習的？他就看YouTube，看完之後自己練唱，唱完用電腦錄音，錄好了之後再放出來，自己再聽、再修正，如此這般很快就憑著興趣跟練習學會京劇。

　　網路還沒出現的時代，你再有興趣也得找本書來，還得會工尺譜，不會就唱不出來。現在完全不一樣了。一代人做一代事，在我的年代，讀書很重要、書籍很重要、出版社很重要，如今你卻得慢慢地承認一件事：當整個知識體系分化下去，出版社應該會被跳過、應該會被淘汰，或是說大家覺得不需要它了，它就應該要結束。我們可以為它痛哭流涕，可以為它好好地辦場葬禮，但是應該死的就要死。若不想死，非要活下來，那就必須要找到能夠活下來的理由，要去說服整個社會，讓大家支持你活下來。

　　我對書店相對樂觀，對出版社比較悲觀，特別我又在出版社工作。出版社很容易被跳過，而且正在被跳過。一如電影公司也會被跳過。我最近很喜歡追劇，看了一部美劇，叫《博斯》，我

會看它，是因為這劇出過推理小說，我很喜歡，電視劇是「亞馬遜網路書店」出錢製作。「亞馬遜」為什麼會出錢製作這部電影呢？他看好那位作者，覺得這部小說寫得太好了。再往前一步想，亞馬遜能拍劇，能出電子書，那為什麼不能出紙本書？畢竟銷售管就掌握在他手中啊。這樣一來，傳統出版社能做什麼？一下子被跳過了不是嗎？

這個趨勢看來是必然的，為什麼？我的同輩常在辯論，他覺得紙本書有溫度，習慣看紙本，在燈光下閱讀紙本書的感覺是電子書所沒有的，這個我都承認，但這是你，是三十歲、四十歲、五十歲這一代的你。我兒子他紙本書也看，可是他看 Kindle 一點問題都沒有，今天他看紙本書、明天他媽媽給他一個 Kindle，他馬上就覺得 Kindle 很好啊。到了下一代，可能整個就又改變了。但是書店應該死得慢些。從 1450 年古騰堡開始印書之後，我們所累積的這麼多書，將來還是會存在，就像黑膠唱片，黑膠唱片有沒有死掉？它確實萎縮了，卻始終還是有一批人繼續去聽去買。這種交換必須要有一個平台，這個平台是不是實體書店我不曉得，也許透過網路一樣也可以加入，那算不算也是一種書店呢？網路書店是不是書店？電子書是不是書？這個概念你若轉得過來，問題就不難。對於未來，我們總是要敞開著心胸去迎接，不要老是守著自己、從自己的角度去看，應該大氣一點，寬廣一點地去看。但無論如何，我很慶幸我六十歲了，就算出版社很快就會死了，大概也跟我無關了。謝謝。

155

小說組

水煙紗漣 文學獎

評審介紹

本名鄭瑜雯，福建林森人，東海大學中文系畢業、美國南加大東亞所碩士，現任聯合報副刊組主任。著有詩集《我是最纖巧的容器承載今天的雲》；短篇小說集《貓的年代》、《台北下雪了》、《幽室裡的愛情》、《台北卡農》、《微鹽年代‧微糖年代》；散文集《這是誰家的孩子》、《顛倒夢想》、《我將如何記憶你》、《丁香一樣的顏色》、《那些人住在我心中》、《庖廚食光》、《負劍的少年》、《文字手藝人：一位副刊主編的知見苦樂》；長篇小說《在月光下飛翔》；傳記《永遠的童話──琦君傳》及童書等多種。

宇文正老師

1983 年生，暨南大學中文系、東華大學創英所畢業。曾任職菲律賓尚愛中學華文教師，加拿大班夫費爾蒙特城堡飯店員工，聖露西亞青年體育部桌球教練，現為北藝大講師。作品曾獲聯合文學小說中篇小說首獎、臺灣文學獎圖書類長篇小說金典獎、紅樓夢世界華文長篇小說決審團獎等。著有《藍莓夜的告白》、《青蚨子》與《番茄街游擊戰》。

連明偉老師

臺北三重人，專職寫作。曾任職廣告文案、編劇、出版社編輯、記者。出版有小說《少女忽必烈》、《準台北人》、《跨界通訊》、《新手作家求生指南》、《我媽的寶就是我》。
網站｜dali1986.wix.com/yuchinchen
FB ｜陳又津 YuChin Chen
IG ｜hubilieh

陳又津老師

開場致詞

宇文正：

大家晚安，我剛才跟兩位老師聊天，都認為貴校是我參與過的校園文學獎裡，學生最有禮貌、整個儀式最為隆重的一個學校，令人印象深刻。

我讀到的第一篇小說叫做〈蟬〉，坐在這裡終於知道你們為什麼這麼信手捻來的用了這個意象，原來你們就生活在這樣的空間、耳朵聽到的是這麼壯闊的聲音。

我上次來是評圖文類，這次是第一次評暨南大學的小說，我非常敬畏的一位小說家以及評論家是你們的黃錦樹老師，從他口中，我對學生沒有太大預期（哈哈），結果看到的作品很令人驚艷，可惜件數少了一點，只看到八篇。我很喜歡從文學獎看學生的生活跟思索，但是因為這批作品只有八篇，很難就這麼去歸納你們，但我覺得題材很多元、生猛，不像是大學生在思索的一些課題，很厲害。

在學校期間可以參與文學創作跟比賽，聽評審的意見是一個非常美妙的過程，希望我們今天不會讓你們失望。

連明偉：

宇文正老師、陳又津老師，還有系主任、各位老師、同學大家好。很開心這次可以回到暨大，我在 2002 到 2006 年就讀暨大，當初也坐在臺下，每一屆都會投稿，也得了一些獎，現在再回到暨大當評審，感覺相當不同。

在這十五、六年當中我也成長很多，回過頭看同學們的作品，在不一樣的世代、不一樣的時間點，對於藝術媒介的選擇、文學的品味，還有這個世代所強調的時代精神都會有些差異，而在這

些差異當中，其實會存在某些最基本的技藝傾向或精神形塑，所以閱讀同學們小說也給我滿大的反思。

今天滿想聽聽看其他兩位老師的想法，如果同學們有不一樣的想法也都可以提出，因為我覺得文學很重要的就是討論跟抗辯的空間，如果沒有這樣一個容器讓大家討論的話，文學的價值可能會大大削弱。

陳又津：

大家好，我是陳又津。直到今天能不能被稱為「老師」我都有點猶豫，因為我覺得文學路上是沒有老小的。如果同學們對於其他同學的作品有什麼想法歡迎去溝通，或者是你對評審的作品有任何意見，也歡迎跟我溝通。

看了這次的八篇作品，整體的感覺是，雖然這是一個在山城中的大學，但同學們都很關心社會，這很不容易。我去看其他的文學獎，有些作品很大程度會擺在類型上，但在這八篇很剛好都沒有看到類型，這不是褒或貶，就是剛好沒有看到。

剛剛有說到大家都滿關心社會的，無論是雨傘運動、看護或是性工作者、青年貧窮，甚至就算是寓言體都可以看到教化色彩，文字也滿樸實清新的，沒有太重的文藝腔，這是我比較喜好的風格。

評審即將開始，要提醒大家，文無第一武無第二，雖然今天會評出第一名，勢必也會有同學沒有得到名次，我要說的是，雖然我的評審資歷會寫說我得了哪些獎，但其實我沒得的獎比我得的獎多，謝謝大家。

水煙紗漣文學獎

幽浮

｜ 國比四　林昇儒

外面的貓在爭地盤，發出淒絕的怒吼，貓科動物野性的憤怒，那個直接化為聲音表達了出來，像是嬰兒有精神的啼哭，或是女人慘痛的絕叫，一陣一陣的有如浪潮般襲來，宣示牠們對於生命的某種堅持的戰爭。

在這樣的惱人的聲音刺激之下，我身旁的人睡得香甜，像是不知道這個世界上有「甦醒」這個動詞，這樣的睡法，不過這也無可奈何，她睡得香甜並不是因為現在是深夜的三點半左右，她是一個因為車禍意外，陷入深層昏迷的可憐人。

深沉的、無垠的睡眠。在那下面不知道有著什麼呢？

或是沒有著什麼？

我在一間醫學中心的等級的醫院病房內，放鬆身體仰躺在照顧者專用的折疊式小床上，和早上一整天上學的疲憊談判。

＊

不知道什麼時候開始，貓吵架的聲音消失了，四周回復夜晚該有的那種死寂寧靜，像是各種不同形狀的意義，一個個找到剛好可以容身的坑洞，把自己放進去。我側耳傾聽著，聽著身旁的任何聲音，細碎的、微小的，傳達出各種不重要的意義的聲音：鬧鐘滴滴答答劃著時間的聲音、壁虎吱吱喳喳求偶的聲音、走廊另一頭，住院醫師的橡膠鞋底發出的、幾乎讓人聽不見的細微腳步聲。還有那些噪點，電視雪花台那樣的噪音。

我的眼睛在習慣了的黑暗當中感到安心，維持著雙手枕在腦後，不讓自己睡著的仰躺姿勢，格子狀的天花板在黑暗中清晰可見，周

圍垂下灰黑的布簾，像是伸手可及的黑暗包圍著我和我的病人，在我左手邊的方向越過她的病床有一扇緊閉的窗，窗外隱約透進來不知道來自哪裡的、什麼用途的光。

以月光來說未免太亮了，那光透露著人造的意味，像是什麼人隨口說說的願望那樣。

我是一個打工看護，早上在高中上課，到了晚上就到這家醫院照顧病人，做一些能力可及的事情。最近我的生活是這樣，早上的課程結束以後，到學校附近的便當店或是麵店外帶一些食物當作晚餐，搭公車通勤到這家位於都市近郊的醫院，抓緊時間吃掉外帶的食物，便和我的客戶（他們可能是難以掩飾倦容的病人家屬、或是五官深邃，戴著耳機或正在讀書打發時間的外勞）交換職責，讓他們回到屬於自己該屬於的地方，稍作休息，而不是扮演類似病人的附屬品之類的角色。

　　＊

「接下來請放心交給我吧。」我例行性地做出這樣的承諾，開始下半天的工作。

「那就麻煩你了。」她說出這句話，擠出例行性的微笑，那微笑逐漸爬上她有些斑駁的臉頰與嘴角，在那些地方堆積皺紋。我看過這種笑容幾次，能夠擁有這種表情的，基本上都不是壞人，我沒有任何依據地如此判斷。

「不會不會，一點都不麻煩。」還沒思考前，類似的話就能順暢的說出口。

「那櫃子上的水果，你可以隨便拿去吃。」

「好的。」我說。

上一個照顧者離開後，我便開始從下午六點到明早六點，這之間十二個小時的病人照顧，期間雖然必須做一些能力所及的事，但

事實上我沒有太多可以參與所謂住院這個過程的權限。這並不代表我沒有照護員應該具備的基本素養、知識，或是類似的東西，像是鼻胃管灌食的技巧、省力的換尿布的方法、擦澡和翻身的方式、危急時刻向人求助等等，這些事情我都可以辦到，但令人絕望的是，人在無意識的躺在病床上，這樣的情形下是相當無助的，沒有人可以參與其中，參與這個恢復的過程，我們只能站在病床旁，對著這個一動也不動的生命，安靜地凝視她裡面的深淵。

妳很痛苦嗎？還是很悲傷？或是感到前所未有的快樂、幸福呢？

沒有人可以救另一個人，至少在醫院的恢復過程中是這樣。

「沒有人可以救另一個人。」在照顧無意識的病患時，這是個顯而易見的事實。

我把視線從空無一物的天花板上移開，起身確認「她」的情形。

她的身體大部分蓋在薄棉被下方，露出手臂和臉，露出的部分插著鼻胃管與點滴，還有各種維持生命所需的，那些不知名的管線，她的胸腔輕微地起伏，規律地呼吸著，窗外不知名的白色光線在她身上暈染出異樣的光澤，那些少數露出的皮膚、緊閉的眼瞼、剃了精光的頭髮與在這些表面上的紗布、縫線與黑色的結痂。

在那條棉被下的身體，透露出一些奇異的暗示，一個中規中矩的，仰躺著的女性（考慮到她透露出來的年輕氣息，或許可以稱她少女？），卻有一些部分透露隱約的不合邏輯，與其說是不合邏輯，不如說是不合結構？

少女在薄被子下的軀體，是不符合人體應有的結構的，像是畫不太好的漫畫那樣，四肢的銜接部分微妙地錯開，不在它們應有的地方，像是一個調皮的孩子不小心把陶瓷娃娃摔碎了，急急忙忙的在地上把娃娃的碎片排列回來那樣。

　　用來支持著所謂人的形狀的那些東西失去了功能，骨頭或者其他的什麼。

　　所謂支持人的形狀的東西是什麼呢？骨頭、皮膚、神經系統，還是原則、生存目標、價值、或者是遺傳因子、糖分，還是酒精……

　　我想著這些無關緊要的事，伸手確認剩餘的點滴，透明軟包裡剩下的液體與控制點滴頻率的旋鈕。

　　沒有異狀，我凝視著眼前的深淵。她輕微地……輕微地怎麼了呢？

　　我從床尾掀開薄被子，把手伸進病人袍底下，少女的胯下，尋找紙尿褲的塑膠觸感，感受到那個以後，用觸覺去評估紙尿褲的情形。

　　「嗯……」我低聲呻吟著。

　　確認後，我轉往櫃子的方向，打開它，抽出一張尿片，根據指示將尿片攤開。

　　我掀開病床上的被子，露出少女的下半身，淺藍色病人袍下露出兩條白皙的、形狀美好的腿，有些地方爬著一塊塊水蛭形狀的痂，我感到光線不足，於是把床頭燈扭亮。

　　那些立體的痂，它們的陰影也更加明顯。

　　暈黃的燈光投下另一片陰影，我單手抓了抓少女的胯下，接著雙手環上她的腰，或者該說是骨盆附近，撕開藍色的、可以在紙尿布的一定區域裡重複黏貼的膠帶，打開尿片，氣味不是很濃厚，淡薄得難以察覺氣味的改變。

　　只有少量的小便。

　　我走回櫃子前，把大尿片換成小尿片，再次回到少女的側邊。

　　我遲疑了一下，我覺得我必須對這個初次見面，但她卻完全不

知道我的存在的少女說些什麼。

但是要說些什麼呢？

我開始在病房附近東張西望，尋找少女的名字，床頭櫃上，沒有。牆壁上，沒有。床尾，沒有。櫃子的門上，沒有。到處都沒有她的名字。有些地方雖然貼心地裝置著用來放置姓名小卡片的小方格，可是裡面空無一物。

我有點苦惱，開始回想：委託我的那個歐巴桑看起來像是少女的母親，而她在契約上的簽名是……對了，雖然字跡潦草，但是我記得她姓張。

雖然少女極有可能不是從母姓，不，在這之前，我連我的委託人是不是少女的母親這一點都無法確認。

「張小姐，我現在幫妳換尿布哦。」我壓低嗓門，儘量一個字一個字清楚的說出口。

沒有回應。

我開始作業，布簾內發出紙尿褲和布之間折疊摩擦，細微的聲響，在夜晚的寂靜襯托之下，我的動作像是一齣吵雜的默劇。

我抽出原本的小尿片，那個明顯增加了重量。我看見少女的陰毛以及陰部，她的陰毛投下的陰影，海草一樣爬上光潔的大腿，像是某種物理現象那樣躺在那裡。

「啊，抱歉。」我下意識地說出口，聲音比我自己想像的還要大聲。

我把舊的尿片捲起來，黏上藍色透明膠帶，把新的尿片放入少女的兩腿間，可以覆蓋到尿液可能經過的路線的位置，在這樣的作業之間，我用單手環抱少女的腰和臀部用力撐起一塊縫隙，在那瞬間把尿片塞進去。

「嘿。」我發出瞬間用力的呻吟。

這個動作讓我的臉意外地貼近少女的陰部，我把臉別開，進行著這個。

小尿布就定位後，剩下把大尿布封起來，就完成了。

我從彎腰的動作恢復直立，靜靜地看著少女裸露的下身，那在少年腦中、少女的全身鏡中無數次被複製的美好形狀，臀部與腿的形狀，還有其中那些無法被忽視的一些意義。

為什麼這麼美麗的身體必須生病呢？

我不禁這麼想。

　　＊

把尿片捲投入圓形的專用廢棄孔洞中，我在廢棄物隔間的洗手台清洗自己的雙手，接著捧水拍打自己的臉，埋入涼爽的水中。

我抬頭看見斑駁的鏡子，我陌生的臉，不相稱的對比著背景牆面的淺藍色。像石雕一樣消瘦有稜角的臉頰，細長的眼睛和普通且無趣的鼻子與眉毛，看起來就像是不太好笑的笑話，那努力地想表達出什麼意義的感覺。

我發現我還穿著學校的制服，從稍稍打開的襯衫領子裡看到內衣的圓領。

我回到病房，輕手輕腳的打開房門，走過兩旁其他病友的布簾，走向六人病房最裡面左邊的少女的位置。我拉開簾子，少女維持完全相同的動作沉睡著，在我的眼裡看起來卻像是一個惡作劇，其實她剛才已經悄悄地爬起來，離開病床在室內轉了一圈，改變了各種東西、物品排列的方向。科科笑著回到自己的病床，帶著難以停下來的微笑假裝睡著，等著我去發現那些被她改變的事物。

可是沒有任何東西被改變，像是連時間本身也沒有往前走似的，我看了床頭櫃上的鬧鐘，早上四點半。

　　我確認了例行事項後，帶了書包裡準備好的換洗衣物、毛巾，還有沐浴專用的旅行包，離開病房前往浴室。

　　淋浴隔間霧氣蒸騰，我垂著頭，感受熱水從我頭上澆下，我發出輕微的呻吟，吐出一天的疲勞，今天在我的半工半讀生活當中也算是比較累的一天，今天像是故意安排好了一樣，將所有必須清醒的課程全都排在同一天，像是美術、家政這樣的實作課。

　　低著頭的我發現到與平常不同的異狀。

　　我勃起了。

　　陰莖像是另一種不同的生物那樣，和現在的我完全相反，有精神地勃起。

　　我感到非常的羞恥，因為我看到了委託人的陰部所以勃起了嗎？

　　我抓住自己的陰莖，希望它趕快消下去，不過它不受我的意識控制，維持著本能地堅挺。

　　我沒辦法否定，我對著我的委託人，一個看起來二十幾歲，支離破碎的玩偶一樣的身體發情了。可是我依舊不知道她的名字。

　　雖然我意識到再做些什麼可能都沒用了，我還是做了一些嘗試。

　　我試著想數學算式，複雜的數學算式，一邊專心地洗著自己的身體，對了，來解一元二次方程式吧，或是做五位數的減法，背誦圓周率……

　　我洗完自己的身體，勃起還是沒有消下去。沒辦法的我開始自慰，我打開蓮蓬頭，用嘩啦嘩啦的水聲蓋過自慰摩擦時發出的輕微的聲響。

　　帶著失望與疲憊的情緒，我大量的射精，看著一坨白白的精液在排水孔的中心周圍不停的打轉。

轉啊轉、轉啊轉……

　*

　　就算是像這樣的深夜與清晨的交界，醫院的大廳附近還是一如往常的明亮乾淨。大廳的兩側，一側是二十四小時的便利商店、自助無人圖書館，再往裡面走是急診區域，另一側是領藥與掛號的櫃檯，現在櫃檯的後面空無一人，櫃檯旁大片的落地玻璃透出天即將亮起的跡象，從那面可以看見一點點的天空呈現奇異的鈷藍色。

　　我在便利商店買了克林姆麵包和特價的黑咖啡，準備帶回去病床當早餐。

　　我回到少女身邊，穿著一身寬鬆的衣服，上衣是無袖，下半身是運動短褲，坐在陪同沙發床上吃著麵包、喝著咖啡。我把兩隻腳高高地放到沙發床的扶手上，這樣的姿勢讓我感到自在，把便利商店的紙杯放在自己的膝蓋上，盯著咖啡紙杯期間限定的防燙杯套瞧。

　　點滴已經滴完了一段時間，可是不用因為這點小事去麻煩護理站，再說半夜還必須再滴完一包點滴本來就是一件奇怪的事。我目視少女的上臂部分，打點滴的部分因為壓力不夠造成血液回流，少女的血流往點滴的透明軟管方向，越接近皮膚的地方，深紅色的血就越濃。

　　顏色雖然濃烈，但依舊是透明的。

　　或許血液回流是比較需要在意的問題？我把吃完麵包的包裝袋隨手放入自己準備的垃圾袋，看著已經乾癟的透明點滴包。

　　這時，病房的門板傳來敲門的聲音，節制且有教養的敲法，我瞥了一眼鬧鐘的鐘面，剛過清晨五點。

　　我沒有開口說請進，門擅自打開了，發出喀的一聲，乾脆的聲音。

　　在清晨時間造訪，不可能是來找我的人，如果要來找誰，那肯

定是少女，也有可能是來找其他隔間的病人，我不能確定。

　　我好奇地打開布簾的縫往門口的方向偷窺，突然，有一種奇異的想法抓住了我，訪客是少女的男朋友，或是未婚夫、曖昧對象，或類似身分的人。這樣的想像令我感到羞愧，他接到她出車禍的消息，剛剛穩定下來的傷勢，從加護病房轉送到普通病房的第二天清晨，就迫不及待地來看她，不，不能說迫不及待，馬不停蹄地來看她。結果在醫院病床旁陪伴她的，是一個不認識的年輕男子，不管那個人是誰，總之她最需要他的時候，陪在她身邊的，不是他。

　　如果是這樣的話，這時候的我該說些什麼呢？

　　我想起半夜替她換尿布後，想像著她的身體在浴室射精的事，這時的我到底該說些什麼呢？

　　果然，我還是必須知道少女的名字，雖然這不代表什麼，一點也不，但至少她的名字……

　　我在腦中尋找著話語，卻沒辦法好好成形。

　　在這之間，敲門聲過後一陣無意義的暫停，像是某種禮貌或是暗號那樣的暫停，門被推開了一個小縫隙，隨著那個縫隙，走廊上的光像蟲子一樣爬進來。

　　縫隙裡伸出了一顆頭，一個男人的頭，消瘦蒼白的臉配上一抹鷹勾鼻，留著平頭，他把雙手放在門框的側邊，從門縫的另一邊朝病房裡東張西望，睜著一對渾圓的大眼，他的眼白佔了眼球面積的絕大部分，即使如此依舊能看見他的瞳孔，是清晰的藍色。

　　我從病房角落看著男人窺視室內，他是少女的男友嗎？或是親戚？男人的年紀看上去和少女不是一個輩分的，雖然他的鬍子刮得很乾淨，還是能感覺到年齡的差距。

　　他東張西望的，最終發現了我。

　　他的眼神看向我，我慌忙放下擱在扶手上穿著拖鞋的雙腳，連

忙站起來朝向他的方向。

　　我該說些什麼呢？

　　「呃⋯⋯你好。」我僵硬地說出口。

　　雖然我確信他剛才已經看到我了，不過他卻以一種彷彿剛剛才發現我在這裡的驚訝表情再次看向我，接著他把食指伸直抵住嘴唇，做了「安靜」的動作。

　　「噓⋯⋯」

　　接著他縮回那顆平頭，無聲的關上門，沉默的兩秒過後再次開門，像是跳華爾滋那樣側身進入病房，輕輕地踮著腳尖，轉身。

　　關上門後他像是確認著什麼，暫停了一下後轉向我這邊，筆直地朝我走過來，快速且無聲。

　　男人站在我面前，我意識到他的身材異常的高大，瘦長的手腳穿著牛仔褲和綁鞋帶的鞋子，上衣是合身的襯衫和薄外套。他站在室內的陰影與微光之中。

　　「不好意思，請問你是來看⋯⋯呃⋯⋯她⋯⋯那個女孩子的嗎？」我因為不知道她的名字而直接稱呼她為「女孩子」，我為這件事羞紅了臉。

　　男人看了一下我的表情，綻開笑靨，讓人舒服的那種微笑：「為什麼要不好意思呢？我叫施洛馬，你叫什麼名字？」

　　男人的聲音出乎意料的相當纖細，和他的外表比起來幾乎可以說是稚嫩了。

　　「我叫國輝，鐘國輝。」我說。

　　「那麼國輝，」男人說：「對於施洛馬來到這裡的事情，你可一定要保密喔。」

　　「好。沒問題。」我懷著滿滿的疑惑，答應了眼前這個高大的

男人。

　　男人又笑了，頑皮地笑著，接著他擦肩繞過我，去到少女病床邊，彎腰俯視她殘破不堪的臉。接著他打開床頭小櫃子，在那些用來沾水濕潤病人嘴唇和成堆的亞培安素、藥粉包之間尋找著什麼。

　　他把整個頭都埋進櫃子裡去了。

　　不久後他抽出自己的上半身，從病床那邊轉過來面對我。

　　「謝謝你國輝，那麼我該去其他地方了。」

　　「啊……那個，施洛馬……先生。你這麼快就要走了嗎？你可以多陪陪她，沒有關係的。」因為男人的西方人臉孔，我不知不覺在他的名字後面加了個「先生」。

　　「叫我施洛馬就行了。」男人說：「我沒有必要留在這裡了，這裡就交給你了。」

　　「可是我再過不久就要出發去上學了，接下來會有別的看護來換班，所以也不能算是交給我……」我誠實地說。

　　「不，國輝，確實是交給你了，除了這麼表達以外我想不到其他的說法。」施洛馬說，帶著誠懇的微笑。接著施洛馬直起身體，朝向病房門口的方向走準備離開。

　　「不好意思，請等一下，施洛馬……先生。」我喊住了他。

　　施洛馬回過頭來，雙手抓住自己的衣襬，興趣盎然地看著我。

　　「我可以知道，你和她是什麼關係嗎……？我是指，你和我照顧的這個女孩。」

　　施洛馬維持著相同的表情沉默不語。

　　「啊啊，當然，我不會把施洛馬先生來探望過女孩的事情說出去的，這只是我個人的好奇，只是單純的我想知道而已。」我連忙辯解。

「叫我施洛馬就可以了。」他回答：「那麼你呢？你跟她又是什麼關係呢？」

「我是女孩的家人雇用的看護，雖然我同時也是高中生，也還很年輕，不過請你不需要擔心，我有看護執照。」

「是嗎？那就好。」施洛馬說：「那麼我問你，你喜歡她嗎？」

「嗯？什麼？」我對於男人的問題有點摸不著頭腦。

「我說，現在躺在病床上的那個人，你喜歡她嗎？」施洛馬把問題更加明確地重複了一遍。

有一瞬間，我感覺他臉上一直掛著的微笑消失了。

「如果說喜歡或是討厭，應該算是喜歡吧。跟沒感覺比起來，或許是偏向喜歡多一點。」我回答。「不過不是戀愛感情的那種喜歡，而是作為……作為人類的那種喜歡，對於一個不知道什麼時候才能恢復、回到正軌的生命，如果不去打從心底希望她好起來、不去為了她期盼、不去喜歡她，還有那副軀殼之中所容納的生命，我覺得是不行的。」

我看著施洛馬，同時在腦中挑選著文字，一字一句謹慎地回答他。

「是嗎？謝謝你。」施洛馬瞇著眼睛，「我接下來還有些事要去處理，交給你了。」

說完，他轉開病房的門把，和進來時如出一轍，無聲地離開了房間。

　　＊

「沒有人知道那道光是什麼，或許是幽浮也說不定。」

我的父親對我這麼說。

那是我的父親還沒有死之前，對我說的一個故事，他也只有對

我說過一次那個故事，在他發生車禍住進醫院之後，就一直處於神智不清的狀態，當然不可能再跟我說他的那些經歷了。

那是他還年輕，還在讀大學的時候，那時他們都住在男生宿舍裡，父親讀的那間大學在山上，地處偏遠，四周都被山林與自然包圍，夜晚澄清的天空可以直接看見若隱若現的星星。

年輕的父親在這樣的地方度過了他一部分的青春。

事情發生在父親入學後不久，當時的他是大一新生，他在宿舍的房間裡聽見外面有一對情侶爭吵的聲音，還有女孩子的哭聲，起初他不想理會，沒想到爭吵聲沒有平息，反而越來越激烈，那時已經是深夜，同寢的室友一個一個都被外面的情侶喧嘩聲音吵醒。

醒來的四人也開始聊天，抱怨著三更半夜的吵什麼啊，我明天還要幹嘛幹嘛，之類的話題。

最後實在受不了那爭吵的聲音還有哭聲，他們決定推派一個代表去做道德勸說，不過這種苦差事誰也不想做，已經完全清醒的大家面面相覷，最後父親自告奮勇說：「不然我去吧。」

因為父親的自告奮勇，他成為同寢的四人當中唯一一個目擊「幽浮」的人。

父親下樓，走到宿舍中庭，藉著還沒熄燈的房間透出的光還有星星的光，看見了站在中庭草地上一男一女的身影。

他們使盡全力地叫喊著，細數認識以來對方對自己的虧欠，聽得出來兩人情緒都十分激動，充滿恨意的髒話連篇。

剛從被窩出來的父親穿著簡便的睡衣，在夜晚的涼意中打了個哆嗦，他走向激動的兩人，試圖說些什麼。

父親腦中尋思著禮貌的話語，想著要怎麼處理這兩人的情緒，換取一個安靜的睡眠。

他用在兩人嘶啞的吼叫之間可以被清楚聽到，但又不會太大聲

的音量說出口：「那個……不好意思，可以請你們小聲點嗎？或是換個地方討論？夜深了，大家都還要睡覺呢。」

情侶對於這個和事佬的出現視若無睹，繼續旁若無人地爭論著。

父親加重了語氣，將剛才說過的內容重複一遍：「我們不是來這裡聽你們吵架的，大家都不用睡覺囉？」

情侶終於注意到父親，兩個人同時轉過頭來瞪著他，視線穿過他單薄的睡衣，刺痛他的皮膚。

就在這個時刻，幽浮出現了。

宿舍中庭的三人頭頂的天空突然閃過一陣耀眼的白光，持續曝白了一段非常短的時間，那一瞬間，三人的眼中都只有白光，萬物的顏色都被那奪目的純白給吸走了。

強光的閃爍過後，三人就這麼站在中庭，一語不發，呆滯地看著天空。

天空一如往常，星星閃著幾千萬年前的光，那個瞬間，夜晚的蟲和蛙像是突然想起來似的，重新鳴叫起來。

父親發現情侶呆滯地看著對方，女孩子的臉上還殘留著淚水的反光，不過她已經不再哭泣。

情侶就這樣一語不發的朝著中庭的出口移動，離開了。

父親回到房間，爬上自己位於上舖的床。

「喂，你是怎麼把他們勸走的啊？」有個室友問。

「意外的很快就解決了呢？」另一個說。

父親躺進被窩裡，沒有回答他們的問題，反而湧上一陣笑意。

他就在被子裡呵呵呵地，無法控制地笑了起來。

「媽的，發什麼神經啊？」另一個室友做出結論。

父親笑累了以後安穩地睡著了。

「那可能是無聲的閃電，或是百貨公司探照燈的故障也說不定。」

「不過我覺得，那最有可能是幽浮。」父親對當時還是國中生的我這麼說，眨了一下眼睛。

       *

而在我國三的時候，父親發生了意外，他騎機車進入大貨車的視線死角被擦撞到，傷到頭部，還有多處骨折，住進了加護病房，可能有生命危險，母親和我做好了心理準備，簽了病危通知書。

幸運的（同時也不幸的）是，在搶救過後，父親破破爛爛的身體活了下來，幾個禮拜過後，我和母親進入加護病房探望破碎的父親，他和我想像的所有車禍重傷的病人一樣，插滿管線，包著繃帶和紗布，四肢有縫線、像釘書針一樣的鋼釘以及固定支架。

第一次看到他的時候還有用紗布塞住耳朵和鼻子，因為大腦受傷的關係，有時這些地方也會滲出少量的血，緊閉的雙眼也因為瘀血而紅腫發紫。

頭的形狀也微妙地不一樣，醫生說那是因為他的頭破掉了，還有一塊頭蓋骨冰在冷凍庫裡。

母親哭了，那是我少見地看到母親哭泣，我雖然很悲傷，但是沒有哭。

不久後，我國中畢業了，在即將進入高中新環境的那個假期，父親從加護病房轉入普通病房，我也就自然地肩負起輪班照顧父親的責任。

就是在那個時候，我學會了看護的所有技能，後來也進了看護班（同學大多是外籍移工），學習急救知識，取得了證照。

　　而國三到高中的那個暑假，我脫離了學校，為了照顧父親而晚一年入學，現在的我雖然是高三，但實際上卻是大一的年紀。

　　也是父親人生唯一一次目擊幽浮的年紀。

　　那天，不是國中生也不是高中生的我進入普通病房，看見床上生命狀況已經穩定下來的父親，他的頭蓋骨已經拼接回來，原本頭腦有破洞的地方也已經沒有透明的囊狀物盛接粉紅色的腦漿，不過耳朵和鼻子偶爾還是會滲出些微的血。

　　而且他的喉頭多出了一個氣管切開術的術後開口，他的呼吸規律地起伏著，那個塑膠製的圓形孔洞配合著發出像是笛子或是口哨那樣，空洞的風鳴聲。

　　切開的孔洞會有一個 T 字型的護蓋，偶爾父親咳嗽的時候護蓋裡會沾滿黃綠色的痰液，必須像保養冷氣或是機車的過濾系統那樣，將護蓋拿下來，用面紙清潔。

　　氣管切開是為了不要讓父親被自己的痰液淹死。

　　我在陪伴床上與母親還有父親的兄弟們互相輪班，照顧著父親，偶爾值班的護理師會來抽痰，熟練地用那一次性的管道深入父親的塑膠孔洞內，打開引擎淅瀝瀝地抽出父親的痰液，在那樣的過程裡，父親會像一隻在旱地上的魚一樣跳動，那是那段時期的我看見父親做出的最大幅度的運動，最像是活物會有的舉動。

　　　　＊

　　照顧女孩子的第二天，我穿著制服在六人病房中出現，我打開布簾，女孩子和類似她的母親的人物正在睡覺，女孩子維持著相同的拘束且工整的睡眠，女孩子的母親則在陪同椅上蓋著一件碎花薄被子，雙手枕在腦勺後睡著了，因為被子不夠長，她圓胖的腳掌露在外面。

　　我看著和昨天一樣的女孩子，沒有任何的變化。

水煙紗連文學獎

突然，女孩子睜開眼，在病床上坐了起來，好像剛才的沉睡是某種演技，以整人或是社會實驗之類為目的的演技。

她徒手抽出自己的鼻胃管，臉上表現出一種有異物在鼻子或嘴巴裡，五官皺在一起的表情。

抽出鼻胃管以後，她撇了撇嘴唇，將鼻胃管隨手放在旁邊的櫃子上，用女孩子細軟的聲音對我說：「你就是那個打工看護吧？還是高中生？」

看見她突然在我面前戲劇化地醒來，我呆在原地，不知所措。

女孩子繼續說：「我睡著的時候，你做了什麼我都知道喔，我知道你餵我吃營養品，為我翻身，幫我拍背，幫我換尿布。」

女孩子笑了一下：「還有那件事我也知道喔，你因為看了初次見面的我的下體，而在想像著我的樣子自慰的事。」

我原本想要辯解什麼，話語哽在喉頭，說不出口。

「不過這也是沒辦法的，」女孩子用充滿魅力的語言說：「誰叫你是男孩子嘛，而且又是十幾歲的男孩子。」

我很想反駁十幾歲的男孩子這一點，因為我實際上已經十九歲了，雖然還是高中生，不過我自認為我已經脫離了所謂「十幾歲的男孩子」這樣的範疇。

我已經不是十二歲、或是十五歲那樣子的年紀了，這其中有決定性的差別，雖然我不知道那差別是什麼，並且十九歲確實也還在「十幾歲」這樣的範疇裡，雖然有些不滿，但我也只能苦澀的承認，我是十幾歲的男孩子。

她繼續說：「你可能不會相信，我能這麼快就醒來，是多虧了你的緣故喔。」

「沒有，」我說：「我沒做什麼吧？」

「不不不，」女孩子乾脆地否定了我，「就是因為你的緣故喔，因為你的精液流入了淋浴間的排水孔，而那個排水孔連接著我的陰道喔。所以你把三億個生命的可能性注入我的體內，我才能這麼快恢復喔。或許你不知道，這整個醫院就是我的身體喔，我和這個醫院是一體的。」

我難以置信地睜大眼睛看著眼前的女孩子，心中被羞恥與驚訝、還有一點點的恐懼感淹沒：「你到底在說些什麼啊……？」

「所以你現在就在我的體內喔。」女孩子溫柔的笑著，「我很感謝你所做的一切喔。你不是還跟施洛馬說，你喜歡我嗎？」

我是喜歡妳沒錯，可是我基本上不認識妳，雖然妳就在我眼前，病態且美麗的躺著，可是，我有資格喜歡妳嗎？妳，是什麼呢？我對施洛馬所說的，多少是真心，多少是場面話，多少是基於對與女性的好奇，多少是基於性慾？多少是愛著妳身為眾多生命之一這件事呢？我不知道，但是我喜歡妳。妳，又是什麼呢？

「你不是還跟施洛馬說，你喜歡我嗎？」

我面對女孩子的疑問，全身僵硬，連舌頭也被凍結，說不出一句話，我只能在原地默默地承受問題回音的浪潮，那個問題不斷的重複：「你不是還跟施洛馬說，你喜歡我嗎？」「你不是還跟施洛馬說，你喜歡我嗎？」「你不是還跟施洛馬說，你喜歡我嗎？」，那疊加的重量將我狠狠壓垮，那聲音不斷地變質，重複、旋轉，越來越大聲，我咬著牙握著拳，不斷地忍受著這個，直到我從夢中醒來。

我睜開眼，看見熟悉的醫院天花板，那早已看膩的白色方格。

刷的一聲，布簾被拉開，穿著粉紅色制服的護理師推著血壓計和其他器材進來做例行檢查。

我從陪同床上坐起來，將臉埋進手掌之中。

「不好意思，打擾到你睡覺了嗎？」護理師說。

「沒有，我剛剛作了個惡夢。」我把空氣吸進肺裡，嘆了口氣。

護理師幫躺在床上的少女量血壓，用手電筒做眼球感光檢測，更換點滴，量測體溫，像熟練的舞蹈動作那樣重複著這些步驟，當然，少女沒有醒來，被護理師扒開的眼瞼，那裡面的眼球看起來也死氣沉沉。

「是嗎？我很久沒有作惡夢了呢。」護理師說，一邊俐落的收拾器材，紀錄著各種測量得到的讀數。

「謝謝你在我作惡夢的時候吵醒我。」我說。

「我很久沒有作惡夢了呢，下班之後回到家都累得馬上睡著了，連作惡夢的力氣都沒有。」護理師說：「雖然這麼說可能不太禮貌，但是可以作夢還令人有點羨慕呢？。」

「是嗎？」我說：「或許真的是這樣沒錯。」

「好了，還算穩定，那我先走囉。」護理師說。

「掰掰。」

護理師離開後，我到茶水間倒了杯水給自己喝。

＊

在我本該是高一的年紀，父親某種程度上已經有所恢復，頭上的繃帶也拆除，只留下像是釘書針的鋼釘，他恢復了視力，雖然身體還動不了，但他的視線會跟著人在病床邊走來走去而移動，頭也能小幅度的轉動，不過因為疼痛的關係，非必要的時候父親是不會轉頭的。

父親的樣貌也開始漸漸恢復成印象中的模樣了，除了髮型變成平頭以外，眼神也比以前呆滯了一點，嘴巴歪向另一邊，形成一種類似中風的表情，醫師說傷到頭腦本來就會有一些類似中風的症狀。

他就這樣躺在可以調整高度與角度的病床上，睜著黝黑的大眼睛看著我們。

　　父親也開始能用嘴吃一些比較軟的食物了，像是稀飯或是蛋糕、布丁。

　　他偶爾也會說些話，像是什麼地方癢，或是想要尿尿之類的話。不過因為氣管切開的關係，父親的話語會透過喉嚨上的孔洞漏出來，形成一陣不太明顯的風聲。

　　必須要將耳朵貼近他喉嚨的切開部分才能聽得清楚，聽起來像是有人在洞穴深處對著外面的人說悄悄話的回音。

　　多虧父親找回一部分的語言，他能說些簡單的話語，所以他的照顧者更能滿足他的需求，可以化主動為被動。

　　當孔洞中傳來「尿尿」的風聲，我們就可以打開尿布，將他的陰莖放入夜壺當中，解乾淨之後再拿去廁所倒掉，如此一來可以節省不少紙尿布。

　　但是父親能自己做的事情依舊有限，為了防止傷到腦子有點神智不清的父親在自己的傷口上抓癢，導致傷口惡化，醫院和母親簽訂了協議，將父親沒有骨折的那隻手拘束起來。所以某種意義上，父親在病床上不是過著「只出一張嘴」的生活，而是過著「只能出一張嘴」的生活。

　　或者該說不是「一張嘴」的問題，因為氣管上有孔洞的父親，不需要張開嘴就可以說話，不過依照以往的習慣，父親「說話」的時候還是會張開嘴。

　　父親沒有說過超過五個或六個字的單詞，可能對他來講，「說話」是一件很累的事，而且身旁的人常常要說個兩遍或是三遍才聽得懂，這樣的狀況讓他有點挫折吧。

　　不過我還是聽到有一次，父親盡力對我說了一句話，他用氣音

對我說：

「謝謝你。」

「不客氣。」我說。

＊

某天，父親的姊姊，也就是姑姑來探望父親，經過醫師的許可，他想帶父親出去戶外走走。

姑姑是在我暫時離開病床旁的空檔出現在醫院的，我回到病房拉開布簾，看見姑姑艱難地在病床與輪椅之間搬運著父親，姑姑的步伐踉蹌，吃力地托著父親的腋下和腰部，兩個人就像是賽場上的柔道選手一樣互相拉扯，搖搖欲墜。

我見狀馬上衝上前去攙扶父親，和姑姑一起合力將父親安放在輪椅上。

「喔，國輝，我想帶你爸爸出去走走逛逛啦。」姑姑用臺語這麼說。

我原本想斥責姑姑擅自搬運父親的行為很危險，不過以我一個晚輩的立場，可能沒有足夠的權力說這件事，而且我很清楚姑姑的個性，她是個想做什麼就要做什麼的人，不會聽進別人的勸，我敢說就算醫生評估現在的父親不適合放到輪椅上推出去散步，姑姑還是會這麼做的。

「我跟去幫忙推輪椅吧。」我說。

「好啊，你幫我推。」姑姑用臺語答應。

我們就這樣將父親推到附近的公園，不巧附近的公園天空有些陰鬱，不過還是看得見東南亞臉孔的移工推著長照中心的老人出來透透風，我和姑姑穿著便裝，姑姑穿著長袖七分褲和夾腳拖，我也戴著鴨舌帽，穿著拖鞋。

父親則是一如往常的寬鬆病人袍模樣，不過紙尿褲的外面姑姑替他多加了一條褲子，父親還是一樣，單手受到拘束，戴著像嬰兒那樣的護手。

父親在輪椅上的頭一直都歪向一邊。

姑姑不斷將他的頭導正，並對他說不要歪歪的。

說不定那樣角度的世界對他來講才是水平的，他眼中的世界不是我或者任何一個人可以理解的。

找了一個有石椅石桌的地方，我們停下來歇息，我跑到離父親和姑姑比較遠的區域，百無聊賴地玩著公用運動器材。

姑姑則坐在石椅上餵老爸吃比較容易消化的水果。

突然，在運動器材上搖動著雙腳的我，聽到了姑姑的聲音，像是制止不乖的小狗那樣的聲音，後來轉變成一陣「啊、啊啊啊啊⋯⋯！」的慘叫聲。

我從器材上跳下來衝到父親和姑姑身邊，看到父親原本被拘束的手被解放了，而父親比較能夠使力的那隻手就這麼用力拽著自己的喉嚨突出的塑膠口。

他想要把異物從身體裡拿出來。可能是因為那個人造物一直卡在那裡讓他很不舒服，他想要抓準機會將它清除。

因為止痛的關係，父親就算使盡力氣破壞自己的喉嚨，拔出埋在裡面的零件，也不會感到明顯的痛覺，父親使出車禍過後從沒見過的大力氣，抱持相當強的決心意圖將那個拔出來。

姑姑和我手忙腳亂地阻止父親，水果和餐具掉了一地。

「妳為什麼要解開那個啦！」我對著姑姑大吼。

「想說被綁了那麼久，要讓他輕鬆一點啊！」

姑姑使勁掰開父親的手指，將他的手壓在輪椅的扶手上，而喉

嘴上的塑膠零件已經開始滲血，血像地下水脈從山壁透出來那樣慢慢地往下流淌，在父親的衣服上形成一個鮮紅的扇形。

我趕緊抽了大把衛生紙堵住出血的地方，接著換姑姑接手止血，姑姑在輪椅側邊，一隻手壓著染血的衛生紙，一隻手壓著父親的手，我則在後面推著父親的輪椅，笨拙地盡量以最快的速度奔回醫院。

回到病房，護理師和醫師都被緊急叫過來，醫療人員將我們這些家屬擠開，圍成一圈開始搶救。

我站在一群人的外圍，看著他們忙進忙出，拿著各種不同的器具試圖處理父親的傷口，快速地討論著因應對策，我卻什麼都做不到，腦子裡一片空白。

　　　　＊

我穿著制服回到少女所在的六人病房，牆上的電視播放著國家地理頻道的黑白紀錄片，畫面上是黑白且參雜許多雜訊的畫面，無聲地展示著一顆原子彈爆炸形成的蕈狀雲。

我拉開布簾，張小姐坐在陪同床上。少女依舊維持著相同的樣貌沉睡著。

「嗨，妳好。」我平常地打招呼。

「國輝你來啦，」她說：「這次不用交班了，因為我今天排了特休，今天我會自己照顧。」

「好，」我說：「那我就直接回去囉。」

「等一下，國輝，我有東西要給你。」張小姐說著，遞給我一個信封袋：「這是你的薪水，是這樣的，我找到了新的外勞，我想說還是交給女孩子來顧淑敏比較好，畢竟淑敏是女生。不好意思。」

「別這麼說，我能理解的，我也覺得這樣子比較好。」我連忙贊同張小姐的意見。

「不過還是謝謝你在晚上不眠不休地照顧我們家淑敏，你看起來還是學生吧？這樣不會影響課業嗎？」

「應該不會，我還是在班上維持一定的排名的。」我撒了個謊。

張小姐點了點頭，「不過國輝，你有看見最近有什麼奇怪的人進出這裡嗎？櫃子裡好像有些東西不見了？」

「我沒看見奇怪的人，」我說：「整個晚上都只有我和來檢查的護士而已。」

「這樣啊……」

「請問櫃子裡是什麼東西不見了呢？」我問。

「其實也沒什麼，就是一些透氣膠布和棉花棒不見了而已，在這上面的抽屜裡確實有些應急用的鈔票，可是反而沒有不見呢。」

「那還真是奇怪，應該不是被偷走了，而是被用掉了吧。」我說：「好了，如果沒有其他事的話，我就先走囉。」

「好的。」張小姐說著，塞給我一個紅包，「算是我的一點心意。」她說。

我不免俗地推辭了一陣，最後還是盛情難卻，收下了那個紅包。

在走路去車站的路上，我打開紅包看看裡面，是兩張一百塊新臺幣。

我也隱約知道這家人不是很有錢，所以才會聘請我這種來路不明的高中生當看護吧。

我在搭車的時候不由自主地微笑了起來。

我沒有違背和施洛馬之間的承諾，不過施洛馬大概是我見過最笨的小偷了。

而且我終於知道了少女的名字，雖然離開了她讓我有點失落，不過這應該是一個好的結束。

*

父親在喉嚨的肉被自己扯下來之後不久，雖然有做及時的包紮處理，不過由於車禍造成他基礎抵抗力低落，他依舊在一個月後因為傷口感染的併發症過世了。

我從臺鐵的區間車站走出來，手中提著準備作為晚餐的便當，眼前是暗紅色的夕陽，搭配著像是虎斑貓花紋的雲朵。

我突然覺得可能會有幽浮飛過，來這個地方看看地球人，不過天空一如往常，沒有一點異樣。

父親說他看過幽浮的故事，是不是騙我的呢？

幽浮在哪裡都不存在吧？

會讓人忘記當下情緒，乖乖回家的純白閃光。

我想起了父親，突然覺得他那時就這麼死去真的太好了。

真是太好了。

乾淨的夕陽搭配著幾朵雲，我在附近的店家再多包了一個便當，拿回家給母親當晚餐。

1997年生，臺中人，國比系，標準貓奴。沒寫過，也沒讀過多少小說（因此評審在決審會上說他看見哪些小說的影子，總讓我忍不住汗顏），第一次得到的文學獎就是水煙紗漣了。我想謝謝身邊的人（那個在截稿當天夜晚鼓勵我把它寫完的同學），是他們支撐我完成這篇小說，儘管這個故事已經在我的心中停留了好幾年的時間。只是害羞地寫著文字，想要在故事中盡量描寫一般人，描寫生命。不知道有沒有辦到呢？願你的幽浮能夠出現在你的生命中。

| 宇文正 |

我非常喜歡寫長照的這篇，從敘述者照顧一個少女病患開始，但真的要寫的是追憶他照顧父親的時光。我猜作者真的有這樣的經驗，因為我讀的時候身歷其境。他沒有說理，也沒有辯證，只是以這些非常白描的細節帶領讀者思索關於長照的問題，雖然他在結尾的地方表達一個長照照顧者的感受，但依然寫得很含蓄，幽浮的出現和會讓人忘記當下的情緒的一道白光，用這樣的隱喻來表達，那樣的白光可以讓人從膠著的現實裡頭拔出來，這裡頭可能暗示著生命某些時候可以放手，但沒有用太說理的方式把他的意見表達出來，就是把照顧這個少女跟當年照顧父親來回重疊，那個幽浮、那個光是不是能在這個少女身上重現呢？用這樣的氛圍、這樣的文字來帶領讀者回到故事現場，這篇我給很高的評價。

| 陳又津 |

我也很喜歡這一篇，對我來說這一篇是看護版的村上春樹吧，雖然在情節上比較接近阿莫多瓦的電影《悄悄告訴他》，一個男看護照顧女性植物人的故事。這一篇最吸引我的就是看護細節的可信度非常高，可以感覺到細節非常有說服力，但是這個作品到第四頁之後我才發現：「啊，原來這個主角是男生。」我前面都沒有想過這個主角的性別，到了女生醒來，後面就進入一個相當村上春樹的氣氛。不過這一篇也有相當多的錯字，如果有被選進來的話，可以再處理一下。對我來說，這篇的敘事氣氛，還有看護的細節可信度深深吸引我。

| 連明偉 |

　　這篇我沒有選，但是透過剛才兩位老師所講，我有一些新的想法。

　　作者的文筆非常的好，有非常強的說故事氛圍，而且在描寫的場景當中，他會創造出極具張力的怪異氛圍，混和某一種性慾、某一種暴力跟傷害。所以他在面對生命當中無法言說的情境時，把它轉成一種非常詭異的狀態，就像剛才所提到的，川端康成的文學作品《睡美人》也有類似的經典情節。他是透過兩個線索，或是兩條支線來書寫的，那我的困惑是，這兩條支線裡有一條支線是「我」，是作為一個高中生、一個打工看護照顧女孩的經歷。那另外一條線索是父親車禍入院後照顧父親的過程。在這兩條支線並進中，發生了一些事情，像那位西方陌生男子，我說他西方是因為中間有提到他像外國人，而且瞳孔是藍色的，那我就覺得很奇怪，這位外國人在小說當中的作用或是功能是什麼？可是到後來根本沒有給我們一個提示，也沒有解答。

　　這篇小說我看了滿多遍，試圖將兩段記憶用一個比較明確，或者是作者想要告訴我們的：「沒有人可以救另外一個人」來連貫兩個故事。中間有提到幽浮像無聲的閃電，但我還是會保留一點點的遲疑，這可能是我自己的關係，我會去想這兩段記憶的連結性到底是什麼呢？其實可以把這兩段故事分開來看，它可以成為另兩篇獨立短篇小說，那當你把它放在一篇短篇小說時，你可能要告訴讀者多一點這兩個場景跟兩段線索的連結，這樣子的連結是我在閱讀當中比較沒有讀到的，這也是我沒有圈選的原因。

｜宇文正｜

　　不過我還是可以幫它再註解一下。我剛開始讀的時候，會質疑一個高中生，又是一個男生，為什麼人家會找你做看護呢？好像缺乏合理性。但是等到讀到原來他照顧他的父親，而且在照顧父親的過程中取得了長照的執照，就變得合理了。如果他沒有照顧父親，今天他出現在這個少女的病床前反而是不合理的。也因為他現在照顧這個少女，讓他重新溫習當時可能是無感地去做的那些事情，今天他在面對一個少女跟一個母親之後，他才鬆下一口氣來，可以去回憶他走過的這段路程。所以就這兩段的理解我認為是沒問題的。

兄弟

｜ 中文四　曾子員

　　每年夏天，等到孩子們都放暑假了，我跟二弟會帶著他們到小弟家頂樓，一起比賽看誰最先找到夏季大三角。然後，一起吃飯、一起聊天，就和小時候的我們一樣。

一

　　我出生於南方的小村裡，南方溫暖、多雨，是我這輩子待過最潮濕的地方。在這裡，一年四季都有豐沛的雨水，風光明媚，夏季時太陽很毒，不過氣候還算是宜人。

　　我們一家住在夥房最裡面、最簡陋的一間，幾乎快跟隔壁鄰居的豬圈貼在一塊了；不過家裡頭還是住滿了七個人——爸爸、大哥、兩個姊姊、我還有兩個弟弟。在我有記憶以來，爸爸就跟我們兄弟姊妹說，我們的媽生完我們就死了。而我們幾個孩子也不懂事，只知道自己和同年齡的親戚們比起來少了個媽媽。

　　我們少得可多了。

　　爸爸天天早出晚歸，有時候甚至有沒有回來也不曉得；讀中學以前，我整天帶著兩個弟弟到田裡、溪邊找能吃的動、植物。偷過隔壁鄰居的香蕉園裡未熟的幾串香蕉，撈家門口小水溝裡的青蛙，也和巷子口老奶奶開的雜貨店賒從未結算過的賬……不曉得為什麼，即便到處亂吃，甚至常常有一餐沒一餐的，我還是看起來很「營養」；所以大人們總以為我欺負兩個瘦小的弟弟，不僅帶他們亂跑，還不給他們吃飯。

　　有一年除夕的早上，打開電鍋發現只剩幾坨乾扁的番薯籤，攪混著黃黃稠稠的稀飯，放了好些天大概也不太能吃，而且就算能吃也不夠我們三個毛頭吃。爸爸一早就出門了，兩個弟弟受不了挨餓

直抓著我大哭大鬧，於是我帶著他們倆，沿著離家不遠的河到處尋覓食物。一路上不抱希望地走到河的上游，他們倆因為不曾走到這麼遠的地方，似乎都忘記餓肚子，而興奮地跑跑跳跳；過了不久，總算被我看到一隻落單的鴨，悠悠地啄地上的蟲吃，我趕緊小小聲地讓弟弟們沿著河跑，等到我大喊：「三、二、一！」不偏不倚地踢中鴨的屁股，只見那隻鴨驚慌地掉進河裡，急流而下，二弟如往常一般身手矯健，一個前傾抱住不斷掙扎的鴨子。

於是牠成了那幾年來最豐盛的一餐，是少數出現在我們餐桌上的肉，也是我們幾個印象最深刻的除夕夜。

每年的大年初一到初四，是我和兩個弟弟最快樂的時候。幾乎不用到處找食物，我們仨會一大早偷偷地躲在正廳祠堂的八仙桌底下，等著大人們端著供品進進出出，到了中午，我們頭頂上方便擺滿了各式各樣的山珍海味。我們總有計畫性地讓小弟先竄出桌底，替我們把風，然後我跟二弟再從桌子兩側伸出手往桌上摸；像玩遊戲似地，先用食指稍微判斷是什麼食物，若太燙、太大就先跳過，挑切好的、串好的，或是那些別人家準備給小孩吃的點心。還得小心不能吃太多，譬如一串肉丸子三顆只能每顆都咬一小口，特別注意不能咬得平均，要咬得有稜有角，像老鼠咬的一樣。正午過後，大人們都回屋裡聊天、休息去了，而我們也總算飽餐一頓，便在禾埕裡玩耍。

那幾乎是一年裡最幸福的時候，現在回想起來只覺得供品果然是要給神明吃的，好美味。

大哥與兩個姊姊在我五歲那年過繼給大伯父和二伯父，聽爸爸說是大伯父和大伯母生不出孩子，二伯父他們則是孩子早早夭折了。原本爸爸也想把我送給一位遠房親戚，但是他們一看到我就直搖頭，說不喜歡我，說我看起來脾氣硬、個頭高、長得叛逆；於是爸爸把二弟推了出去，他們看起來很滿意，我連弟弟的臉都沒看見，他們就把二弟帶走了。結果二弟不到三天就被送了回來，遠房親戚只瞪

了爸爸還有我一眼就轉頭離去；後來才知道，二弟和鄰居小孩在遠房親戚家的窗台上玩布袋戲，還拿了火柴點火要製造火焰，結果一個不小心就把窗台給燒了。二弟的脾氣怪，犯了錯事被罵不哭也不鬧，什麼話都不說，遠房親戚怕他有問題，嫌麻煩也怕再出事，便把二弟送了回來。

　　村子裡的家家戶戶大抵都認識我們仨。因為我們家是村子裡最窮困的，他們會笑我們沒有媽，連爸爸也整天不在家，我們像極了沒父沒母的孩子。住在前院的親戚們從不愛搭理我們，所以我們總窩在後院，不然就是帶著弟弟們從家裡後邊翻出去，這樣就不用看親戚們難看的臉色了。

　　有一年仲夏早上，天還沒亮，爸爸就把我們挖起來，說要搬家。我們幾個孩子根本沒什麼腦筋，懶懶散散地跟著爸爸開始收拾房子；然而其實家裡家徒四壁，根本沒什麼好收拾，所以我就帶著他們倆偷偷翻出牆，跑去離家有些距離的河邊玩耍。那條河稍微深了點、流速也有些急促，從前爸爸都禁止我們去玩；不過既然都要搬離這裡了，不玩白不玩，一心只想跳進冰涼的溪水裡。弟弟們也興奮不已，早把衣服脫得精光，把全身泡進溪裡。直到我們終於玩夠了，準備上岸時，才發現三人岸上的衣服通通都不見了，到處都找不著！到最後我們三個蘿蔔頭只好摘了河邊的幾片大葉子，將該遮住的遮住，拔腿跑回家。二弟身手矯捷跑在最前面，三弟總愛過敏，碰了水、著了涼鼻涕就狂流不止，所以我一邊拉著三弟不讓他跌倒，一邊用力把葉子貼近身體。好不容易狂奔到家，只見我們的衣服散落在地上，後來也免不了一頓挨打。

二

　　於是我們離開了土生土長，血緣相近卻和誰都生疏的故鄉，搬去了北邊的南方，住進與我們的方言不大相通的村落。北邊的南方仍是多雨，在氣候上還算熟悉。但是一開始也是害怕生疏，因為村

子裡大家的關係比起家鄉來得更加緊密，儘管鄰居間不一定有血緣關係，卻也能是敦親睦鄰的友好關係；又因為村子裡的人聽不懂我們的方言，所以沒有人願意主動靠近我們，總是和故鄉那些人一樣，用嫌惡的眼神將我們從頭到腳打量著。

　　不過，值得慶幸的是爸爸後來在這個村落打響了「外地牙醫」的名聲。

　　也是那時候才知道，爸爸年輕時曾和一位日本牙醫學習看牙技術，和媽媽生下我們後似乎還是有在幫別人看牙，可能過去時常不在家的原因也是因為如此吧。爸爸在我們家的客廳靠門口的一側擺上一張可以平躺的折疊椅，再放一張茶几用來放置所有診療器具，旁邊還有散落一地、看起來令人莫名毛骨悚然的金屬器具。大門邊立著小小、不顯眼的招牌，是爸爸用毛筆字寫的「齒科診所」，還有小弟用白色蠟筆畫上的一顆歪牙齒。沒多久時間，爸爸簡直「閱牙無數」，替村子裡的男女老少解決牙齒的種種困擾，也造福了村民，讓他們不用跑個老遠到隔壁鎮上，就只為了看牙醫。

　　自從爸爸開始替村民看牙之後，我們一家在村子的地位便躍升了不少。鄰居經常會送他們自己耕種的農作物給我們，甚至有次村子裡個頭最高的少年「阿寶」號召所有年輕人聚集，說要和隔壁村的「猛虎幫」爭鬥，也唯獨跳過了我們家。事後他跑來跟我說，因為我爸把他的牙痛治好了，所以以後有事他都會罩我們，還要我一定要替他好好謝謝爸爸。

　　隨著日子漸長，診所的生意也高漲起來，爸爸和幾位病患成了朋友，他們無論牙不牙痛總還是會來家裡串串門子。爸爸不只看牙的時間待在家，其他閒暇之時竟也都在家處著；不過他在家的日子幾乎都在喝酒，以前爸爸會喝點小酒，但不至於回到家渾身酒氣；他現在的確變得比從前更愛酒了，小弟經常摀著鼻子從家裡逃出來，忿忿地抱怨著家裡滿是爸爸的酒味。不過我跟二弟倒不覺得什麼，反而感到高興，因為現在的爸爸看起來很開心，是過去沒有看過的

樣子。

發叔，來自我們故鄉的隔壁村，說起來可能也算是老鄉吧，他會定期來找爸爸看牙齒，而且他們兩個也差不多年紀，每次看完診都能和爸爸相談甚歡。每兩個月月中時候，發叔會騎著摩托車來我們家看牙齒，只要聽到摩托車「噗噗噗 ——」的聲音，就知道是他來了。他會提著一大包零食糖果還有當季水果來找我們；看到我會拍拍我的肩頭，二弟會衝過去要發叔一把把他抱起，小弟則是喜歡拉著發叔有彈性的衣角，跟他討糖吃。我們都非常喜歡他。

有天半夜，我和兩個弟弟擠在那張老舊的彈簧床上，爸爸還沒回來。屋子裡很熱，外面似乎快下起了雨；熱氣從半掩的窗爬進來，兩個弟弟似乎也熱得受不了，開始躁動地翻身。二弟不安分地一腳跨在我的肚子上，我不耐煩地要把他推開，突然「碰！」一聲，我們三個嚇得從床上跳了起來，驚慌地跑出房門 —— 只見大門敞開，爸爸跪坐在地板上，外面下起了細雨；月光灑在爸爸瘦小的肩上，他旁邊是翻倒的木頭餐桌還有散落一地的雜物，沒有人吭聲。我拉著弟弟把地上的東西一一拾起，昏暗狹小的空間裡只有月光跟一個男人悶哼的聲音被放大了，好像還抽起了啜泣聲。兩個弟弟將翻倒的雜物收拾好後，便不敵睡意回房間睡了，我有點尷尬又害怕的坐在客廳另一角的藤椅上，望著仍跪坐在地上的爸爸；月光移到了爸爸彎曲的腳踝，是他小時候幫人耕田所染上的又土又黃的腳底，爸爸的影子融在暗夜裡，像是被永遠種進土裡。

發叔騙爸爸要一起投資，把他好不容易攢到的積蓄都帶走了。爸爸收起了「齒科診所」的招牌，我們又回到了貧困的日子。

幸好，村子裡的人念在爸爸曾為他們醫治牙齒，所以替我們保住了房子，幫助我們一點一滴負擔家裡的開銷。但是我們家的關係卻愈來愈緊張。爸爸簡直天天都不待在家裡，就算待在家也是發呆，擺著一張死人般的臉；我們三兄弟即便擔心，卻也無所適從。後來的我們也顧不及爸爸了，成天跑出去玩耍，玩到回家的路都看不見

了，才偷偷摸摸地回去。

　　有天傍晚，我們三個跑到了村子外圍的河邊玩，我和二弟光著上半身早已濕得亂七八糟，當準備褪去褲子要下水游泳時，小弟突地放聲大叫 —— 他和一個看起來跟我差不多高的男子扭打了起來，小弟一瞬間被甩在地上，於是我衝過去架住那個男的脖子，才發現是住在隔壁巷口的流氓中輟生！但是那流氓力氣出奇地大，他一個轉身將我反制在他的胳臂下，然後我們一路扭打至河邊，有一瞬間我就要把他推向河裡了，但是小腿卻突然軟掉，於是我整個身體向下撲，他一把將我的脖子扣住，我整個頭栽進了水裡，試圖要靠肩膀施力將頭抬起，但我愈用力，他就愈加重把我壓進水裡的力量；我簡直頭痛欲裂，憋住的氣快衝出腦門，漸漸地我快憋不住了，以為就要失去意識……突然流氓的手放開了我的脖子，似乎是重心不穩，一邊身體壓在我的肩頭上，我才把頭抬出水面，嗆了幾口水便瞥見二弟坐在流氓的一邊大腿上。我用力甩著頭試圖清晰過來，接著偏著頭對二弟用方言大喊：「踢他下面！」於是二弟側身跳到流氓身上，往流氓下體踹了一腳！流氓才終於皺起臉遮著下體應聲倒地。二弟和哭到眼睛腫到不行的三弟將我扶起，我彎著腰喘了好幾口氣，吐了幾口嗆進氣管裡的水，憤地朝那還躺在地上的流氓踹了幾腳。抬頭看到小弟和二弟身上變得更加破爛、充滿抓痕還有汙泥的衣褲，紅著眼眶看著我，害我也差點嗆出淚，連忙抽抽鼻子，抓著弟弟們的手跑回家。

　　那天晚上我們仨躺在又舊又狹窄的彈簧床上，屋外下起了陣陣小雨，寒氣從門縫衝了進來。

　　一切變得好陌生。

　　不論是這北邊的南方、十月的雨，還是沉默在昏暗裡的爸爸……

三

　　正在離島當士官的大哥趁著放假來找我們了。上次跟他見面大

概是三年前？還是五年？我們都忘了。只知道大哥國中時就離開大伯父，然後把當軍官領到的零用錢通通都寄回我們家。大哥問起了爸爸，我們仨默契地聳聳肩，便又把頭埋在大哥替我們熬的雞湯裡。

「那媽媽呢？」此時空氣彷彿緊縮了起來，一把揪著我的心。

「你們該不會什麼都不知道吧？」大哥瞪大了眼，看著我油膩的嘴巴。

「知道什麼？什麼意思？」我緊張地追問。只見大哥嘆了一大口氣，搯著額頭，眼角的魚尾紋擠出一張被迫成熟的臉。

那天才知道我們的媽根本沒有死，這個驚喜或者說是笑話，隱瞞了十二年。大哥說，他也是從大伯父那聽來的，他以為爸爸等到我們長大了會告訴我們三個。

「那、那個……媽媽呢？」三弟睜著他清澈的大眼，用手指搓著因過敏而被細菌弄得紅腫的鼻子緩緩開口。我始終忘不了三弟當時的表情，他是那麼小，可能在爸爸告訴我們媽已經死了的時候，連死是什麼都不知道。但是他知道他跟他的同學不一樣，只有他沒有媽媽。

「在老家的隔壁鎮。」大哥摸著小弟的頭不捨地說。

原來如此地近，我們的媽媽在過去十年都在我們的不遠處而已，我們卻離她愈來愈遠。

「我們可以去看她嗎？」二弟將嘴角的油膩舔了一圈。

「嗯。我可以帶你們去，但是不能讓爸爸知道。」我們三個點點頭，其實我也不知道弟弟們了解的是什麼，但是對於媽媽這個詞，好像比爸爸還值得期待了。

大哥帶我們搭車去故鄉隔壁鎮的醫院，說是聽大伯母說媽媽病了。到了醫院，我們穿過擺放著一張又一張病床的走廊，人滿為患，卻誰的臉都看不清，不論是躺著的、踱來踱去的、急忙撞開我們的

人……

　　左手牽著小弟的手突然被握得很緊。是第一次吧，我們都是第一次來到醫院，第一次要見以為早已離世的母親。

　　走進一間仍是塞滿許多人的房間裡，不同於外面的吵雜，這裡安靜到一踏進去，病床上的人、坐在病床旁的人，都紛紛看向我們，又緩緩撇開了眼睛。大哥帶我們走到最角落的一床，病床上的女人雙眼緊閉、嘴巴微張，淺淺地呼吸著；她有一頭微捲的中長髮披在瘦小的肩膀上，整個身子被棉被包得緊緊，只露出一顆小小的頭。

　　「媽，我帶弟弟們來了。」大哥俯身靠著她的耳朵。只見她緩緩睜開眼，第一眼便打在我的目光裡，我有些不好意思便看向兩個弟弟，發現他們也是一愣一愣地望著她發呆。

　　「爸從來沒有跟他們說妳的事，直到剛剛他們都以為妳已經……」大哥看著發呆的我們，逕自小聲地解釋了起來。

　　「這樣啊，一定很意外吧。」

　　「那那男人知道嗎？」她好像也直看著我們發呆，一邊等著大哥的回答。

　　「不知道。」

　　過沒多久我們就離開醫院了，大哥也在那個小鎮和我們分離。

　　回家的路上沒有人說話，安靜地令人雞皮疙瘩。可能壓根沒想過「如果媽媽還活著」這件事，只覺得今天的一切都好不真實、好唐突，甚至不知怎麼地……好令人難受。

　　到家時已經很晚了，一打開家門隱隱發現角落的藤椅上有個人影，看不見的表情融在昏暗裡，好像爸爸一直都是這樣子的存在。我們打開燈，隨口打了招呼，便準備走進房間。

　　「你們去找你媽了吧。」低沉的聲音像是從很遠的地方傳出來

的，打破了一直以來的寂靜，又突然凝結在顫抖的聲音裡。我們三個緊張地轉頭望向他。

「大哥來找我們……」二弟扭著手生硬地擠出話來。

那次我們被狠狠打了一頓。於是我們再也沒在爸爸面前提起媽媽。

偶爾小弟會在睡夢中喊著媽媽，若我還醒著都會連忙遮住小弟的嘴。但是夢醒後也沒有人記得，不記得夢到了什麼、不記得誰喊了什麼、不記得是誰把誰的嘴遮了起來……

就在那年大哥帶著我們去見媽之後，之後，就再也沒見過大哥。

他在軍中被打死了。

後來聽大伯說是被人陷害的，而再過一年他就可以退役回鄉。我們到大伯家替大哥辦了後事，大哥的骨灰則是回到了我們家。記得那時有一群人站在我們家門口，給了爸爸一包東西，鞠了躬，不一會兒便離開了。

在那不久大哥有回來過。有天半夜，我睡在老家的小床上，依稀聽見最外邊大門被輕輕轉開。

「嘎——咿——」門被推開了，我還以為是被風吹開的，那門被我們一家四個男人弄得早壞了。我下床去關了好幾回，卻也被打開了好幾次。

大哥就只有回來過那一次。

四

後來，我們還是有偷偷背著爸爸去找媽媽。

後來，我們輪流照顧爸媽的晚年。

其實總覺得日子還是一樣，不過我們仨聚在一塊總算不是為了

要填飽肚子，只要盡可能避免兩老見面就行了。

究竟是爸媽兜著我們轉，還是我們兜著他們，還是他們相互兜著彼此……我也不曉得。大概會一直像這樣度過好幾個春夏秋冬，然後總有一天戛然而止。

沒有想過那天的來臨，日子卻像是在倒數著什麼。

記得有年夏夜，大哥從大伯父家偷溜了出來，我跟他還有兩個弟弟在老家的禾埕躺著，比賽誰先找到夏季大三角。

「人很笨吧？」大哥的聲音穿過蟬聲，和織女星一樣，閃爍著。

「嗯？」我側過頭，枕著手臂看向大哥。

「我們不要跟爸爸一樣，但還是要孝順他，知道嗎？」我沒看見大哥的臉。

禾埕其實很黑，夏蟬噪著，耳邊的飛蟲也不遑多讓；但此時大哥的聲音卻堅定無比，像是揪著我的耳對我說。

「嗯。」不知怎地，我也想堅定地回答。

於是我轉回頭看向夜空，夏季大三角好像往西邊偏了一些。

「織女星、牛郎星及天津四，會永遠在一塊，出現在同一片天……」

「真好。」

曾子員，1997 年出生自臺中。二十多個歲月以來，文字一直是自我心性的載體；而水煙紗漣，就是讓我更靠近我的媒介。感謝暨大中文，感謝水煙紗漣，讓故事得以曝光、蒸發，降成說故事的人的血，循環不已。感謝故事裡的人，感謝說故事的人，讓記憶再闡述，成為更多人的記憶。

| 陳又津 |

〈兄弟〉這篇，我喜歡的部分是情感講得很真摯，有一種幽默的低調，主題也非常明確。很少看到臺灣的作品可以把「餓」描寫得這麼真實，第一頁我覺得描述得滿好的。背著爸爸去找媽媽這件事情，也讓我覺得他把日常生活的困難的部分寫得很細緻，這種和解幾乎沒有辦法達到，但這個作者很難得的是，他有想到故事最後結尾要怎麼寫，比較可惜的是轉場不那麼細緻。這篇會讓我想到的作品有點像是男版的《隔壁女子》，《隔壁女子》是向田邦子的小說，但我覺得他就叫〈兄弟〉，他就寫兄弟之間的日常生活。

| 宇文正 |

剛才又津提到結尾，我覺得這篇小說的結尾其實結得很好。這篇我讀起來是很悲傷的親情小說，時間跨度很大、拉得很長，所以節奏很快，節奏快也就有一些細節會略過，有些細節我覺得處理得太快了一點，情緒的轉折少了一點。但是整個小說的氛圍很好，有一種很認命的悲哀感，而它最打動我的其實是到後面的結尾，三個兄弟尋找夏季大三角的這個感覺。這些塵俗中的怨恨或成長過程的崎嶇，當你抬頭看著天空時，一切都可以拋開，我覺得結得很不俗、很美。

| 連明偉 |

這篇短篇小說如果仔細來看的話，其實是以第一人稱來描述整個家族的關係。包含被詐騙的父親、臥病在床被父親欺瞞已經過世的母親，還有角色「我」以及兩個調皮弟弟，尤其是他透過「我」和兩個弟弟的關係，來顯現一個時代裡的氛圍。基本上是以一種去除戲劇化情境的方式，把鏡頭拉得有點遠，透過這種慢

鏡頭呈現戰後的各種關係，這種關係包含某一種時空背景、生存環境，還有情感關係，而且描述的並不是現代，而是處於戰後，因為中間有提到父親曾跟日本牙醫學習看牙的技術。

他有一種捏造，透過這種虛擬的環境來創造出戰後的真實環境，這是作者非常難能可貴的地方。讀起來你會覺得它非常細膩、動人，將所有細節凝止於文字當中，這樣緩調性的書寫帶著一些些優點，但其實也會帶著一些缺點。如果真的要說改進的地方，就是這種生活況味的發散書寫比較缺乏一個主軸，不像是一個故事從頭說到尾，有一些衝突性或者是最後會有一個結尾。這樣缺乏故事主軸的小說讀起來可能會覺得比較散漫，可能必須透過更多細節的彰顯，才可以透過這個家族來投射整個時代。

整體閱讀起來，作者有自己獨到的抒情性，不會創造刻意的驚悚，或是讓你感到害怕的場景或氛圍，只以獨到的情感作為依歸，這是這篇小說比較特別的地方。

水煙紗漣 文學獎

頭疼

| 中文二　喬宗瑀

　　每當我醒於世時，我總是頭疼欲裂，時不時在凌晨三點醒來都是常態。記得這種狀況已經很久很久了，第一次發生是在五歲的時候，當時我的哭聲吵醒了一旁睡覺的外婆，她安撫了我好久，我才能繼續深深睡去。然而，外婆在我十五歲時就離世了，她那慈祥端莊的模樣與白皙的皮膚，可謂世上最美的女人。我聽說，她曾經當過花街的藝妓，所以皮膚才白得宛若山頂上的白雪配上冬梅一樣嗎？外婆總是穿著淡紫色的碎花小紋和服，靜靜地享受甜酒釀與手工羊羹。她那纖纖玉指宛若金木樨開在和式庭院上頭。每當她彈起古琴時，周遭的春草、夏花、秋紅、冬雪都頓時黯然失色。就是這樣一個女人，讓我想忘也忘不了。

　　十五歲過後，我便進出各路酒館，時有時無地喝到半夜三更，有時候與酒客大聊太宰治先生的新刊、谷崎潤一郎與佐藤春夫的醜聞、又或者小泉八雲那冷雋的筆法。每當我暢聊這些雜事時，我總能忘記頭疼的痛苦，就好像我重新生於怪談、八卦的世界當中，意識宛若吹泡泡般不斷往上走，最終破裂。有時候，我會嘲笑這樣的自己稱不上君子，但管它的，這世上已經沒有君子了，就連夏目漱石《我是貓》中的吾輩那爽朗的個性都稱不上一介君子，更何況是醜陋的我呢。

　　總之，早晨醒來，我望向床頭櫃的梳妝鏡，攬鏡一照便發現自己的頭髮又白了幾分、豁齒也不禁多了起來。這樣究竟是好是壞，我無從得知。或許大部分人會覺得我是抽菸、酗酒習慣差的

流浪漢，但在我眼中，這可是堂堂正正的作家標記。說起抽菸、酗酒，我的習慣著實不好，因為我總是將抽了半晌的菸逕自丟到地上不踩熄，只為了看那星火究竟何時而逝。而喝酒習慣更是糟得一塌糊塗，我時常喝到半夜三更不提，還常常將酒混在一起喝，例如威士忌配啤酒、伏特加配龍舌蘭酒等等，這樣反反覆覆喝濁酒造成了我齲齒不斷，並且手上也沒幾文錢，所以連醫生都看不了。

時間回到昨天晚上，當時我的故事正好上了同人雜誌《海豹》月刊。那篇故事是在講述一個拋家棄子的男人在經歷苦難後，最終終於成佛的故事。文章簡陋、句法無章、章節混亂、收尾難堪等等難聽的評論宛若白鴿般紛紛飛進了我的辦公桌上。最先批評的是川端康成老師，他言道：「像這種模仿太宰治筆法的偽物已經夠多了，垃圾已經夠多了，無須再創作這種沒新意的故事。」確實如此，但我仍不服氣，就因為我跟太宰治先生有點交情，就一味地認定我是模仿他的創作，可說是先殺後判。

總之，那晚我跟幾名友人，包括太宰治、谷崎潤一郎、泉鏡花等人一同來到了關東煮的小店。那是一間看起來晦暗、不明朗的手拉攤車，裡頭只有少少六個座位。然而，即便如此還是能看出老闆對這間攤車的愛。攤車是用上好的松柏打造而成的，外頭寫著關東煮大字的旗幟是不織布縫製而成的，手工確實獨到，然而還是有令人費解的部分。

「老闆，歐墊是什麼？你看，就是你寫在關東煮大字旁的小字。」

　　「歐墊就是關東煮，因為有些人第一次來日本，不知道關東煮是什麼，就寫了歐墊上去。」是嗎？原來歐墊就是關東煮啊！學到一課。

　　我們喝著燒酒、並點了蘿蔔與海帶，這是最便宜的煮物，點三份才三文錢，不禁讓人想到這樣的小攤販賺錢肯定很辛苦吧，要應付客人牢騷、負責倒酒與煮關東煮。這裡的每件工作我都做不來，一是為了面子、二是我真的很討厭與陌生人接觸。還記得谷崎先生曾語出自然地告訴我，面對陌生人就像面對女人一樣，只要哄哄她們，她們就會心甘情願為你做任何事。聽聞此處，我不禁尷尬了起來，因為我也沒有什麼與女性友人交往的經歷。對我來說，沒有比閉鎖在家讀一本《山羊之歌》更好的了。然而，或許就是這樣的我，才跟糟糕女人扯上關係。

　　「總之，恭喜你了，山本。雖然被罵得很慘，但還是打出了知名度。」沒錯，被說什麼都不是重點。重點是名氣，只要夠有名，任何事情都會從錯的變成對的。我想，就是如此吧，雖然我不能變成像三島由紀夫或森鷗外的人，但我至少還能做自己，山本五六郎啊！

　　用山本五六郎這筆名寫作也超過七年了，剛開始會刊登我故事的雜誌社大多都不入流，不是不入流怪談故事起家的，就是專寫腥羶色新聞的老宅。這幾間雜誌社現在大多都倒了吧，僅只剩下一間名為《文藝春秋》的知名出版社。《文藝春秋》的創辦人菊池寬先生也是個知名作家，雖然我對於他的作品並無深刻見解，

但仍舊敬佩這位寫出《屋上的狂人》等佳作的實踐作家。

　　「真要我說，川端康成這傢伙實在太不留面子了。如果要我評論你的文章，可以用華美而幽默十足、具有獨到見解，才不是什麼滑稽的作品。」太宰治先生不斷為我的作品打圓場，或許是因為他在那之中看見了自己吧。老實說，我自己當然知道這部作品並不是什麼傑出的大作，反倒讓人笑掉大牙。每當我云云道德論、理想主義與現實主義、武士道精神與騎士道精神甚至是人性黑暗與怪異的點時，妻子總會說一句：「現代的女孩子才看不懂這些東西，要寫就寫浪漫故事來。」

　　對此，我不禁雙頰失色，或許吧，現在的女性就像太宰治先生在《女生徒》所言那樣膚淺、無機質。老實說，我總是對女人很感冒，面對女人時我總不感太大興趣。或許是驕傲感作祟吧，每每當女人與我共飲酒時，我總是當她們是小孩子，想要對她們說教。然而，對所有人而言，不只女人而已，她們總是不屑於此。云云什麼人世間的大道理、云云什麼人性的黑暗面，以及云云什麼武德之言都是廢話。她們只不過是想要說某人的壞話打發時間罷了，對她們而言，沒有比說壞話更幸福的了。我不禁感嘆，這就是日本的女人嗎？如此狡猾、無內涵，甚至可以說是狐狸心作祟。

　　「我的頭不禁又痛了起來。」當我在攤車上言道此時，眾人便投以好奇的眼光。

　　「說來，山本的頭疼好像從以前就有了，是什麼隱疾嗎？」

谷崎率先提出問題，而太宰治則顯得有點對此無趣，並沒有望向我這邊，只是一個人默默飲酒。他那陶醉於劣酒的姿態頗為迷人，宛如一幅畫一般。不，這瞬間他真的成為了一幅名畫。啊啊！神啊！為何我無法做到如此藝術性的行為呢？是您放棄了我嗎？還是說這是給我的考驗呢？

「該不會是女鬼作祟吧？像是小泉八雲的《生靈》以及《死靈》那樣。」泉鏡花先生提出了個全新的觀點，不得不說這正是趕上流行的話語。也對，像泉鏡花先生那樣的人，確實會時不時吸收文學界的雜談軼事。

「搞不好只是著涼而已。你啊！太不謹慎了，晚上肯定沒蓋棉被就睡覺吧，然後又愛吃甜食才導致那副瘦弱的身軀不堪負荷吧。」太宰治先生聽到怪談、作祟等等字眼很不以為意。雖說他曾寫過《哀蚊》怪談一文，但他好歹也是走在時代尖端的男人，想當然耳不可能什麼事情都以作祟二字下定論。

「別這樣說，搞不好真有什麼奇聞軼事發生於我們之間，這可是很好的寫作題材呢。」泉鏡花先生又夾起一塊蘿蔔，放入喉中便一口吞下，他那樣子宛若蛇吞蛋一樣可怕，或許他才是最接近怪談的人吧。

「這麼想要新題材，不如說說百物語吧。說滿一百個鬼故事就會有鬼怪降臨，像這類的鄉野傳說正適合你們這種作家。」太宰治語道驚奇，我們不禁同時答應道：「就是這個！」對，沒錯，在這炎炎夏日中最有趣的莫過於怪談故事了。

　　「我先講吧，這是我從一個作家友人那聽來的。」谷崎潤一郎先生說了個有關扇子的故事，講述了在臺灣臺南出差的友人遇到廢墟女鬼的經歷，裡頭提到許多台灣特色風情，以及中國地區的人文藝術。

　　「換我，這是我在山上，聽一個和尚講的故事。」泉鏡花先生說道，有個和尚被女妖誘惑的故事。主要是在講女妖會將人變成動物，但和尚的自制力強大，於是躲過一劫。

　　「我講一個關於我的故事。」太宰治先生講了關於小時候與外婆所見的幽魂的故事。內容敘述多變，讓人不禁懷疑外婆就正是那怪異之處。聽聞此後，我便想起了自己的外婆，同樣是那樣美麗且端莊，宛若西方列強的皇后一樣。

　　我們一講就停不下來，紛紛開始闡述自己怪談作品中的精髓。從栩栩如生的對比到渲染恐怖氛圍的描述；從骯髒的地下道到明亮的和式房間；從慢慢席捲而來的恐怖生靈到一出場就血盆大口的死靈等等。我們在這一天的作品都可以出書成冊了，賣出去哪怕一輩子都不愁吃穿。

　　「各位有沒有發現，講到現在故事裡頭最常出現的就是女鬼了。這是為什麼呢？」我提出疑問，但並不求解答。只希望有人能夠為我的頭疼負起責任，才會說出女鬼一詞。咦？我希望女鬼負責嗎？還是說，我只不過是為了轉移疼痛感所以才提女鬼的呢？不知道，我也不清楚。

「自古以來，女人的怨恨總是最為強大的。為什麼不是身強體壯的男人呢？因為男人實在太過理性、剛毅木訥且不願做出傷害弱小之事。但女性不同，女性會被拋棄、會被利用、會被感性所驅使，所以才會有各種女性怪談之說。就好比能面具，最出名的莫過於般若面具吧，那就是女孩子積怨已深的象徵。」太宰解釋得別有一番風情，不禁讓人想繼續聽他說故事。然而，我想川端康成先生並不這麼認為吧。

「女人啊！就連我也有一時與她們有過勾結。」我想起了以前與小偷阿七的故事。

「勾結？看來不是什麼好事，對吧？」

那是距今四或五年前的事了，當時我二十八歲，卻還住在老家的宅邸之下，並沒有搬出來住。老家是賣米的，當時與國外的小衝突不斷，很多米糧都被政府以低價買走了，我們家的生活可說是窮途末路。還記得當時在路上軍人總是虎虎生風的樣子，不把平民百姓當人看待，甚至有許多暴力之舉，從吃免錢的霸王餐開始，到口角衝突昇華至暴力事件都有。然而，他們只要在政府這張保護傘底下就不會受到懲罰，甚至可以反過來欺壓百姓。那時，可謂動盪不安。

然而，就是這麼個混亂時代，俠盜才會盛行，就像石川五右衛門那樣。但是，今日所提到的是小偷阿七，她是名出生於和歌山縣大商人家的閨女。由於她的腿腳不利索，雖不到太過嚴重，

但仍是無法常出門。只要出門，附近的小孩都會鬧著她的腿腳起鬨。說道。

「跛腳阿七出門了！」他們雖然沒有惡意，但這種玩笑確實讓人挺心痛的。每每當小孩子胡鬧時，阿七只能忍氣吞聲，把怨懟都吞進肚裡。我曾想過，要是她的腿腳治好了，肯定不會放縱孩子們胡鬧吧。

每日，阿七都會拄著拐杖，走到城下販賣布匹與小飾品，像是髮簪、梳子、小錢包等等。總之，每天努力生存的阿七並沒有因為跛腳而感到自己的人生失敗，反倒是更加努力過日子。每天等到布匹賣得差不多時，她就會走往西方的神社，那是間小神社，祠堂早就廢棄多時，裡頭時不時就會有流浪漢在睡覺或者避雨。我還記得，這是間供奉觀音娘娘的神社，但記得主神在好幾年前就搬走了，現在只剩下空空的遺跡留在那裡。

就在那時候，我賦閒在家不知第幾年時，我們家的米每天清點時都會少幾斗或幾兩。雖然剛開始以為是老鼠吃掉了，或者單純的清點錯誤罷了。但實在太多遍了，於是我決定從夜晚開始留守，熬夜到隔天看看究竟是怎麼回事。而我就是那時候遇上了小偷阿七的，她雖然沒有拄著拐杖，但那畸形一般的走路方式騙不了人的。

我捉住了蒙著黑紗的阿七，正準備叫人時，她摀住了我的嘴，頓時我發現她好像要說什麼。於是，她開口。

水煙紗連文學獎

「噓！拜託別捉我，我是受到觀音娘娘請求，不得已。」她說道，在不久前她的腿腳突然好多了，或許是觀音娘娘應驗吧，她在每日夜裡都會聽到觀音娘娘的聲音，請求她幫助苦難民眾。她想，一定是觀音娘娘替她治好了腿腳，之後才想起石川五右衛門的事蹟，所以才想出了這麼一齣鬧劇。

然而，故事還未結束。當阿七說道用一百元買下過去所偷之米糧，我心軟了。當然，這其中很大一部分是看在錢上，另一部分是想這樣一個少女進局子實在不妥。正當我放她回去之後，隔天她便投河自盡了，或許是覺得這樣有愧祖先吧，又或者是那個所謂的觀音娘娘命令她投河的也說不定。總之，我變相地背負上了一條人命。

「故事就到此結束了，對吧？果然女人是很可怕的，論那種盲目的行動力絕對不比男人差。」不，故事還未結束。

在她投河後三日，我每日都夢到了她，那種感覺就好像我出現在了夏目漱石先生的《夢十夜》一般，那股光怪陸離的情感湧上心頭。她在夢中，不斷自責並為此對我道歉。我一時愣在原地，不知該作何表情。但，總之，雖然她穿著壽服，卻一點可怕幽靈的感覺也沒有。不，應該這麼說吧，還有幾分秀氣。畢竟是大商人之家，禮數管教就是不同於我們市井小民。我在夢裡看見她磕頭磕到頭破血流，趕緊喚她起來，但她怎麼樣就是不肯。只不斷呢喃道：「如果不原諒她，她就不起來。」這種彆扭的感覺很像小女孩，這點我並不討厭。

　　「故事到這裡就結束了，剛好一百個。看吧，什麼事都沒發生。」太宰治先生不以為意，只認為這種怪談最多也只是騙騙小孩子的玩意兒。他又點了瓶燒酒，並把一大塊蒟蒻吃下肚。基本上，我們到此也說不出什麼話來了，或許是時候離開了吧。

　　我們整理了包裹並上了電鐵，還要再等數十分鐘才會發車。真沒想到日本的地下鐵工程做得挺不錯的，看來任誰都不得不感嘆時代進步的偉大。在這樣偉大又進步的時代，還會相信女鬼、幽靈等等怪談事物實在太過愚蠢了。我們一邊抽駱駝牌的香菸一邊跺腳等待電鐵過來，這種行為就如同小女孩期待暗戀的男孩回信一般。

　　不久，電鐵終於抵達，是一台黑色的電鐵。電鐵是全黑的車身配上紅色的條紋，時不時會有電車掌喊話，說道請讓位給老弱婦孺、注意間隙與您的隨身行李。聽到車掌氣若游絲的無力聲音就讓人感到煩躁十足。我們將菸捻熄，隨後上了電鐵，裡頭只有不過十位乘客，屈指可數。

　　「下一站，三途河站。下一站，三途河站。」車掌依舊是那氣若游絲的聲音，生怕他在下個瞬間就斷氣了。

　　電鐵開始往偏僻的山嶽方向前去，兩旁的房屋越來越少，就連燈火也不見半束。不知怎的，外頭枯樹越顯多了起來，烏鴉也不斷啼鳴。遠方山嶽不斷冒出煙與火，就好像地獄的火山一般。

　　「三途河？這名字未免也太穢氣了吧。」泉鏡花率先發難，

直問道是不是上錯電鐵了。而太宰治先生仍然不以為意，只說道是他太敏感了。

「現在不是有很多取諧音的站名嗎？肯定是那樣。再不然，就是同音不同字吧。」隨著太宰治先生否認，谷崎潤一郎先生也開始附和道在旁的泉鏡花先生太過大驚小怪了。

「三途河站到了，三途河站到了。請要疊石頭的旅客，在本站下車。」疊石頭？什麼跟什麼？語畢，有幾位小朋友下了電鐵，看不見他們的神情，但似乎能感覺到有一絲悲哀氣氛。看起來，這些孩子都像倒了胃口般，令人不忍心看下去。

「疊石頭？你們知道嗎？如果小孩子比自己父母先死，就會被懲罰去三途河旁疊石頭，疊滿一百顆石頭才能離開。」泉鏡花又在說摸不著頭緒的話，若真有地獄，我們幾人早就被判有罪了。不，應該說，所有的作家都有罪吧。我們犯的罪不只是說出了現在的現在性，更是說出了未來的現在性。

「下一站，終點站，閻王殿站。下一站，終點站，閻王殿站。」說罷，電鐵來到了山腳下，而車門卻遲遲不開，彷彿在等我們前去門前一樣。此刻，擅長怪談故事的泉鏡花先生又有話說了。

「聽過猿夢的故事嗎？」話語哽在喉頭，泉鏡花先生突然安靜了下來，接著用手示意我們他不想說下去了。

「反正不過又是同音的車站名吧，有何好害怕的。」太宰治先生否定了怪談的說法，率先向前走去。

門開了，一道光芒從外頭射出。我們被光芒籠罩住，隨後醒來就是在家中了。如果說故事就這樣完了才好，但我仍舊依稀記得在那道光芒中看見了外婆的身影。此後，我的頭不再疼了。

三個月後，我將這事告訴了編輯。編輯認為很有趣，趕上了正好流行的怪談風潮，又有複雜的起承轉合，只要加以潤稿就是部完美的作品。然而，我耳邊還是傳來川端康成先生的批評。他犀利的評價，果然比軟爛的同意更有價值。

喬宗瑀，現任暨南大學學生，曾以〈13〉這部驚悚故事入圍裏柳文學獎。在經過寫詩、散文等多方嘗試後，決定自稱為怪談作家，致力於有趣的創作。由於孤僻、冷血的風格，讓人看完作品常常會說出抓不到點的感想。目標是芥川賞。

| 宇文正 |

臺灣這幾年流行重建日治時期的回憶跟美好，所以這類小說還滿多的。這篇更厲害了，他是從現實世界的日本作家來寫，我還特別去查了一下，因為我完全不認識山本五六郎，維基百科寫說他是一個戰前的濫俗作家。我很想聽聽看兩位的品評，我對於這樣的作品比較保留，我認為拿確實真有其人來寫小說是很大的風險，作者是不是能夠重建日本的文學社會、捕捉文人的氛圍跟他們的語言，我覺得在這次的作品裡頭是難度最高的。

| 連明偉 |

這篇小說文筆非常細膩，書寫謹慎，可以從中讀到作者常年浸淫於日本文學的風采，並從中大大受益，所以他的書寫充滿日本文學的理性與感性。他的故事我覺得不落俗套，作者在自述的生活語境當中，妥善融入了好幾個非常知名的作家，像是太宰治、川端康成和谷崎潤一郎等等的文風，並且是在日本非常知名的古怪物語的框架中完成這篇小說，他其實是透過輕鬆自在的筆調，精準地組構。

這篇小說不是用一種驚悚的方式來完成的，反而可以從他的閒談之中彰顯人性，人性有時候並不是透過命運式的方式呈現，有時候是透過人和人之間的相處或對談。我覺得作者的筆力雄健，也非常知道自己要營造什麼樣的氛圍，所以對我來講它是一篇非常成功的小說。

| 陳又津 |

我看到這篇也覺得作者是充滿風險在寫這個作品，因為你如果不只是參加文學獎，而是你要把它拿到市面上來賣的話，很容易會遇到認真的讀者問：「真的有這件事嗎？」

我想到的作品是森茉莉的《奢侈貧窮》，森茉莉曾經說過她去出版社借錢，然後遇到另外一個作家問她相同的問題。這有一點像是框架，作者對於自己想寫怎麼樣的作品、開頭跟結尾都是有想過的，但是其實我想問的是，如果拿掉這些名字、專有名詞，你覺得你的故事會不會有同樣的力量？我覺得會有。所以我想跟這個作者說的是，你可能不需要借助這些名人的名字也可以寫出同樣的「我是一個爛俗作家，那些有名的人都說我的作品這樣那樣，但我才……」我覺得那個時候才是你真正抓到自己風格的一刻。

蟬

| 中文四　張貽茜

　　E 市的夜晚升起漫天水霧，雨水摔落在旅館加蓋的鐵皮屋簷上，厚重的喧嘩聲似乎想訴說些什麼，卻又茫然地聚集，最後流淌而下。

　　夏夜的蟬聲徹底沒了動靜。

　　宋知站在距離櫃檯不遠處的樓梯，望向二樓。視野的盡頭，微弱的黃光暈染出厚重黏膩的曖昧氣息，帶著一絲情慾的纏綿。她站在樓梯口猶豫了一會兒，回頭望向旅店門外。

　　一輛黑色廂型車安穩地停在車道旁，沒有任何動靜，但她知道裡面有人正盯著自己的一舉一動，所以她走不了、避不開。

　　「付完錢就開始算了啊，」坐在櫃檯的大媽盯著畫質不好的舊型小電視，漫不經心地大聲嚷著：「超時可是要加錢的。」

　　「……謝謝。」

　　宋知侷促地轉過身，儘管只得了頭髮散亂的後腦勺。

　　其實大媽根本就沒聽清她說了什麼，窗外的雨勢太大，打在鐵皮屋簷的聲響、以超大音量控訴著庸俗臺詞的小電視，任何一種都能輕易蓋過宋知蚊蚋般的細小嗓音。

　　也不知道為什麼要道謝，明明那位阿姨無心的話語使她更加難堪。

　　「對不起」、「謝謝」這兩個詞不知道從什麼時候開始，總是小心翼翼地出現在她的對話裡。夏夜的蟬聲似乎也總是這樣，在還沒有發覺的時候就已經悄然無息地出現，然後成為一種習慣。

　　她輕輕吸了一口氣，走上破舊的木頭樓梯。老舊的樓梯隨著

猶豫而緩慢的步伐咿呀作響，她專注地看著腳下的樓梯，彷彿盯著那灰敗陳舊的顏色，就可以擊退樓梯最頂端的、恣意肆虐的未知艷色。

樓階一層層向上，那沉重的聲響一次次敲打她本來就不堅強的內心，越靠近盡頭，微弱黃光越肆意沾染灰黑的階梯，直到她視線所及之處，再無階梯可踏。

編號 202 的房間就在樓梯口的右側，宋知呆站在門外好一會兒，才慢吞吞轉開已經鬆脫的喇叭鎖，她盯著門鎖好一會兒，遲遲不肯走進去。

她知道，一踏進這個房間，她的人生就再也無法擺脫這樣黯淡的光線，會如影隨形地跟著自己一輩子。

還記得小時候掛在牆上的城堡拼圖。

很久以前，她的家也是一幅完整的拼圖。

只是隨著時間的變化，一片片色彩活潑鮮艷的拼圖逐漸剝落、褪色，最後都不知道散落到了哪裡。小時候的她只想把那些遺失的碎片找回來，拼湊成原來的樣子；長大以後才終於明白，用美麗回憶堆砌起來的城堡早就回不去了。

「第二個子……無出頭啦。」

伴隨著什麼東西碎裂的聲音，瑟縮在角落的她輕輕顫動了一下。

「家產給大的，財產給小的，我啥都沒有……」

伴隨著額角流出的屢弱鮮紅，一片顏色已然斑駁的拼圖無聲落下。

「攏講阿母最疼我，疼我……無乎我錢還要飼她，疼！」

第二片也帶著瘀青悄然離開。

「那女人把我的子帶走了……帶走……剩一個沒用的……」

第三片、第四片……一片一片的拼圖離開了原本的外框，只留下一片小拼圖安安靜靜待在框裡，和最後一個已經濕爛腐敗、搖搖欲墜的殘片待在一起。

沒人願意捎上她一起離開。

直到這個殘破不堪的外框落下，輕巧又沉重的墜地。

她還記得母親是什麼時候離開家的。

盛夏的深夜、酒醉的父親、臉上帶著傷口的母親、還不太會走路的弟弟，黑暗中的她與益發寂靜的蟬聲。

小小的孩子遙望大人決絕的背影，儘管被牽著的男孩一路跟蹌，彼此緊握的手卻始終沒有鬆開。

她藏在暗色裡，沒有開口、沒有上前，甚至沒有哭泣。

被牽著的孩子曾經回頭看過，卻什麼都沒有說。他們相顧無言，最後越來越遠。

唧唧的蟬聲不知道什麼時候沒了消息，夏天在靜謐中結束了。

一個人能值多少錢？

她曾無數次想過這個問題，日子一久，也不想了，只告訴自己，用一條命可能會比較好計算吧？年幼的她，五十萬可能都有點貴——即使乾淨。

「為什麼不走？」狐狸曾問過她：「去哪裡都好，也勝過妳家那地獄吧？」

她搖搖頭。

美好的過往哪是這麼輕易就能割捨的？如果得不到，還可以

藉口不知道；一旦曾經擁有過，那種幸福彷彿刻進了骨子裡，溫溫熱熱的，忘不了。

　　也許會有那麼一天，父親因為她的存在而力圖振作，「家」還可以努力找回來；要是連她都走了，就真的什麼都沒了。

　　可是她終究等不到。未來，都沒有了，不管是她的還是他的。

　　蟬聲不再響起，世界裡一片平靜。

　　她沉默地收下錢，抬眼看著坐在床邊的男人緩緩燃起一根菸。

　　「謝謝。」

　　他似乎有點意外地看向她，最後垂下眼簾：「不必，交換而已。」

　　宋知低頭捏住薄薄的紙張：「……還是要謝謝你。」

　　她遇過太多骯髒的人，不只男人，女人也是。有時候表面越是溫和的人，骨子裡越是有一種陰鷙。

　　而眼前這個男人，面容雖然冷硬，但是氣質乾淨。乾淨到讓她覺得，自己似乎也沒這麼不堪。

　　但也只是似乎而已。

　　像天邊偶然灑下的一道光，過不了多久還是會被厚重的雲層遮掩，再也透不出一絲溫亮。她只能被迫沉淪。沉到底，再底，卑微如塵埃。

　　她輕輕張開唇，似乎想要說些什麼，最後選擇安靜地露出一抹微笑。

　　時間到了就應該好聚好散，不能再多加糾纏。也許他只是一時興起，也許還有人亮著一盞燈等他回家，所以她不能執著。

　　即使他溫暖如光。

「有需要會再找妳。」他起身穿上大衣，面無表情地低頭看著她。

宋知抬起頭和他對視，那雙清冷的眼眸裡映著她小小的模樣。

「……謝謝。」她不知道還能說些什麼，只得乾澀地擠出兩個字。

他走了。

宋知望著闔上的門，在寂靜中輕輕地笑了。

「如果你還有需要，可以再來找我。」

有些話當著他的面說不出口，因為她從來就是個懦弱的人。

她完全了解自己的自卑，從離開家的那一刻起就深入骨髓。正因為連她都不願意接受這樣的自己，所以，謝謝。

謝謝你保全了我最後的一絲尊嚴。

「我就只是要錢而已。」

狐狸輕輕吐出薄煙，宋知盯著那團沉寂上升的煙霧直到虛無，才緩緩收回視線。

「抽嗎？」狐狸從口袋掏出一包菸，俐落地開盒、抽出。

宋知搖搖頭：「妳……少抽點吧，對身體不好。」

狐狸睨了她一眼，眼角還帶著微醉的媚意。

宋知避開她的目光。

「對不起，我管太多了。」

狐狸輕笑：「妳應該改叫綿羊。乖乖巧巧的，一點攻擊性都沒有，利益倒是挺不錯。」

「涉世未深的羊。」狐狸拍拍她，「等妳遇過就知道了，有些人不喜歡自己抽菸，但喜歡看別人抽，尤其是床上的女人。」

　　宋知愣愣地看著她。

　　「我跟妳不一樣。我骨子裡就是個虛榮的人，做這行是為了錢。」狐狸朝她深深吐了口煙，宋知下意識倒退幾步。

　　「這其實還挺賺的，不是嗎？一個晚上，就有幾千甚至幾萬的收入，只要把人伺候得開心了……」她將菸灰抖落：「別看我不會讀書，但是我懂，有嫖客才有妓女 —— 有人願意當嫖客給錢，怎麼會沒人願意當妓女收錢？」

　　「第一次是因為我需要錢。但是這樣的滋味嘗過之後就回不去了。」狐狸從菸盒裡抽出一根菸，強硬地塞進宋知的褲子口袋裡：「收著吧。以後記得，妳人生中的第一根菸是我送的。」

　　「做這行的，菸酒黑毒全都得沾了。」

　　她其實不知道，活著是為了什麼。

　　從跌落深淵的那一刻起，她的人生好像就失去了目標，沒有了希望。

　　還記得很久很久以前，奶奶抱著她時柔軟的雙手，那樣的溫度似乎已經深深扎根在記憶裡，抹滅不去——除非把根連帶著心，從身體裡拔起。

　　當那些回憶都消散了以後，也許能算是某種意義上的「死亡」。

　　「我們可愛的小知了長大以後想做什麼呀？」

　　「我想當老師！」小宋知興奮地揪著自己頭上的小辮子，「我們老師好溫柔，我超級喜歡她！」

　　「好啊，未來的小老師唷！」奶奶輕拍她的頭頂，眼神裡是滿滿的疼愛。

　　那時候餐桌上還是五個人，還有熱騰騰的溫暖笑語，對那間

小小的房子來說，擁擠，卻踏實。

她的家曾經也完整過。

「可以問你的職業嗎？」她趴在床上，望向背對著自己穿上大衣的男人，眼底閃著光亮。

男人回頭看了她一眼，沒有開口。

宋知躲開他的目光：「就是問問，沒別的意思⋯⋯」

他轉過身，低下頭繼續穿鞋子。

「我以前⋯⋯其實是想當老師的。」

他沒有問「那妳怎麼變成現在這樣」，或者是嘲笑她「理想豐滿，現實骨感」，他甚至沒有回頭，就只是以平淡到不能再淡的語氣說著：「挺好。」

挺好。

「⋯⋯謝謝。」房門在她面前關上，宋知輕輕地笑了。

「我也覺得挺好的。」

一份資料遞到宋知面前：「妳只要記得一件事就好。」

「蟬，妳是我的人。」

她盯著眼前的資料好一會兒，最後抬眼看向森哥。

這是她第一個男人，也是將她扯向更底的人。

那晚她生澀得緊張，他卻老練得冷漠。感受到痛楚的那一剎那，除了全身冰涼的感覺，還有一絲悲哀從心底緩緩生出，不著痕跡地將她全身包裹住，慢慢收緊，再緊，直到不能掙脫。

手中的紙張被攥緊，起了一波波深淺的痕跡，柔弱的指尖因用力過度而泛白。

她看著森哥的眼睛，最後終於敗下陣來。

「狐狸還好嗎？」她問。

森哥的背靠上沙發，銳利的目光隱隱露出一絲疲倦：「做好分內的事情，其他的不必多問。」

宋知輕輕吁出一口氣。

「我知道了，對不起。」

知道了，她終於也要步上狐狸的後塵。

也許做這行的，本來就是一個帶一個、一個拖一個，最後全部沉淪。

菸是她給的，她也將走上那條老路。

吃喝玩樂，嫖賭菸毒，唯一犯法的就只有毒品。

因為毒品會使勞動人口迅速下降。

但人都是奇怪的，越是不讓碰的東西，就越會想要伸手觸摸。

「森哥還有點良心，妳爸也還有點理智。」狐狸曾告訴她：「像我們這樣的，如果還是處女就出來賣會被檢舉，不過初夜這事到底有市場，森哥有沒有做我不知道。至少我沒有，妳也沒有。」

有些人更狠心一點，直接讓女孩的親生父親動手。

「知道妳髒了，才會乖。」

—— 即使打從心底明白這不是妳的錯，但當被逼著跨過那條世俗的道德底線，才更能夠看清楚這世界到底有多糜爛。

老舊的電視機伴隨雜訊，模糊不清的影像也跟著斷斷續續。

「這裡只要下雨都這樣，舊了……跟人一樣。」蟬遞給他一瓶礦泉水，「沒喝過，乾淨的。」

他盯著蟬好一會兒，對方也坦然回望，許久，他才慢騰騰地

伸出手：「謝謝。」

兩人都沒再說話，只留下窗外沉重的雨聲，與僵化的新聞播報音漸漸疊合。

「N市13號下午發生一起人倫悲劇，40多歲的陳姓兇嫌狠心殺死70歲的老母親⋯⋯」

蟬看著看著，突然就笑了。

「人倫悲劇啊⋯⋯」

「報導看過也就忘了，因為不是自己的事，所以不會刻骨銘心⋯⋯啊，就算是自己發生的事，也有可能覺得索然無味呢。」

「畢竟這世上什麼人都有，不是嗎？」她話鋒一轉，「你喝醉過嗎？」

「我不喝酒。」

「我第一次醉的時候，整個人都輕飄飄的，連撞到桌角也沒有感覺。那時候我就有點明白，那些愛喝酒的人在想什麼了。紅酒醉心，白酒醉人，如果能夠喝到死，也是一個不錯的選擇，對吧？」

「因為都沒有知覺了⋯⋯」她喃喃自語。

此時的她，充滿一種死寂後的平靜。

「是蟬成全了夏天，還是夏天成全了蟬？」

他沉吟了一會兒：「⋯⋯彼此成全吧。」

蟬鳴只在夏天，但是缺少蟬聲的夏天好像就不能算是一個完整的季節。

至少他都是在聽到第一聲蟬鳴的時候，才發現夏天已然到來。

「是夏天成全了蟬。」蟬垂下眼簾：「因為蟬只能活一個夏天的時間。」

「結束之後……就可以剖開了。」纖細的手指在空中仔細比劃著：「新鮮的最好，弄髒了也沒關係，本來就沒多乾淨……從兩邊開始，一路到胸骨……剛好是 Y 的形狀。」

「暗紅色……帶點酒精的味道。」

「啊，不小心說太多了。很無趣吧，夏天先生。」她瞇起的眼眸沒有一絲溫度：「還是說一點你感興趣的？」

他把資料放到桌上，正在批改公文的大隊長頓了一下，便在文件的右下角簽上自己的名字。

「隊長！」

坐在軟椅上的人終於抬眼：「小于，我要走了，這大隊會是你的。但案子，得壓。」

「我給你批兩天的假，好好休息。」

他茫然地離開辦公室。

當初選擇成為警察，是為了正義。他一直認為正義可以戰勝一切。他想要的是這個社會可以變得更好，可是當他越爬越高，才發現這個社會其實沒有變。

面對由上而下的腐敗，他所有的自以為是都可悲得引人發笑。

「等查出這個案子之後，你就升隊長吧。」那時候大隊長溫和地給他倒了一杯熱茶：「大隊已經快被警政界淘汰了，上頭說失敗的案例太多。如果是你的話，可以救回來的吧。」

當時他滿腔熱血，以為大隊長看重的是他的正義感，直到最後他才明白，隊長只是要確保「于青南」這個名字所代表的能力與背後的功績，才會將這起案子的調查權交給他。

他苦笑。

水煙紗連 文學獎

這場較量，看似是他勝之不武，但只有他自己才明白，輸得一塌糊塗。

這個社會從來不需要被保護。

「南哥！」

于青南轉頭，遠處一抹熟悉的身影不過幾秒的時間，就竄到了他的眼前：「沒認錯人，真的是南哥！」

于青南笑了笑，剛才的不快被精神的少年沖淡許多：「下次可別亂喊，省得真認錯人，尷尬。」

「我認錯誰都不會認錯我南哥。」他咧開嘴，搶在于青南詢問之前先解釋：「我來幫所長送公文。」

于青南點點頭。

「我媽媽留了點荔枝，晚上給你送過去。夏天快結束了，所以這大概是最後一次，不可以不要喔。」少年調皮地行了個禮：「那我先走啦。」

「替我謝謝阿姨。」于青南看著他離去的身影，終究沒忍住：「小劉。」

小劉停下腳步，轉過頭，精神爽朗的臉上藏不住疑惑。

「喜歡當警察嗎？」他問。

少年充滿朝氣地回答：「當然喜歡啦，打擊犯罪、保護社會。」

「那就在基層好好幹。」

「好好幹。」他的聲音驀地轉輕，輕到一說出口好像就會立即消散在空氣中，「一輩子別升上來。」

如果不是碰到那個，主動把所有老底都揭露出來的「蟬」，也許他也沒辦法查出這個案子。

世界不會變好，只會更加泥濘不堪。

「你想從我這裡得到什麼？」

于青南還是不太習慣這樣的她，整個人在她面前似乎無所遁形。

「毒品。」

蟬一愣，抬眼看他：「吸或是……賣？」

「聽說妳們上面的人，有市場。」

「哪一種？」

「樂。」

政府禁毒，但如果是管制外的毒品，底下其實有不少人在偷偷交易，久了就形成一個專屬於毒品買賣的黑市。像「樂」這類被嚴格控管的毒品，因為量少、價格昂貴，毒販就需要勢力來護自己周全。

「市場背後還有人，你怎麼會想碰？」

于青南頓了頓，最後說出一句：「受人之託。」

蟬笑了。

「這塊我剛接下，還不大懂。上頭勢力大，我牽不了也不想替你牽，免得自己也給連累了。就給你介紹個姊姊吧，她懂得多了。」

就是懂得太多，最後自己也淪陷了。

這個國家最可笑的就是政府，明面上禁止百姓製毒運毒販毒吸毒，背後護著這樣龐大集團的勢力卻也是政府。

就因為有利可圖。

蟬想了想，忽然笑出聲：「所以後來你不碰我，是因為不想碰毒？還以為你是嫌我髒呢。」

于青南看著她嘲弄的嘴角，沒有否認：「在我看來，誰都是身不由己。」

「夏天先生。」

電話那頭一片沉默。

蟬微微一笑，鮮紅色的指尖輕敲手機：「看樣子結果並不好呢。」

「對不起。」

「不用道歉啊。」另一隻手撥弄著桌上紙張的邊角：「我早就知道這件事會被壓下來，畢竟上頭有人看著。只要那位還在的一天，事情就不會結束。」

「那妳為什……」

等不及他回答，又或者說根本不需要聽到答案，蟬輕笑出聲。

「警察先生，你身上的光芒太刺眼了……」

話說出口的那一刻，她的臉上閃過一絲懊惱。

怎麼這麼衝動呢？應該保密的，這樣才有趣不是嗎？可是又等不及了，想看到那人失落的樣子……嚮往正義的天使墮入凡間的那一剎那……

太興奮了。

她無意識地舔了舔紅唇。

又多了一個人，充滿著現實的灰塵。

「妳早就知道了？」

「噓，這些都不重要了。雖然我沒能夠送你這個案子，但是你有興趣破另外一起案件嗎？」她抓緊手中的那張紙，上頭的字已然模糊不清。

「一年前在 D 市宣河岸發現屍塊、至今仍舊破不了的分屍命

案，死者宋志輝的心臟，不是一直都沒找到嗎？」

「那顆心臟就放在我家，保存得好好的。」

電話那端的呼吸陡然變得粗重，半晌，一道壓抑的聲音低低地傳來：「妳他媽再給我說一遍。」

即使過了幾小時，于青南仍舊隱忍不住怒意：「妳到底在想什麼？」

蟬拿起桌上的水壺給他倒了一杯水：「冷靜點，你清冷的人設要崩了。」

于青南一愣，蟬輕笑出聲：「成年了，夠了。」

「會判死刑嗎？」她期待地看著于青南，「雖然不是很懂，但是應該沒過法律追溯期吧，才一年多。」

于青南瞪著她：「理由？」

蟬從小包包裡拿出一張皺得不像樣的紙，遞給于青南：「這個可以嗎？」

于青南低頭正準備看上面到底寫了些什麼，就聽到玻璃被輕輕敲打的聲音，他抬頭往窗戶一看，是小劉。

小劉整張臉緊貼在透明玻璃上，薄薄一層霧氣中的他一臉壞笑地指著蟬，再對他比了一個大大的愛心。

他輕嗤一聲，正要收回目光，卻看到對面的蟬愣愣地看著小劉的方向。

「……他是誰？」蟬的聲音很輕，輕到如果不是于青南盯著她，這個問題就會在半空中消散。

于青南頓了一下：「劉新杰，菜鳥。」

「他跟他的母親，長得很像對吧。」

于青南納悶地應了聲。

「你見過他的父親嗎？」

「單親家庭，父母很早就離婚了。」

「即使沒有爸爸，他還是過得很幸福對吧。」

他回想起那孩子開朗的神情：「……還需要歷練。」

蟬轉過頭，朝他微微一笑：「那這個案子，他可以當協助辦案的員警嗎？」

「小劉本就是編制內的。」

于青南低頭看向那紙張：HIV 病毒，陽性反應。

他錯愕地抬眼，恰巧看到她嘴角綻放的一抹溫暖笑意。

「一家人，就應該高高興興的聚在一起呀。」

才沒有離婚呢。

自己跑掉的，怎麼可以算是離婚呢。

原本壓在她身上的人，突然痛苦地朝另一個方向倒下。他大力拍打桌子，其他人聽到聲響後趕緊將放在角落的小包遞過來，其中一人拿出一支裝有白色溶液的針筒，將男人的手拉過。針頭穿透他的皮膚，深深刺進血管裡。

宋知倒抽了一口氣，很輕，輕到如果不是感覺到自己喉頭的一道冷意，她甚至不能確定自己還有沒有在呼吸。她知道自己不能露出驚恐的模樣，否則下一秒針頭對準的可能就會是她。

她明白，一個染上毒癮的女人，會有什麼後果。

就像狐狸。

這是一個可笑的事實，對那些人而言，男人可以髒到無可救藥，但是女人必須永遠乾淨。因為男人和女人，從來就不是同一

回事。

　　她強壓下湧上心頭的懼意，憑藉著幾近消失的微弱勇氣，強迫自己抬頭望著那個男人的面容，從扭曲到平復，直到陰狠的眉目徹底舒展。

　　她告訴自己，不能怕。

　　不是不要怕，是不能怕。

　　不能怕，至少現在不能露出害怕的模樣，因為她不能沾上一丁點的毒。

　　她還年輕，就算已經沉到底，只要還有一點微弱反擊的餘地就好。集團裡也不是沒人「漂白」過，她還可以看到一點點的光，就算模糊著快要消逝了。

　　她沒有被強押著注射毒品，卻還是間接感染了 HIV 病毒。

　　在看到檢驗報告的那一刻，她只覺得自己全身冰涼，眼睜睜地看著猙獰的黑暗迎面而來。

　　光就這樣虛無了。

　　那一瞬間，她感覺到從心底滋生到全身的憤恨。恨那帶給她悲劇人生的男人，恨拋下她的女人，恨那個可以無憂無慮長大的男孩，恨發放高利貸的林森，恨染上毒癮的狐狸，恨透這一切。

　　憑什麼。

　　憑什麼她注定只能被動地承受這一切，憑什麼世界最黑暗最絕望的事情都朝她鋪天蓋地襲來。如果是因為她的自卑、她的懦弱、她的卑微，那她不要了。

　　她不要再當一個低到塵埃、幾不可見的人。

　　如果說有那麼一個人，在她回想起時能夠心平氣和，就只剩他了。

「也把他拉下深淵啊。」內心某處正猖狂叫囂著:「憑什麼總是妳在怨恨別人?憑什麼這世界只待妳不公?憑什麼只有妳自己待在深淵?」

她緩緩地笑了。

「那就,試試看啊。」

就像一年前,她親手將框裡最後一片拼圖撕碎,藏匿在不同的地方。

沾染酒意的心臟,就浸在罐子裡沉醉。

她還太弱小,拉不了整個社會陪葬,所以在離開前挑了還看得到的、最耀眼的一道光。既然不屬於她,那就都毀了吧。反正在這個陰鬱的社會裡,誰也沒有比誰高尚。她原本只想針對于青南,把他徹底染上絕望的黑,沒想到卻有了意外收穫。

「蟬聲還在,夏天還沒結束……」

拼圖怎麼可以擅自離開畫框呢?看,我幫你一一找回來了。

這篇小說還有很多不太成熟的地方——畢竟我沒有相關經歷和原型可以參考,不過寫得很開心。從開始下筆到故事完結,從來沒有想過「下一段該怎麼接」,而是順利的完成初稿,再加點讓故事脈絡更加清晰的情節而已。只是靈光乍現的一個念頭,最後成篇。小說裡沒有特別想說些什麼,就只是一個起念而後成型。我很喜歡故事寫完的那一刻,因為直到故事完結,其中的角色才算是真正的,完整的「活著」。

｜連明偉｜

　　這篇三位評審老師都有選，表示它有一定的基本功。如果仔細閱讀這篇短篇小說，可以發現它是透過拼圖的方式完成。閱讀者常常是透過作者所編制的片段來嘗試了解全部的概況，這樣的技術方式會帶給觀眾拼圖或是推理的樂趣，但是在這樣拼圖或推理的過程中，它比較容易遺漏某些小小的細節。

　　以整篇短篇小說的內容來講，這個女人是怎樣變成一位酒店小姐，或是妓女、賣淫者，大體上就是一個複雜的身世背景，以及這個身世背景背後的社會脈絡。其實你看華文創作，不管是黑道或是妓女，或是賣淫者這樣底層的社會，一貫是文學創作者所關注的焦點。以這個標準來看，其實我覺得這個作者還滿深刻地描寫了這些底層人的生活。不過可能是因為沒有實質的經驗，有時候還是會看到一些技術上的不成熟，但是文學有一個創作的本領，可以透過虛構來展現真實，在這方面來講，我覺得作者是成功的。

　　比較可惜的地方是，在小說的中後部作者試圖透過某一種驚悚性，去完成一種祕密揭露般的故事，像裡面所寫到的弒父，或像在小說裡所寫到的刑警可能是他的弟弟，這種方式如果沒有透過更謹慎的籌劃去闡述人物和人物之間的關係，比較容易變成電影快版剪接。整體而言，作者在描述人的背景，還有技術方面其實是非常成熟的。

| 陳又津 |

我先補充一下我的評審標準，我通常看文章的第一點就是「這是不是一個新的東西」，當然通常大家都會說它好像沒有新鮮事，但我有時候在看一些作品的時候，會覺得他們學到新東西了，無論在實務上或抽象的層次上。第二個，我會看可信度，是不是有可能發生。第三個我會看結構，這個作者是不是真的知道他要寫什麼。

回到〈蟬〉這部作品，我喜歡的部分是它有滿悠緩的敘事步調，作者明顯知道他想要造成什麼樣的效果，所以吊足了整個事件的胃口，他也不太輕易地解決兇殺的過程，就像連明偉老師說的，他用拼圖的方式讓你覺得：我應該快要拼起來了吧。所以這個作品我看了兩次才稍微看懂了。因為這個作品寫的是風塵女子的故事，我覺得你的腔調確實有花心思，但是可信度是可以再努力一下的，還需要做功課才可以如實地傳達出酒店小姐或是其他性工作者的口吻，因為性工作者也有很多層次，這樣子看的時候才不容易出戲。

我自己看的時候有一個問題是，宋智輝這個死者，還有小劉跟她母親很像這個事情，我想知道到底是哪個意圖，或沒有對象的呢？也許其他評審可以告訴我。那這個作品讓我想到的是《平原上的摩西》，作者叫做雙雪濤，也是用警察、有殘疾的女子還有其他凶殺案拼貼而成的故事，非常的精彩，推薦作者看看。

| 宇文正 |

她應該是殺了她的父親吧，小劉是她的弟弟，我讀起來是這個樣子。這篇寫從破碎的家庭、童年成長，走向一個黑暗的人生。除了剛剛講到的性工作者，它還牽涉到了毒品、愛滋、黑白兩道，

然後鋪陳一個慢慢向下沉淪的心理過程，到最後的結局是非常驚悚的，她應該對父親充滿恨意，最後那個心臟應該是她父親的心臟。這篇的標題叫做〈蟬〉，蟬的意象是從地底探出頭來，只有短暫的一生，在小說裡蟬的聲音一開始就籠罩全篇，好像在暗示著躁動早已埋下，在牠探出頭後的生命非常短暫，這也完全就是在象徵這個敘事者自己的人生，她從破碎的童年成長，慢慢走向黑暗的過程。因為作者是個學生，要把毒品、愛滋、黑白兩道這些東西都寫到很透是真的要求太高，可是女主角的心理過程是有打動我的，結尾的驚悚也嚇到我了，我覺得這個小說是滿成功的，我給它很好的分數。

迷路

｜ 中文三　蔡孟宏

　　不久前經歷過的事情，卻總是無法很具體地描述，這是我的毛病。

　　十八歲、十九歲、二十歲、二十一歲，在這段歲月裡，我都在做什麼呢？

　　每當我想好好釐清這些問題的時候，那感覺簡直就像只能用一支湯匙，去把埋在深井裡的東西挖出來似的，對我來說是十分費神的事。最後我站在深井底，把湯匙狠狠丟在旁邊的泥塘裡時，卻會意外地發出「鏗」的一聲，仔細一瞧才發現我把湯匙扔到了一個毫不相干的東西上。

　　可能是記憶與記憶之間我無法明顯地做出區別吧，很多事情總是在相似的脊椎上分別長出魚鱗或是羽毛，結果當羽鱗沉入井底成了誰也無法分辨的淤泥後，我端著好幾段脊椎骨，一無所知地嘆氣。

　　＊

　　我的第一任女友是一個讓我印象頗深刻的人。

　　她個子纖瘦，外表說不上好看，但也不難看。她總用簡單的橡皮筋把頭髮紮成簡單的馬尾，穿著簡單但輕鬆舒適的合適衣服，在聽音樂時會閉上眼睛輕輕地哼唱著，那樣子簡直像白頭翁一樣可愛。

　　放學時我常和她坐在圖書館頂樓的陽臺。我的高中由於歷史悠久的關係，畢業校友人數眾多，因此有了足夠的經費可以興建

一些空虛的建築。圖書館就是標準的案例，在一間處在海邊鄉鎮的地區高中，蓋了一間五層樓高、裡頭除了飲水機和廁所會有人使用外，其他如藏書區或自修室都乏人問津的圖書館。由於圖書館整棟使用了大量白色的建材，又以具流線狀的建築模式建造，我總跟女友開玩笑說這是從遠洋漁船上拖回來的大白鯨。

「大白鯨嗎？」她吃吃地笑著，臉頰旁出現了淺淺的酒窩。

「對啊，我們可是在大白鯨的噴水孔上約會呢。」

「那它不會窒息嗎？」

「它已經死了啊，死了才能被拉上來做成圖書館吧？」

「少來。」她在夕陽下輕輕啄了下我的左臉頰。

「那大白鯨不是很可憐嗎？死去了也絲毫沒有安息的感覺。」她對我問道。

「至少它不用像還在海裡時，時間到了就得游上來海平面呼吸再下沉。它現在就一直待在可以自由呼吸的地方了。」

「但它的身體還是屬於海裡的生存構造，即使它能自在地呼吸，它的身體還是承受不住沒有水的地方啊。」

對話到這裡之後我就忘了之後我是怎麼接下去的了。

在畢業後我們有了名義上的第一次約會，地點在南方兩百多公里外的海生館。她對臉像嬰兒一般癡笑的小白鯨顯得興高采烈，而我則對能看到各種新奇的魚類這件事感到比較開心。

那一次約會的晚上，我們住進了預約好的飯店，是一間非常中庸的便宜飯店。我們在大得能躺一隻亞洲象的床上做愛，完事後她躺在我的臂膀裡，跟我一起看著某部飛車搶匪電影，絮絮叨叨地講一些清脆如糖衣的話。那時我的頭腦總是熱烘烘的。

　　我們在電影播完，電視螢幕上正緩緩跑著演員名單時又做了一次。結束後她去沖澡，我只穿著一條內褲，走到陽台外抽菸。夜空上找不出多少星光的痕跡，氣溫十分悶熱，正對陽台出去的方向是一片寂靜的平房住家，一小片種滿椰子樹的庭院裡傳來椰葉在暖風中的浪潮聲。

　　我望著這片不值一哂、無聊的風景，感到一股前所未有的空虛，眼前的寂靜在我心裡開始默默發酵了起來。

　　她是個有規劃有理想的女孩子，我想如果她是白鯨的話，一定不會被人類抓走，在海生館出賣那些可悲的把戲。而我大概就是那些五顏六色、形象各殊的魚吧，靠著吃飼料在方丈之闊的立方內昏沉沉地過一輩子。

　　應屆畢業的學生裡，只有她一人考上了醫學系，而我還慶幸著有撿到大學可以去。

　　我們的距離變得長遠了起來，見面的次數越來越少。直到某天她親筆寫信表達她的疲倦，而我又無法完全理解現在的她時，我意外地發現自己早已對她的形象已經像潑了水的水彩畫一樣，只有模糊而曖昧的印象。

　　當天我什麼也沒有說，也沒有特別做或不做些什麼。我是晚上才拆開信來看的，我看完信後便把信收進抽屜裡，拿著衣服去宿舍的公共浴室洗澡。洗澡到一半我聽到隔壁傳來我的原住民室友唱著歌，便一如往常隔著一扇板子和他聊一些輕鬆的話題。半夜時我跟他一起去抽菸，他給我試了檳榔的滋味，而我沒什麼能分享給他。

　　第二天我仍一個人去上課，比起跟人一起行動，上大學後一直以來我更喜歡的還是獨處。在課堂上聽著不知所云的語言，下課後去自助餐廳吃飯，回宿舍洗澡後一個人溜到宿舍頂樓，看著

星星發愣，並又開始抽起了菸。

　　我還以為自己是在壓抑著，總會在某一天把自己炸成模糊的肉片，為此我還有些擔憂了起來。但我始終沒有，難過與懊悔、失望或不甘，任何情緒在我心頭總是變得模糊曖昧不清，最後我得到的永遠會是一灘黏稠的、難以名狀的液體，把我包裹其中。

　　倒是戶頭在短時間內變得稍微寬厚了一些，因為不用再買長途的車票了。但我也想不到可以買些什麼東西。剛好有即將畢業的學長要變賣身邊的物品，我藉著認識及偶爾幫忙他的關係，從他的手邊以便宜的價格接手了一輛 200 CC 的檔車，在交給信任的車行整理過後，我開始騎著車以現在就讀的大學作為圓心，開始向外逐漸放射出我的足跡。

　　高中時的朋友，姑且在這裡稱他 Q 吧。Q 就讀的大學離我讀的大學算是比較近一些，但由於我的地區處在山區，要去找他時總要在山路裡騎上好一陣子，之後再慢慢接近鄉村，再進入都市裡找到他所在的地區。

　　Q 在連鎖漢堡店裡上晚班。我去找他時會翹掉一整個下午的課，一個人騎著檔車在山路裡以不快不慢的速度漫遊。其實這條山路屬於省道的層級，又因早年為重要的交通幹道，因此它的路非常的寬廣，又因後來興建了一條目的一致的聯外高速公路，這條路就變得少有人使用。我喜歡在午後太陽變得醇暖的時刻在這條路上騎車，道路兩側是層巒疊嶂的山壁，底下川流而過的溪流讓這條路上多了不少橋樑。

　　不趕時間時我會把車停在路邊，抽著菸看著遍布石礫的灰色溪床，往西邊望去，斜陽在兩片像斧刃的山壁間照耀著，湍急的濁流朝著斜陽的方向流去，我聽著橋下的水流，覺得此刻的自己享受著奢侈的寂靜。

「我覺得失去了以前的那種感受。我不知道為什麼,但那種失去的感覺是沒來由的,對我來說,當它襲來時,我會怕得像一個孩子一樣……怕自己失去了的瞬間,便失去了這個世界一般。」她的信裡這麼寫道。

以前的感受?

其實我也沒資格多說什麼吧。

總之我在路上一路蹉跎,總有辦法把實際上七十多公里的路花到傍晚才抵達終點。我去找到 Q 時,是在他上班前的一小段時間。我跟他站在漢堡店後門的暗巷裡一起抽菸。之後他把宿舍的鑰匙交給我,他去組裝漢堡和跑外送的時候,我就待在他的房間看自己帶來的書。

等 Q 下班後我再跟他到撞球館會合,兩個人輪著打了數十局的八號球和九號球。我買了飲料請他喝,他教我跳桿和更好的測量灌袋的角度。我們在煙霧瀰漫的撞球館裡,在一盞盞離頭頂很近的日光燈下像專注盯著火的蛾一樣。

打撞球的時間裡,我跟 Q 天南地北地瞎聊著高中的往事,對於現今的自己卻不知為何的都不怎麼提起。以前的我們是班上令班導頭痛的對象,我們早上遲到是基本的,有一次他在上學路上撿了一隻流浪的小狗來上課,我還出資去買了牛奶,倒在紙盒裡在上課時餵牠,結果被班導發現,牠就乾脆地尿在班導的鞋子上。從這件事後班導看到我們兩個總會惡狠狠地盯著我們,那樣子彷彿是我們尿在她的頭上一樣。

類似的荒唐事在高中時的我們身上時常發生,我想著越年輕時的荒唐,似乎總有一股先天的、值得被原諒或漂洗的特質,甚至成為說嘴的笑料。但這些事情本質上的荒唐和不可理解,跟長大後的無奈和茫然的本質同出一轍,相同的荒唐和不可理解,在

現在的我身上用森寒的利刀刨刮著。

　　Q 也是跟我一樣，他也不太提起上大學後的自己變得如何，最多跟我大略地提起他的室友是某公司的小開、他最近發現某段風景不錯的山路問我要不要去，這類無關緊要的事。也許正如我在大學裡下意識地疏遠人群，我也沒有多留意我的周遭如何，高中以上的經歷薄得像曬乾的菜乾，是最可悲的那種菜乾，連餬口的資格都沒有。

　　我們有默契地在過去的影子和現今的弱光選擇了沉默。我感覺得出過去的自己正一天天地在教室裡、宿舍裡、寬大的山間省道和煙霧瀰漫的撞球館裡後退，打開一扇又一扇越來越遠的門把自己關了進去。

　　「你很好，可是我並不曉得怎麼面對自己。過去的我們曾經很美好，但當時間久了，我又不禁懷疑往日的真切性。我想到這樣的懷疑時我會變得很驚慌，可是我又不能停止這樣的想像。這讓我無法再面對你，無法再和你有未來……」

　　我見到 Q 的最後一天，他剛領了薪水。這天的他看起來興致頗為高昂，請我去吃價格便宜，味道也非常好的豬油拌飯和綜合黑白切作為宵夜，我們坐在巷口的簡陋桌椅上，暢談著歡快的話題。之後我們各自跨上自己的車，踩下打檔桿轉動油門，直朝他說了很久的山路騎去。

　　那條山路非常漆黑，我一邊咒罵著我的車微弱的大燈，一邊憑藉著越來越多、越來越繁盛的星光帶來的點點銀鑠之光縱橫在除了我和 Q 以外再無他人的路上。時間越來越晚，氣溫越來越低，慢慢地連海拔的高度都來到了三千公尺，終於我們來到了峰頂。

　　我們兩個全身蜷縮成一團，連隨車攜帶的雨衣都充當保暖衣物穿上了。躺在峰頂供登山客休息的石凳上，我和 Q 第一次看到

水煙紗漣文學獎

壯觀的銀河，銀色的光芒超越了我能想到的形容詞，在乾淨的夜空上呈現最瑰麗的一幕。

流星一陣一陣地劃過天際，Q看著星空和流星，無聲地哭了起來。我不知道怎麼回事，只是沉默地躺在他身旁，繼續望著夜空發愣。

那天我們冷得受不了了，在山頂待了半小時後便騎了回去。我們在半途上的一間便利商店休息，我看著Q把安全帽脫了下來，他的臉上已經沒有了任何哭過的痕跡，反倒是他一臉奇怪地問我盯著他幹嘛。你還好嗎？我終於開口問他。他只是搖了搖頭，並分了一支香菸給我。我們再也沒說過話了，直到東方的天際逐漸發亮時，我跟Q分道揚鑣。

一週後Q的身體在下著大雨的停車場裡墜成了碎片。又過了一週後的晚上，我在半夜離開宿舍，騎在熟悉不過的省道上，此時的路上再無其他人車，好幾次我失速偏離了車道，差點撞上沒有反光貼的分隔島。一段過去我花很長時間騎乘的路，在這一晚變得毫無滋味而恨不得早點離開這冗長的距離。

我回到Q墜地的現場，在落地點附近有一條排水溝，我想像有部分的Q，就這樣隨著雨水沖刷進骯髒的水溝裡；我想像著大雨的那一天，Q的身體在車水馬龍的灰色城市裡墜地的聲音，恐怕還贏不過一聲喇叭……

然而絕望是跟病毒一樣，當它出現在你面前時，它會迅速地繁殖出更多的絕望。我輾轉得知前女友交了新的男朋友，只是這次她交到了一個只有嘴和生殖器的富少，前陣子不僅去休學還墮了胎……

「我不想為自己辯解，因為我也曉得我的個性。比起人群的溫暖，我不知為何還是會朝孤獨的冰冷走去。我也不懂自己，也

很難理解自己，譬如我就不能寬下心去擁抱新的環境，譬如說我就是不能理解為何曾經跟妳在一起時會有孤獨的滋味……在白鯨世界裡牠既要呼吸又要潛進水底，但我想牠也不能理解為何在能自在地呼吸後，世界卻窒息了牠……」

我把早該寄出去的信撕成了碎片，在抽著一根菸的時間裡，望著它在微弱的火苗裡蜷曲著，潔白的信紙逐漸化為漆黑的灰屑。

我還是無法很確切地面對自己的一切。恨不得跟著這些紙片迅速地在痛苦裡化為灰燼。我望著深沉的夜空，又再點起了菸。

而在海生館的白鯨和那些小魚，在入夜的、囹圄般的海裡作著夢。

蔡孟宏，1998 年 3 月慚愧地出生在這個世界。現為暨南大學中文系四年級生。喜歡的東西是打檔車、香菸、獨處和貓，信仰的東西是一切都毫無意義，目前的困擾是不得不朝著毫無意義狂奔而去。〈迷路〉這一篇小說，是將人生裡的經歷拼貼後而寫成，我一直以村上春樹及理查．福特的小說帶給我的感受為目標進行書寫。因此最後完成作品，獲得一些人的肯定後，應該算是近幾年來，好不容易得以開心的一件事。

| 宇文正 |

這篇我很喜歡，終於回到大學生的年紀來書寫生命很本質的虛無跟悲哀，他以很淡的文字來寫內在難以言說的困惑、徬徨，無論是對愛情、對生活，或對未來都不知所以。這篇讓我想到村上春樹的《挪威的森林》，《挪威的森林》裡面是主角的朋友自殺，而在這裡自殺的是他的高中同學 Q，他前女友的人生軌道後來也是走歪了。他在跟同學 Q 一起出遊的時候，他的內心似乎是懂 Q 的，但又無可奈何。最後 Q 已經走了，他本來要回前女友的信也燃成灰燼，因為他自己也對於人生中的低潮無能為力。整體是用詩化的語言，來寫一種難以描述的、對未來的茫然感，沒有誇張，也沒有強作戲劇性的表達，可是我讀的時候是感動的。

| 連明偉 |

這篇讀起來非常感動，如果以技術成分來講的話，它其實是透過第一人稱來書寫的小說，透過第一人稱來書寫的小說有什麼好處？同學們剛好是跟角色年紀相仿，所以這樣的年紀可以恰如其分地完成這個角色年紀的語境。透過自我抒發，明顯感受到這篇小說說的是關於青春的虛無，或是淡然有味的戀愛，或是在談一種存在的困惑，乃至最後他的友人自盡。他其實一點都不說教，他也不告訴你面對生命應該做怎樣的展現，不會對生命做特別激烈的展演，我覺得在短短的篇幅當中，他將自己對生命或生活的許許多多不確定感，透過小說變為一抹非常迷人的浮光。

所以小說一定要透過重筆來描述？一定要透過非常驚悚的意象來書寫嗎？這邊我們其實可以仔細的去討論。透過重筆、透過驚悚意象來書寫是完完全全成立的，但是是否有其他小說的表現可能？輕筆描寫沉重的故事，也是表達生命的一種非常好的方式。

｜ 陳又津 ｜

　　我覺得這篇讓我想到的是一些很真實的大學生活，終於明白我大學時候為什麼要翹課了，有時候也不知道為什麼就是不想去畢業典禮，也實在是真的沒去。這篇我想給的小標大概是《山城裡的麥田捕手》，就是那種成長小說不知道自己該往哪裡去的感覺。那為什麼我沒有選這篇呢？因為人物設定的關係。前女友的設定考上了醫學系，後來愛上了富少，最後就去墮胎了。我有點不確定這個人設是否能夠說服我，所以後來就沒有選，但是我還是很喜歡這一篇整體不知自己要去何方的感覺，這是非常真實的。

水煙紗連 文學獎

合理的魔鬼

| 中文三　曾子源

嘶嘶……表皮被手術刀輕易劃開，少年的技巧並不純熟，刀鋒沾滿了淺黃色的脂肪。少年討厭解剖，儘管生物老師說得冠冕堂皇。

這是一隻已經死去的田鼠……據說牠是為了人類未來而死、為了科學捱刀，少年不相信這套說辭，每下一刀都有著殺人的錯覺。彷彿田鼠腹中的胎鼠是自己的肉，就差在沒有哭泣。他清楚知道他不能，畢業典禮可不能帶著充血的雙眸留影。

「陳亮！你再慢吞吞我們組的面子往哪放？」陳亮並無理會，繼續為田鼠傷春悲秋。很快，刀被無情地奪去，兩秒後。

肌肉、內臟、四肢整齊排列，靜待老師評分。多年後，陳亮早已忘記同學相貌。但下刀的快、狠、準，依然歷歷在目。

這是中學最後一場實驗試，陳亮剛好合格。不只實驗試，陳亮整個人生都只是「合格」止步。中學文憑試只拿十分，相貌平凡，沒有興趣、目標。

他認為，自己就是一個失敗者。可是，梁老師卻不是這樣想。

他常常提醒陳亮：「失敗並不算什麼，最重要是對得起自己。」老師擅長用理想的話語使陳亮信服。甚至鼓勵他去考警察，在香港當警察可威風了。代表正義的制服、手持具有審判權力的槍、每個月拿的不是工資，是納稅人的期望與肯定。

在父母眼中這份肯定足足有兩萬多塊，鄰居的兒子大學畢業每月為了一萬六千去拼死拼活。想到這裡，父親不經意地流下口水。活了大半輩子，嘴角從未上揚至如此角度。甚至臨時上演感人戲碼。

從小，父母就對陳亮不聞不問，如此改變皆因錢作祟，陳亮自

己也深知。心底也想有著一份使家人自豪、朋友仰望的職業。陳亮沒有想到失敗者踏出毫不費力的一步，便可平步青雲。

———————

二零一四年初，陳亮正式成為香港警察。警員編號 pc 721831，同年發生「雨傘革命」。

———————

「剛當上警察，便遇到這檔事。」陳亮嘆著氣。正午太陽之際，不如以往安坐冷氣房，經歷曝曬，他險些中暑。

一把黃色雨傘，如厚雲般阻擋毒辣。映入眼簾的是穿黑色素 T 的女生，名叫 Kennis。這一次相遇鋪上了陳亮親手將她殺死的戲碼。

「警官你叫什麼名字？」女孩試圖化解身分的尷尬。

「工作時間，不方便交談。」這是陳亮鮮有地與女人對話。

撐傘的動作， Kennis 已經維持一個多小時。陳亮在等女孩再開一次口，好讓他放下可笑的堅持。

汗，滴在柏油路上，無言的空隙足以容納一億份後悔。男孩不想只是「合格」，此刻的他，渴望高分。

「小姐……妳也累了，我有帽子，不怕曬的。」這句開場白陳亮想了半個小時，他總覺得差了點什麼。

「妳一個女孩子，學那些讀不成書的廢物在那邊佔領馬路？」陳亮認為自己高人一等。

「陳長官是嗎？他們有的是律師、有的是醫生。」

他自知無趣，並破壞了艷陽與傘營造的氣氛。他首次意識到自己的狂妄，甚至渴望找到源頭。

「小姐，如何稱呼？」

「叫我 Kennis 吧。」

水煙紗漣 文學獎

「請各位示威者切勿越過警方防線，否則以適當武力驅散。」白衣長官就這台詞已經練了上百遍，試圖喊出氣勢。

這番話令人費解，甚至令陳亮反感，在警校，他是個模範生。一切服從命令，白衣長官就如主人，而陳亮便是其忠犬。他在中學時期相當叛逆，師長都束手無策。有一次，他偷了班主任遺留在辦公桌的一張大鈔。如今他接到命令要掌摑不肯鬆口的犯人，陳亮選擇下手。

「啪！」一記響亮的耳光。彷彿在控訴、在告別、在尋求慰藉，這一摑甚至帶來微風。將「合格」的抑鬱吹散開去，同袍呆了，情況像在仰望魔鬼的下顎。

「陳亮！摑得好！知道他是誰嗎？」白衣男慷慨激昂地解釋著暴力的必要性。但他並不在乎，方才陳亮眼中似乎閃過一絲亢奮。他也費解，同時意識到自己漸漸融入「高牆」，陳亮洗了把臉，試圖喚回清明。犯人的吶喊中斷過程，內心交戰的命題定在：「打犯人其實並無不妥，我陳亮對得起自己。」他努力說服自己，離「高分」已經不遠。陳亮當晚便作了個惡夢，化身田鼠，被一刀一刀劃開，手術技巧無可挑剔，一滴血都沒有。

他，再次回到那令人驚悸的實驗室，全白的瓦磚、乾涸的血、還有那……同學 A 模糊的臉龐。整個場景，重新出現在陳亮眼中，同樣是第一人稱。

這次卻換成田鼠視覺，手腳被釘死、內臟被攪碎，男人面無表情地看著田鼠。麻醉藥效漸過，巨大的痛感席捲全身，田鼠閉眼前的最後一幕……看見陳亮，和那沾血的銀光。

「沒有血……就不痛了。」

陳亮正在思索自己如何化身田鼠，卻又被自己殺死，陳亮讀書不多，不認識弗洛伊德，也不知道「本我」、「自我」、「超

我」，可他猜出了這是一個不祥的夢，同學 A 的臉變成了陳亮，他知道……自己正在改變。

二零一四年九月二十七日

汗腺不斷地運作，並沒有隨著陳亮的思緒波動，他知道再不說點話，Kennis 就會自討無趣，可她……卻選擇靜靜地看著。女孩不懂解夢，她意識到有那麼一秒，留住了陳亮那份清明，Kennis 並不了解他，正因為這份未知，使陳亮有了神秘性。

陳亮看出了她的疑惑，正想著要說什麼。

「我們不是敵人。」這不是陳亮與 Kennis 的對話，是雞蛋試圖說服高牆。

「當然，我的工資也有一部分來自於妳。」他把樓層降低，渴望與女孩處於同一水平。

接著，兩人閒話家常。陳亮得知女孩來自單親家庭，父母離異，父親根本沒有打算結婚，Kennis 只是一個「意外」。從小被當作包袱養大，女孩住在劏房。生活起居必須自理，母親終日不見人，出現時總會伴隨香水、濃妝、百元鈔。Kennis 唯一興趣便是收聽電台，時事、文學、歷史等等……正因為這些範疇，身為大學生，面對「洗腦教育」，她願當出頭鳥。

甚至，擋在陳亮面前。

陳亮跟 Kennis 很快便熟絡起來，同齡之間，本來話題就不乏，只是陳亮沒有自信，下班時間哪都不會去，總窩在房間。要不是準時奉上五千塊的「家用」，父母親必定將其趕出。卸去天藍色襯衫，陳亮總是悶悶不樂，沒有了槍袋，就如行屍走肉，眼袋都顯得比較深。有時候，陳亮不展示委任證，常人根本無法想像他是警察。而這種情況將伴隨著晨間七點五十分的鬧鐘消失，新的一天，陳亮穿

水煙紗連 文學獎

起制服，連抬頭都格外自信。

———————

二零一四年九月二十八日

陳亮首次穿起軍綠色外套，他負責發射催淚瓦斯，陳亮是第一次被調到「防暴警察」，他甚至不懂如何操作瓦斯槍。

長官告訴他：「對著地板，扣下板機，就那麼簡單。」，陳亮呼吸急促，他不希望有任何意外，長官一番輕描淡寫，讓他更加焦慮。他突然想起，昨天 Kennis 臨走前說了：「我們要是在戰場上相遇，也不會是敵人。」陳亮知道這並不可能，子彈怎會長眼睛？

難道上演《識英雄，重英雄》的情節？他知道事實的殘酷，可女孩並不知道，她永遠不知道白衣長官說了：「摑得好！」

雞蛋在二零一四，以為自己是石頭，一顆可以成就未來的石頭。陳亮清楚女孩說的希望，早已被他親手摑了一巴掌。

白衣長官展開戰略會議，現場布署五千警力，軍裝、便衣、防暴。陳亮一陣腿軟，他依稀記得，上次追捕黑社會龍頭——升天南，也沒有布署過如此陣仗。陳亮並不是擔心示威者的安危，而是擔心 Kennis，這個只認識兩天不到的女孩。陳亮承認，在警校學到的那套，現在面臨瓦解。

另一邊，Kennis 正在建構防線，所謂防線，也只是垃圾桶加上一排又一排的破舊雨傘，巧合的是，這些雨傘大部分，都是黃色的。

「不知道在政府總部上面，是不是有著一群人，正準備看一齣好戲呢？」兩人不約而至想到這一點。

對比陳亮那邊的防線，這邊卻顯得力有未逮，他們大部分都是中學生，正是洗腦教育首當其衝的一群。你問我，他們是否了解民主抗爭的真諦，其實不然，他們清楚知道教育的再塑是多麼可怕，或許只是單純地不希望弟弟、妹妹變成自己陌生的模樣、說著自己

陌生的語言。就拿著雨傘捅破那不安與未知。

———————

Kennis 將垃圾桶踢向防線禦敵，在平常，踢垃圾桶這種情節只出現在醉漢發酒瘋時、精神病患出現時。可此時各大傳媒紛紛用相機紀錄此舉，有的把 Kennis 寫成抗爭女神，有的將其以「暴徒」稱之。

女孩並沒有想得那麼複雜，她只是希望衝突發生時，垃圾桶不會擋著急救員。女孩是一個不折不扣的和理非（和平、理性、非暴力），她與其他女生一樣，討厭暴力、怕血，渴望成為黃雨傘，可收可放。

二零一四年，雨傘並未抱著必死決心，但已經被視作敵人。

———————

陳亮渴望成為岸上的魚，有著魚鰓呼吸、離開窒息的海。他下意識看向白衣警官，眼睛裡，都是血絲。這位白衣男，在年初接到升職的喜訊，若是成功，薪水會有 40 萬一個月。對他而言，黃色雨傘有可能摧毀這個美夢，所以他們必須摧毀雨傘、將其攔腰折斷，或許會濺血，可他不以為然。

「砰。」

催淚彈頭落地，陳亮感到不安，時間恍似停在開槍瞬間，彈頭緩慢地……墜下。這一刻對陳亮來說過於震撼，有如上演客機墜毀。他清楚知道，客機墜毀是意外、開槍是人為，無盡的內疚鋪天蓋地，就在上一秒，他瞄準的目標不是地板，而是雨傘陣。

人群四散，場面相當混亂，傘陣不斷後退，沒有人會意識到這場運動會有催淚瓦斯。徒手抓魚的漁夫，沒想過有人會用砲彈震昏群魚，漁網平平升起，毫無技術可言，但好處是效益高。Kennis 不斷後退，她慌了，變得不知所措，火花看得多，如此距離、如此高

溫，卻從未遇過，煙霧有著血盆大口，像隻野獸，女孩腦袋一片空白，催淚瓦斯很快把她淹沒。Kennis 什麼裝備都沒有，只戴著一個口罩、一把雨傘。她開始感到呼吸困難，這種感覺很難形容，彷彿全身上下的毛孔不受控，如海綿般吸收瓦斯，這種刺痛就像泡了一個辣椒澡。比辣椒嗆、比芥末涼，手臂上有萬千隻螞蟻啃咬，精神恐懼大於一切，鋪天蓋地的毒霧，有如災難片般席捲。恐懼往往來於未知，學生們無法想像催淚瓦斯，他們不是士兵，沒有上戰場的覺悟，甚至一折就斷。

此時就如人間煉獄，有人發了瘋似的奔跑，有人把幾瓶礦泉水往自己倒，大家都慌了，猶記得上次施放催淚彈已是六七暴動，當時示威者以燃燒彈問候催淚瓦斯，武力尚算對等，而今天，是個歷史時刻。以卵擊石，或許只會粉身碎骨。

很快，有人冷靜下來，用保鮮膜把手腳緊緊包圍，以阻止皮膚與瓦斯接觸，更用濕毛巾掩鼻撤退，防線撤至中環，警方成功逼退示威者。

———————

這是陳亮的第一槍，槍托上布滿塵埃，顯然已經塵封多年，白衣男嘉許陳亮眼界準確，成功瓦解雨傘陣。陳亮聽得心裡不是滋味，15 分鐘前，陳亮的耳麥突然出現白衣男聲音：「對準人群開槍。」。陳亮只好服從命令，這是從警校學到的格言。

「這是一個契機，讓善良的人墮落。」當時的陳亮不明白何以需要對向人群，即使是催淚瓦斯，擊中頭部也有致命的可能。

「白衣警官不可能會忘了這點。」

陳亮想到了一個可能：「殺一儆百。」

他想起女孩撐著傘，生怕他中暑，沒有因為他的身分敬而遠之，甚至不存在隔閡，兩人更像是朋友般相處。可是現在男孩對她開了

槍，這一切都難以接受，陳亮把頭盔脫下。

「原來，這就是她所承受的。」男孩吸了一大口。

陳亮流下男兒淚，他下意識的用手擦著眼淚，就這一個動作，讓刺激物滲入眼球。

「啊……！」，陳亮用盡全力閉眼，眼皮被逼出血絲。他無助地叫喊，喊得青筋暴脹，痛感蔓延至全身，陳亮跌坐在地，同袍很快帶他洗眼。長達十分鐘的沖刷，痛感似乎慢慢消失。

「原來是這種痛。」這是他第一次意識到，自己沒了裝備，什麼都不是。

陳亮原意希望親身感受催淚瓦斯，他渴望以高姿態去指責：「這種氣體根本不算什麼！」，陳亮不了解防毒面具，對他而言，失去這些防護，他還是腰桿筆直的警察，而他不清楚，挺胸說話的根本，便是過濾率長達 95% 的面罩。陳亮想到了 Kennis，他不明白，只有一把傘的人，如何擁有勇氣向前。陳亮看了一眼同袍——肥波。人如其名，他體重 200 斤，下班之後，必須來一份加大麥當勞當小吃。

肥波穿著加大碼的制服，鈕扣全部爆開，槍托栓在大得離譜的褲管上。他瞧見陳亮落魄的情緒，主動邀約共進晚餐，地點選在了麥當勞。陳亮沒有理會肥波，肥波自討沒趣，頹坐在旁，陳亮看了肥波一眼。

「我們到底是一群什麼樣的存在？」陳亮已經數不清這是第幾次懷疑自己。

Kennis 跑了兩個地鐵站的距離，僅僅逃出催淚煙的範圍，相比起陳亮，Kennis 從沒有一刻懷疑過自己，外界的批評對她而言，只是廢話。

這群手足被視為在同溫層互相取暖的螞蟻，蟻后、蟻兵，對政

府而言，也只是大隻一點的螞蟻，一樣抬手就拍。女孩其實接受這個說法，就她本身而言，自己也只是個劏房妹，也沒有什麼成就，對比其他醫生、律師，她自問沒有破釜沉舟般的心態。

她只希望活在一個舒服、自在的世界，同溫層又如何，Kennis所處的同溫層，有著幾百萬人。至少在這個世界，Kennis可以暢所欲言。的確，好幾百萬人的發言，就不會是輕聲細語，是整個社會的吶喊。

一聲清脆的倒地聲將Kennis扯回戰場，雙方暫時停止對峙。或許第一次開槍與第一次中槍之間，需要一點冷靜，隨著一個老伯的倒地。讓Kennis回過神來，老伯患有哮喘，他本來以為今天會和平收場。殊不知卻打起來了，瓦斯對他的呼吸道而言，是致命毒藥。老伯開始氣喘，旁邊的人有點手足無措。

「這裡需要急救員！」Kennis發了瘋似地大喊，幾分鐘後，終於有個實習護士來處理。不幸的是，救護車被警方防線擋住，雙方交涉的時候。

女孩想起了陳亮，在她眼中，陳亮或許不是雞蛋一方，可是看得出，他與其他警察不一樣。Kennis決定去找指揮軍商量，女孩走到防線前面，小心翼翼地避開磚頭、雜物，數十名防暴警察看著Kennis逕直走來。陳亮一眼便認出她，陳亮始終不明白，一個普通得不能再普通的女孩，究竟是擁有多大的勇氣才能從容不迫地走來，一眨眼，陳亮攔在了Kennis面前，女孩沒有認出戴上防毒面具的陳亮，男孩一聲不吭，生怕自己被認出。白衣男見狀，隨即上前責難。

「小姐！請立刻離開警方防線，否則警方會採取相應行動。」

「警官，後方有個老伯哮喘病發，需要救護車將他送院。」

「我沒有接到任何求助個案，請小姐你馬上離開。」

「就在後方，你可以跟我去了解一下。」Kennis語氣急促

「本人必須確保防線安全，請你合作。」白衣男面無表情，就像一台機器，他那一身洗得發白的襯衫，在日照下，似乎會發光。白衣男就像是太陽、是閃光，在場上他最耀眼，一件白恤衫便給予他傲視一切的底氣。

「拜託你了！警官，老伯會死的。」

「陳亮，帶這位女士走吧。」

陳亮自知瞞不住，便主動開口：「小姐，請離開這裡。」

「你的手還好嗎？」Kennis 注意到他受傷了，指骨位置紅腫，可女孩不知，他是因為催淚槍的後座力所傷。

「我沒事。」陳亮簡單回應，他似乎有點尷尬，而這尷尬是來自於身分。陳亮不知如何面對自己，面對女孩憤慨的情緒。

他低下了頭，這不只是一個動作，更多的是一種救贖。在陳亮面前，女孩變成他的痛處。陳亮彷彿站在一個既視角度，開槍一刻、擴散一刻、吸入煙塵的一刻，他無法面對自己，手部的陣痛就似受害者無力的報復。

「田鼠醒過來，看著血肉模糊的肚皮，用卑微的牙齒，咬向那堅不可摧的手術刀。」

「陳警官？你怎麼了，從剛才開始你就一直低頭，是有什麼心事嗎？」

「是我……是我開……的。」陳亮始終沒有勇氣說出這句話。

兩人走到老伯倒地位置後，看見的……是一具死不瞑目的屍體，頸上布滿抓出來的指甲痕，可見死前受了極大的痛苦。

「你們這群走狗！」年輕急救員指著陳亮。

「就那麼簡單，開一條路，老伯便不用失救致死！」

群眾一擁而上圍著陳亮，有人推撞他、指罵著，他大可以鳴槍嚇退群眾，陳亮按捺著自己，就這樣被推倒在地。

「是我……是我弄得老伯哮喘發作……」此時陳亮想起一句話。

「做人呢，最重要對得住自己，對得住人家。」陳亮已經忘記是誰跟他講的，他只知道自己對不起老伯、對不起 Kennis、對不起自己。他不斷問自己，老伯是否因他而失救，事實放在眼前，就是他開的槍。陳亮看了一眼自己的手，此刻的他，多麼希望痛感可以更加強烈，讓他好過些。

很快，Kennis 把人群隔開，問陳亮：「你沒事吧？沒事趕快打電話跟你上司報告這裡的情況，跟他說有人死了！」Kennis 相當憤怒，女孩的承受力有限，甚至從沒有想過今天會有人死在她面前，Kennis 找了個角落哭。

Kennis 不明白一個和平、理性的運動會有如此下場，撫心自問，大多數人都是「和理非」，舉著雨傘、喊著口號，就像一隻初生牛犢般硬撼政權。陳亮終於意識到問題的嚴重性，也開始理解雞蛋的脆弱，而這種理解在於上位者對弱者的同情，而非同理。

哮喘事件結束之後，陳亮返回前方防線，他有想過安慰 Kennis，但扣下板機的一刻卻揮之不去，火花的濺射、群眾的嘶吼、哮喘的倒地。想到這些，陳亮停下腳步。

───────

二零一四年中，雨傘運動開始瓦解，歷時八十一天，這幾個月，Kennis 下班之後就會去佔領區幫忙，有的時候給前線帶點物資，又或是幫中學生義務補習。女孩樂而不疲，她總希望能為運動多做些，在哮喘事件過後，Kennis 每天都活在內疚中，甚至有時候會上前指責警察。

八十一天內，她清楚知道，和平是不會被政權重視的，她希望能做更多。而在某一天，她遇到一位老先生，言談之間講到前線手足的勇猛，老先生似乎很贊成用更大的武力逼迫政府，老先生看起

來睿智。他表示：「以武制暴，本來就是無可避免，如果做到每人一顆汽油彈，政府早就倒臺，奈何尚未做到，這不叫暴力，叫止戈。懂了嗎？並不會讓我反感。」，女孩當下的反應如雷貫耳，連老年人都理解，自己就不能跨越那條可笑的坎嗎？

　　這一席話讓 Kennis 反思，如果當日有數幾人一同前往與白衣男理論，並以人數去逼迫其妥協，哮喘老伯會否有一線生機？一念之間。雞蛋不再隻身擊牆，正因為脆弱，而選擇武裝自我，奮力試圖留下痕跡。

　　而陳亮在這幾個月，不斷麻醉自己。酒精、菸、女人，都成為發洩口，陳亮變得不知所措，並渴望得到關心。男孩內心深處藏著一份內疚，他只好跟同袍訴苦。

　　「你沒錯！我們是警察，就是要驅逐暴徒。」，這是他幾個月以來聽得最多的話，陳亮慢慢被同化，哪怕一絲清明，全部被埋進腐土。就這一進程，陳亮告別「合格」，在他眼中，這份職業比天高、比地厚，正因為這份成就感，陳亮與 Kennis，注定走到對立面，往日覷睨的警官、怕事的女孩，都已成過去，他日人海再遇，面罩與面具也使情感去得無蹤。兩人初相識的那份可貴，如今亦只能追憶，運動結束後，陳亮的生活變得枯燥。再也沒有見過 Kennis，他有嘗試透過警用系統去取得女孩聯絡方式，打過好幾通電話，但都沒有回應。對陳亮而言，Kennis 比不上其他女生，Kennis 給他的，是那份跨越階級、身分的關心。Kennis 幫他撐傘的那半個小時，陳亮感受到那份擔心與執著。

二零一九年六月

　　五年過去了，陳亮還是老樣子，上班無所事事，下班跟肥波去

喝喝酒，不過對比五年前，陳亮的生活有了變化。每晚十二點整，陳亮會倒一杯啤酒、開一包薯片，準備開啟電腦，進入警方的資料庫。

「今天 Kennis 去了哪裡呢！」，陳亮每天的樂趣就在於窺探女孩的去向。這半個小時，可以說是最期待，又充滿未知。

銅鑼灣、灣仔。

「Kennis 又去找那個男人？」陳亮相當不滿。「何子軒，二十六歲，香港出生，無案底，B 血型。」陳亮氣得青筋暴現。

五年間，陳亮換了好幾任女朋友，而 Kennis 於三年前完成學位，並在一間名校任教，同年認識子軒。陳亮某天透過系統尋得以上訊息。以往男孩總是做同一個夢，夢中自己拿著手術刀，正在研究田鼠。有時男孩會疑惑，以前的陳亮，連下刀這種簡單功夫都不敢。後來的夢，陳亮刀技出神入化，沒有一滴冷汗，儘管滿是鮮血，依然快、狠、準。

「陳亮，快過來 XX 酒吧，一群兄弟等著你！」肥波話語急速。

陳亮從衣櫃挑了件軍綠色外套，便出門了。酒吧十分吵雜，音樂聲鋪天蓋地，陳亮找到肥波。「陳亮，今晚來了新貨，要爽爽嗎？」。

「什麼新貨？你知道我不吸毒。」

「毒不吸，女人……呢？」肥波笑容猥瑣。

「什麼貨色？上次你介紹的那兩個……別逗了。」陳亮看來並不抗拒。

「你看，這兩個不錯吧，今晚歸你了。」吧檯走來兩個濃妝艷抹的小姐。

「既然你堅持，那我就不客氣了。」陳亮帶走兩位小姐。

陳亮攔了一輛的士，很快回到……陳亮迫不及待將軍綠色外套

丟在椅子上。幾輪快活過後，陳亮欲送兩位小姐離開，殊不知兩人攤開手：「陳長官，五千還沒給。」

陳亮頓時暴怒：「知道是警官！還要什麼錢？你們兩個值五千？」兩人被陳亮嚇得站不住腳。

「我就是白嫖，不想以後無法做這行，就給我滾！」兩人走後，陳亮再次開啟系統查看 Kennis 行蹤。

二零一九年七月，時代革命進入白熱化，警察開始被稱作黑警，仇警情緒高漲。毒打、侮辱、實彈、性騷擾，警察逐漸變成無惡不作的存在。陳亮毫不在意，時代革命期間，陳亮幾乎斷六親，朋友、親戚與其割席。陳亮不以為然，在他世界裡，他就如韓信，承受那胯下之辱。

他聽過一句：「黎明前的黑暗，是最黑暗的。」，陳亮與他三萬同袍深信著，儘管與全世界為敵，還是站於正義之地。

黃雨傘的口號，通通都是糖衣毒藥，他恨示威者，發自心底的恨，陳亮漸漸覺得 Kennis 被洗腦。相遇，不應該在戰場上，時代革命中，陳亮再次充當防暴警察，泛黃的軍綠外套、全覆蓋面罩、海綿彈、橡膠子彈、催淚彈、胡椒噴霧、胡椒球槍。陳亮全部摸熟了。面罩保護陳亮免受網絡追擊。有一次，陳亮扣下板機，火舌纏繞槍管，橡膠子彈入眼，彈頭將眼睛轟了個血肉模糊。那名記者失去六成視力，對此，同袍們封陳亮為英雄。他們之間有許多賭注，陳亮總成為大贏家，前天打斷了一雙手、今天一顆眼球、明天……又有什麼樣的戰果呢？陳亮上次如此亢奮，是在五年前的那一記耳光。

一輛沖鋒車上，陳亮與同僚正在開賭局，賭注定在三條手臂，三人高談闊論，情緒高亢。車入彎路，陳亮瞥見一名黑衣人，黑衣人手中握著汽油彈，畫面慢了下來。

水煙紗連文學獎

「光復香港！時代革命！」Kennis 用無比激昂的聲線呼喊，女孩與一眾好友擁抱。

「或許，這是最後一次見。」Kennis 語帶不捨，男友子軒亦在場，眾人哭成淚人。以上話語，如遺言般重捶各人，女孩二十五歲，今天是她生日。

她化了個淡妝，黑色衛衣、黑色褲子、黑色鞋子，與在場的穿著幾乎一樣，他們隊名叫作「屠狗小隊」，顧名思義，便是直接與警察起衝突。

隊伍中的人大多數都在這場運動失去朋友、親人，對於復仇，眾人不惜一切。Kennis 自告奮勇充當第一人，與男友吻別後，女孩沒有回頭。

鏡頭聚焦黑衣人，她做出投球姿勢，「嘣！」，可惜沒有擊中。火舌在輪胎前綻放，巨輪停了下來。陳亮反應了過來，一個箭步反手扣住女孩，並將其手臂扭斷。「啊。」陳亮有些許訝異，居然是個女生，Kennis 被捕，被扣上警車帶回旺角警署。

「啪。」肥波抬手一摑，女孩端麗的臉上留下紅痕。陳亮在旁一語不發，他沒有料到，再次相遇是在羈留室，陳亮心有不甘，他渴望著 Kennis，如今女孩抬手一個汽油彈，陳亮看得出女孩眼中有殺意，五年之間，多少日夜，男孩期待著相遇。影像中的 Kennis，總不如現在來得真實，同時十五分鐘前的高溫，更加真實。

「妳可以別跟我作對嗎？」陳亮拍桌。

Kennis 有點想不起面前這位警官，冷哼一聲，並不理會。陳亮提醒：「五年前你為我撐傘，忘記了？」

「我沒有印象。」

「為什麼丟汽油彈？」

「為香港人報仇！」Kennis 咬牙切齒。

陳亮想不通女孩居然如此不近人情，而且不把他當一回事，她五年前明明不是如此，那個怕事的女孩，與今晚不顧一切的形象，實在無法連結。重視的人，卻在陳亮背後捅了一刀，可男孩沒意識到，現在的他也早已不是當初為生命傷春悲秋的陳亮。他自以為自己走在軌道上，不偏不倚，筆直地走著人生的道路，他錯了嗎？前半生的失敗使他毫無自信，現今只為實現自我而努力，即使背負血債，他也必須走下去。陳亮再也不想回到那個懦弱的倒影，每次看到自己的制服，陳亮總會自信地扣上鈕扣，每一個動作，都顯得那麼自然。他希望 Kennis 理解，女孩似乎離他愈來愈遠，五個年華，承載著多少期許，陳亮開始發抖。

「妳不要怪我！」陳亮走出羈留室，過了不久，陳亮帶回一個男人。是何子軒，子軒進門看見 Kennis，頓時怒了。對著陳亮破口大罵，陳亮踹了他兩腳，將其綁在椅上，對著 Kennis。接下來陳亮請肥波離開，並將 cctv 關閉，肥波似乎猜到他的想法並遞上一枚保險套，陳亮看了一眼 Kennis 冷笑。

「不用了，用不著的。」說罷，陳亮把軍綠色外套脫去，走近 Kennis，子軒試圖掙脫，卻是被尼龍繩勒出血痕。

Kennis 大腦一片空白，她從沒有料到自己會遭遇這些，她很想哭，靈魂像是跌落死水。報警嗎？可眼前侵犯自己的正是警察，這是一份來自於深淵的絕望，她知道她不能哭。兩雙充滿血紅的眼珠，死死地盯著眼前這個魔鬼。陳亮耳中，有的只是失敗者的哀嚎，他充耳不聞，甚至愈發興奮。整個過程持續兩小時，陳亮累了便出去買杯咖啡歇息一番，回來繼續。

Kennis 一絲不掛，子軒則用其沙啞的聲線咒罵陳亮，他就這樣看著女友被強姦，如果自責可以殺人，陳亮可以死上萬次。事後，陳亮親自為 Kennis 穿上衣服，並將這對情侶押上車，他們需要「善

後」。

警車駛過彌敦道,到達 Kennis 所住的那棟大廈,附近鮮有人煙,同行警員有數十個。伴隨升降機門打開,推過生鏽的門。

陳亮走到天臺邊緣,遺書早已準備好,欠的只是兩條亡魂。下方是黯深的小巷,黑得如墨,陳亮輕輕一推……兩人雙雙墜下。

「砰」,兩人再無生機,喧鬧的車笛聲將巨響掩蓋,城依然運作,並不在意這兩具屍體,而腐肉,最終只會化作一堆數字。消失於洪流。

陳亮帶上裹屍布親自處理 Kennis,這是他第一次殺人,為了高分,還會有第二次、第三次。

———————

Kennis 睜開眼,眼前一片白茫,全白的半空中出現一個老伯,女孩笑了。

「累了吧?來吧,我們都是同路人。」

作一夢,一個自由的夢

睡一覺,一覺忘卻我城

曾子源,1998 年生,香港人。現就讀國立暨南國際大學。從中學畢業後就開始寫作,而我寫作十分注重情感的觸碰,如這次作品便由自身經歷去書寫,而我相信這種經歷一輩子都不會有幾次。原本不想碰政治,特別在臺灣的文學獎寫香港的政治事件更是自掘墳墓,奈何天生倔強。有人言:「政治不應帶入校園」。我認為這是反智的言論,校園不寫/談政治,該到何處談?如是者,〈合理的魔鬼〉便誕生了,我希望,這只是創作,只是虛構情節、只是實屬巧合。但這不用質疑,因為現實便是如此。

｜宇文正｜

我原來的六篇裡頭是有投這篇的，後來改成五篇之後，因為其他五篇我更想投，就略過了這一篇。略過它的主要原因是，我讀到的時候會覺得它人性的轉折比較突兀、比較難說服我。我覺得是先畫了靶，設定這個人要墮落到極度不可思議的地步，可是在這麼短的篇幅裡頭要把墮落寫出來，我目前是覺得有一點一廂情願。但是它仍然是個完整的小說，看得出作者的企圖心很大。

｜陳又津｜

這個作品讓我想到的是香港版的《少年來了》，如果想要從加害者的角度來寫的話，我現在一時也只想得到陳浩基的《13·67》裡 TT 這個角色。

不管怎樣，我覺得這是一個很完整的作品，但是要很小心地面對這樣的題材，雖然抗爭裡面有個非常正面的女主角看起來非常理所當然，可是要小心不要落入正面的刻板印象。受害者的視角是很難以描寫的，你花了這麼多力氣寫了一個吃力不討好的角色，既然敢挑戰，那就順帶做一下另一方面的描寫。其實很多抗爭者也是會想：「我為什麼要做這麼多事？有時候我真的可以躲在家裡啊。」等等的。另外一方面，你選擇的事件從 2014 年跨到 2019 年，這五年間當然社會運動的氣氛有很大的變化，但小說真正能寫的其實新聞媒體都做好了整理，我真正想看的是沒有社會運動的五年間，這警察到底做了什麼事、他是怎麼慢慢掉入平凡的邪惡之中，也許五年真的能耗盡一個人的善良，讓他變成我們今天所看到的暴警等等的角色。

另外是這篇的錯字多到讓我有一點分心，所以我會建議你先讓同學看過，不一定要跟你同一個科系或相同的閱讀興趣，雖然

這樣你會遇到的風險是你沒得獎的話這個同學會知道,但沒有關係,他只要願意幫你看過一次,我覺得你會得到很有效的建議,甚至比你現在聽到的還有效。

| 連明偉 |

　　這篇是從 2014 年初的雨傘革命,寫到 2019 年的「光復香港,時代革命」,最主要透過兩個角色描繪了整個香港的氛圍。兩個氛圍分別是警察陳亮,他從原先的善良、秉持人性,到最後成為一個黑警。另外一個少女叫做 Kennis,從比較怯懦、幫人撐傘的角色,轉型為投擲汽油彈的女戰士。其實他們原先是各懷著初心,可是到了最後,因為不同的立場導致了像現代版亂世兒女這樣扭曲的情愛關係。這篇小說非常具有社會意識,但是就像宇文正老師所講,作者已經把整個故事架構都想好了,已經設定好了這個故事會怎樣走,這會導致小說角色的個性比較扁平,好像是為了完成這個故事而書寫的,沒有去關切到人性當中更隱晦的部分。

　　再者,我們可以討論一個社會事件轉化為小說之前,就像陳又津老師所說的,已經有許多新聞報導歸納了它可能發生的事,但是把它轉為小說的時候,必須經由更嚴謹的藝術轉化,不然在創作中你會發現有很明顯的衝突。這些事情明明都是在社會上發生的,就像是黑警把人推下樓或是強暴女性,可是這樣的故事或事實放在一個小說虛構當中,可能就呈現了某種失真,這是你可以去思考的。為什麼一個真實事件放在小說裡會產生某一種失真或說服度不夠?其實就在於中間的介入,你不能把它變成一個樣板式的故事走向,而是必須更深層地探討小說人物內在的幽微。

提問時間

◇問題一

同學：

老師您好，因為之前有讀過滿多宇文正老師的作品，老師有寫過散文、短篇小說、長篇小說，今年出了一本詩集，因為這次的文類跟之前的散文跟小說有滿大的差別，所以想請問老師在創作詩集的過程當中，心境上有沒有什麼不同？

宇文正：

謝謝你讀我的書，尤其是讀我的詩。心境上是真的不同，如果讀了那本書你就會知道，陳義芝在序裡就去探究為什麼宇文正要寫詩，其實坦白說很大的原因是因為時間。寫小說，尤其是長篇小說比較需要縝密的鋪陳跟經營。很多人問我做主編後對創作有沒有影響，當然有影響，而且是做越多年越知道為什麼以前的主編都是寫詩的。可是詩對我來說真的是一個救贖，在我小說寫得越來越少，尤其是比較長的經營就越來越困難，只能等到退休之後，可是在這過程中，我覺得詩很奇妙的是，它自動來到我心裡，是個像湧泉一樣自動湧出來的東西。對於一個寫作者來說，我只是換一個媒材來抒發我對生活或世界的看法，尤其是這兩三年其實有很多的，像〈口罩年代〉、〈海王星書簡〉，在這個幾乎一言堂的時代裡，你如果在臉書上隨便對一件事情的批評是違逆眾人意見的，大概就會被打到死，可是我發覺用詩就可以比較幽微地在時代裡留下我想留下的聲音。這只是其中一卷，更大部分是從生活裡來的，我覺得你們現在才真正是一個寫詩的年紀，真的要好好珍惜，因為少年跟少女可以擁有的詩心，跟到中年以後就是不一樣的，到中年以後可能會有生命的滄桑、會有不同的厚度，可是有一種最純粹的東西，是少女的殘酷那種非常輕、非

常敏銳的東西，是在這個年紀的時候才擁有的。所以無論你們今天坐在這裡是寫什麼的，可能大部分是寫小說的，其實每一種文類完全不衝突，寫小說的一定也可以寫詩。

◇問題二

同學：

老師您好，我想請問陳又津老師，剛剛您說您在看小說時會看它的可信度的部分，那像這次作品裡，有一些奇幻類、魔幻類的作品可信度要怎麼拿捏呢？謝謝。

陳又津：

像連明偉老師所說的，在這次作品裡有一些是比較內向、抽象的世界，所以我討論的時候比較沒有討論到可信度，可是我還是有看到有可信度的部分。比如說有作品提到嘴巴失去功能，所以打飯時只能吃流質性的食物，咖哩醬塞進鼻孔就順暢地滑進喉嚨。我當然沒有用鼻孔吃東西的經驗，但我至少有見過鼻胃管，所以會覺得這個東西是有可能的。我期待的是像連明偉老師說的，在這個虛的世界裡可以找到一條線，扎扎實實地活下去，只要你不斷說服我，我也會覺得這個世界是有可能成立的。

連明偉：

我來呼應一下，一般來講，寫實小說裡會很明顯地看到它有一個現實依歸，但其實在小說世界裡，必須自己去創造。奇幻小說、童話小說，可以不依照寫實的邏輯，但它在創造出這樣的世界時，必須要有一個內在的邏輯是由小說家建構，所以它可以跟寫實小說一樣，也可以跟寫實小說不一樣，端看你在創造出這個世界的時候要怎樣去經營、去架構內在的規則，這個對我來講比

較接近可信度的定義。

◇問題三

同學：

老師您好，我想請問宇文正老師，因為我滿喜歡煮菜的，所以我會想問老師，書裡那麼多的菜都是老師自己做過的嗎？是怎麼把那些食物跟文字進行連結？

宇文正：

我第一個回答的是，那些菜都是我自己做的。像我昨天晚上也做了一道我自己覺得很好吃的冰糖燒雞，然後我就忍不住把它拍下來，雖然不知道會不會寫它，但還是先拍下來再說。我第一本寫的是《庖廚時光》，那是一本散文集，當時是為了要幫兒子做便當，非常實用的目的就是要做便當給小孩吃，在做便當的過程，原本以為很辛苦、壓力很大，可是在那個過程裡，每天面對著不同的食材，我發現食物是很奇妙的，一道食物會啟動你的視覺、嗅覺、聽覺和觸覺，等於所有的感官都會被啟動，這些不一樣的感官會自動帶你去尋訪早就遺失的記憶。小時候我跟媽媽在流理臺前，看她拿出一袋芋頭，然後我去摸芋頭，媽媽說：「芋仔會咬人，不要摸。」類似像這樣你不認為會記得的東西，在你看到芋頭的粗糙表面時會被勾出來，在我做便當的過程中，這些東西就自動被這些食物召喚出來了，所以散文真的是來自生活的。至於《微鹽年代‧微糖年代》是第二本，我不想重複，所以用小說的方式寫，有時候是做了一道很厲害的菜，我覺得我一定要為它編一個小說；有時候是先編了一個小說，我一定要在中間置入一樣食物，這個難度有高一點，所以為了完成這個小說，我還去做各式各樣的糕點，功力就越來越厲害。

水煙紗連 文學獎

文學獎系列講座

| 劉紹華 |

麻風醫生與巨變中國：後帝國實驗下的疾病隱喻與防疫歷史

| 蘇偉貞 |

獵影記：伊比利半島蒙太奇

| 陳栢青 |

一人份旅行與生活指南（偶爾寫作）

劉紹華老師

　　人類學家，美國哥倫比亞大學博士，中央研究院民族學研究所研究員。研究領域主要從愛滋、毒品與麻風等疫病的角度切入，分析國際與全球衛生，理解當代社會變遷的本質與傾向，以及身處變遷中的個人生命經驗與轉型。

　　醫療民族誌《我的涼山兄弟：毒品、愛滋與流動青年》，獲得臺灣、中國、香港等地的諸多獎項肯定，《麻風醫生與巨變中國：後帝國實驗下的疾病隱喻與防疫歷史》，為 2018 年臺灣 Openbook 中文創作年度好書、2019 年香港文藝復興非虛構寫作獎得主。另著有《人類學活在我的眼睛與血管裡》（春山，2019）、《疫病與社會的十個關鍵詞》（春山，2020）等書。

麻風醫生與巨變中國：
後帝國實驗下的疾病隱喻與防疫歷史

各位同學、老師大家好，非常榮幸有機會到此分享我研究中國麻風病的故事。

我是一個說故事的人，也是一個聽故事的人，我看這個世界的方法也是如此。世界上的故事千百種，很多時候故事是「無中生有」的，如果你看不見，就沒有故事；如果你看得見，它們就可能存在。要在這個多元的社會裡看見故事，便需要瞭解前台及後台的差異。

所謂前台就是歷史上白紙黑字所記錄的，主流的社會及媒體所告訴你的可能都差不多。而後台則是不一樣、甚至相反的存在，是對照於前台存在的另一種狀態。我們應該常從前台走到後台，或者從後台走回去，理解前台為什麼長這樣，才能發現歷史在教科書、在學校或者其他管道上的訊息差異。當我們能理解前台與後台的差異時，我們就能重新「發現」這個世界。這個發現可能會導致詮釋的差異，也就是基於不同的訊息、角色、不同的看見所構成心目中的不同事實，它可能會導引出不同的詮釋。

然而，在不同的詮釋中，沒有人能夠告訴我們到底什麼事情一定是真實、一定是虛構，但我們要能做出自己判斷的方法，很重要的就是：要知道它建構的過程。如果可以知道某個論點建立的基礎，所有種種的資料能夠說服你構成不管是哪個陣營心目中的一個事實，也許它就具有說服力。如果在這個建構的過程中沒有辦法說服某個事實存在的基礎，可能就不具說服力了。這個是我們能夠判斷一件事到底是不是事實，或者是可不可能是事實的

一個方法。

　　接下來將呈現我怎麼去建構我心目中認為比較接近事實的歷史事實。在我的認定裡，如果我們要達成認識這個多元世界的可能，必須把移動做為生命的方法。以我自己的經歷而言，在各種身分上，我一直在移動，所謂的移動並不一定是指從臺灣跑到柬埔寨、從柬埔寨跑到中國，或是從中國跑去哪裡，還包括研究跟書寫都需要位置跟觀點的移動。例如，從台上走到台下，從一個女性研究者的身分去研究一群男性，或是一個念了高等教育的人，去研究一群沒有受過學校正式教育的人，這樣身分的移動要能真正達成，必須展現同理心、理解。所以，這些移動不只是位置上的移動，同時是觀點上的移動。這也是為什麼我說「移動做為生命的方法」是必要的，因為只有如此，我們才可以建立對於他者的理解。

　　我今天要跟大家說的故事已經寫成一本書，是 2018 年出版的《麻風醫生與巨變中國：後帝國實驗下的疾病隱喻與防疫歷史》。

　　2007 年 10 月 1 日，中國四川省涼山州西昌市、也就是涼山州州府有一場同學會，叫做「美姑皮防班三十年同學會慶典」。美姑是涼山的一個縣，皮防班的全稱為「皮膚病防治班」，這裡的皮膚病是指麻風病，但因為麻風病是受到汙名的疾病，所以不會以「麻風班」為名，而是以「皮膚班」為名。從 2007 年往前推三十年，1977 年、文革後一年，他們從這個班畢業了，這些人正是在文革末期進入這個皮防班。三十年後，他們在這裡聚首。2007 年，這一群人當時幾乎都是已經退休的麻風病防治醫師。我因為參與了這場同學會，生平第一次看到麻風醫生的世界，開啟了之後十多年的追蹤研究。從那時起我清楚地知道，我是一個人類學者，但我必須做歷史的研究，因為要瞭解現在中國麻風病的

情況，必須理解之前曾經發生過什麼事。於是，這本書可以說是「歷史的書寫」。

2007 年，歷史前台上的訊息都沒有辦法解釋為什麼現在中國麻風病的防治這麼困難，因為中國在 1980 年時在國家的層次已可宣稱「基本消滅了麻風病」，但事實上它還是沒有完全消滅。

於是，我的這份歷史書寫，是把醫療衛生做為理解中國的重要切入點。很多關於中國的書寫及討論，常從政府決策、經濟發展、硬體設備、高樓大廈或消費文化等面向切入去理解中國，要理解一個國家可以從很多面向。而對我來說，從醫療衛生的角度切入非常重要。

我寫的故事是麻風醫生的集體生命史。使用「集體生命史」的說法，是因為我所研究的這一群麻風醫生，他們當然有個別的差異，但就集體而言有非常多的共通性，可以讓我們瞭解中國在某個特定時代的政治性跟集體情緒。藉由我的書寫能夠傳遞出一些故事，透過些故事讓我們瞭解當時中國到底正在經歷什麼、當時的中國人到底在想些什麼。

其實，醫療衛生也可以說明別的面向，對我來說，麻風病就是一個理解近、現代中國的重要疾病。十九世紀以來，麻風病影響中國國際形象，甚至 1949 年之後是中共宣稱「人道主義」最重要的疾病。十九世紀時，很多的疾病都讓中國被稱為「東亞病夫」，肺結核甚至麻風病也是其中原因之一。美國跟澳洲曾經因麻風病而禁止中國人進入，或者是中國的移民者若患有麻風病，都會被遣送離開，所以麻風在十九末、二十世紀時，是被中國人視為國恥的一個疾病。麻風也是 1949 年中共建政之後展開的主要傳染病防疫的疾病之一。中共建政之後展開了非常多重要的衛生

防疫工作，但沒有一個疾病像麻風病一樣，防疫的時間從 1949 年後一直延續到現在，也沒有一個疾病的防疫規模像麻風病這麼大，超越其他的疾病。

而在許多的防疫海報中也完全沒有麻風病的海報，因為這是一個見不得人、飽受汙名及歧視的病。因此，在 1980 年之前，麻風病不見容於主要媒體，一直到 1980 年 11 月，中國國務院發布二百七十八號文件，才解除了長久以來在宣傳上的麻風禁忌。由此可見，從十九世紀到 1949 年展開的防疫運動過程中，麻風病是理解 1949 年後的中國政治、醫療衛生、道德論述、歷史再現的重要特殊疾病。

至今，中國的知識份子研究甚至一般的官方文件依然還是很少看到麻風的相關論述，雖然陸續有一些研究學者慢慢將歷史後台的窗簾一角掀開給我們看，但大部分的後台面貌還是需要更多人去揭露。

中國的麻風防疫成果，從表面上來看非常成功。1922 年，中華訊息委員會針對中國的十八省做了調查，當時中國一共有四十萬名麻風患者。1927 年，《麻風季刊》是第一個中國本地的基督徒組織所創立的季刊，當時估計中國有一百萬名患者。中共建政後，1957 年第一次召開全國麻風防治會議，估算當時中國大概有三十八到三十九萬患者，佔當時人口的萬分之六。世界衛生組織的標準是低於萬分之一可稱為消滅，高於萬分之一則是沒有消滅，比萬分之一更高的話表示很嚴重。可是，因為以前並沒有正式的國家統計，教會統計也不可能完全符合官方統計，但不論是三十八萬還是一百萬的患者，都是很可觀的數字。可是，在 1980 年整個中國的麻風盛行率已經低於萬分之一，這所表達的含意是：在三十年間，這麼龐大的中國、這麼多的麻風患者，竟然被控制

水煙紗連 文學獎

住了。這是一個在公共衛生上很少見的奇蹟，於是我好奇中國到底是怎麼辦到的。

在前台可見的材料裡，都沒有辦法說服我中國是怎麼辦到這麼困難的一件事。我必須透過蒐集資料、瞭解後台，才可能回答這個問題。而我要理解這個歷史的切入點就是麻風醫生。基本上，全世界跟麻風相關的研究大概是兩個常見的理解面向，第一個面向是麻風病人，在臺灣就如樂生療養院的康復者，到今天都還是很多媒體或是年輕人關注的焦點；另一個常見的相關研究面向，重點在於醫療的發展，包含藥物發展等。但很少有以麻風醫生為主的相關研究。所以，我在做這個研究時，並沒有前例可以參考。我蒐集了非常多的前台材料，如官方文書檔案、醫療文獻報告、報章雜誌等。後台材料則是我自己進行的田野調查、深入訪談，最重要的是深入訪談，這些我訪談過的醫生現在很多都不在了，也就是說，如果我沒有寫這本書，這段故事可能就掩埋在歷史的洪流當中。我透過這些後台材料來書寫時，把很多醫生的個人生命放到整個中國防疫歷史裡面，再把中國的防疫歷史放到整個中國的國家政治裡面，構成像同心圓的三層面向，這就是我說的「集體生命史」的概念。

2005 年我開始第一次訪問麻風醫生，到 2017 年訪問這本書裡最後一位麻風醫生，受訪者當中年紀最大的已經九十六歲，最年輕的是六十多歲，許多已經過世或正在凋零中。訪問的地點包含四川涼山、成都、南京、北京、雲南、廣東、上海、浙江、陝西等地，書寫出來的都是有成功訪問的地方，更多的是我努力很久、但訪問不成功的。很多人不願意說，或是約好以後又後悔，因為大部分的人不願意將這件事情公諸於世。我花了很多時間成功訪問到三十四位男醫師、十一位女醫師，這些醫生都在 1950 到

1970 年代末之間開始參與麻風防疫。

1949 年是國共相爭的結局，改朝換代後的中國一切都被改變了。其中一個關於 1949 年之前的麻風論述就是這樣說的：「解放前所有麻風防疫的工作幾乎全為外國教會所辦，宗教色彩太重，缺醫少藥，成績寥寥。」「解放前反動政府（指國民政府）對於麻風的防治沒有過問，傳教士辦了教會的醫院但工作效果不好。」這大概是 1949 年之後針對前朝時期麻風防疫的主要說法。1950 年代末，中國對外封閉自守，陸續趕走許多傳教士，知識份子大量流失。對外封閉、境內貧窮，許多人才又都被趕走，在這種條件之下，如果 1949 年之前真的沒有任何建樹，之後又處於對外封閉自守情況下，中國如何能在 1980 年代達到這樣的醫療奇蹟？我的研究其實就是不同意剛才所提到的論述，於是我就要去挖掘它的後台歷史。

1949 年之前，西方及本地教會已建立相當多麻風病院。在《教務雜誌》中指出，1940 年教會已建立五十一間麻風病院跟診療所；《麻風季刊》在 1941 年則指出有二十八間。當時中日戰爭已經開打，戰爭期間日本人所占領的地方，西方援助無法進入，很多教會贊助的機構因此停擺；2015 年，《中國皮膚科學史》指出的則是有四十八間。在這些資料當中都沒有太正式精準的統計數字，但可以大概看出是在五十間上下。即便如此，這些數字其實都是低估，因為很多紀錄彼此遺漏，許多重要機構沒有被算進去。1949 年中共主政後，開始陸續接管這些教會及本地教徒成立的機構，然而，當時因為中共把美國稱為帝國主義，於是接收時許多由教會建立的學校為避免受到處分，會焚燒文件、財產來掩飾自己的教會背景。

關於中共所接收的麻風病院，根據檯面上可見的各種數字，

我整理出一個表格讓大家參考，但這些數字並不會絕對準確。1956年到1980年，麻風病院的數字從52到最多60，但絕對低估。即使到了1980年數字的變動仍然不大，表示醫療設備比較好的麻風病院都是在教會的基礎上建立。由此可見，教會的成績並非寥寥。至於麻風診療所，有一些變動，但就中國的規模來講也並不大。但若來看麻風村數字的變動，就非常大了。1956年時，麻風村有114個，到了1963年就到了664個，1973年時則有700個，這個數字除了增加得很快，還有一個訊息：1966年到1976年是中國的文革期間，那個年代所有學校關閉，很多機構停擺，醫療衛生也是，但是麻風防疫沒有停擺。1963年，也就是在文革之前，有664個麻風村，到了1980年還在增加。增加更顯著的是防治人員，從1956年時有兩千位，到了文革期間有七千多位。這說明在文革期間麻風防治的工作密度加大，我今天一開始提到的那些人才會在文革期間進入麻風防治的訓練班當中。中國早年的醫生，大部分都是教會建立的醫學院，或者教會醫學院的醫生所訓練出來的，所以從基礎建設或醫學教育的角度來講，以前的教會基礎對於當代1949年之後的中國防疫其實有非常重要的貢獻，而這在前台歷史中是看不見的。

接下來分享幾個麻風醫生的小故事，讓大家瞭解第一代醫生身處於什麼樣的背景之下。近幾年中國號稱最有錢的廣東東莞市，在當年卻是全中國麻風病人數最多的一個地方，可見時代變遷。廣東這位醫生叫劉吾初，1924年於中山大學醫學院畢業後，就被指派去稍潭麻風病院。他之所以重要，是因為他被稱作中國全國解放以來，唯一一位自願搞麻風的醫學院畢業生。這樣的人應該功勞很大，但在文革中他的下場仍然很慘。劉吾初進入麻風工作後，當時的廣東省委書記陶鑄召見他，並頒了一個獎狀給他，留下合照。但是文革期間陶鑄倒台，這張照片就成了紅衛兵稱他為

「陶子陶孫」的證據。

　　另一位醫生在山東，山東省是西方教會進入中國最早的地區之一，這位醫生叫尤家駿，畢業於齊魯大學醫學院。1926 年時為濟南麻風院的院長，1947 年還是國民政府主政時，他到美國哥倫比亞大學訪問，當時古巴的哈瓦那召開第五屆國際麻風大會，國民政府則派他就近代表中華民國參加。所以他是 1949 年之後留在中國裡唯一一位在解放之前當過麻風病院院長的、並且參加過世界麻風大會的國際知名專家。因此，1949 年之後中國所有麻風防疫的工作可以說是從他開始。

　　上海是個華洋雜處的地方，教會的勢力最大，而中國第一個本土教會自己成立的組織也在上海，不只是由教會成立而已，早年國民政府裡有很多知識份子都信仰基督宗教，所以本土的教友跟國民政府都支持成立中華麻風救濟會，後來又成立了中華麻風療養院。有很多第一代醫生，都是以前就受到教會訓練和國民政府支持，之後全都投入中國 1949 年後的麻風防疫。從醫學人力的培養來看，教會及國民政府的貢獻其實非常重要，並不像當代中國前台的歷史所言「沒有什麼建樹」。民國時期的中國醫學非常蓬勃發展，1932 年成立的《中華醫學雜誌》只是中國成立的六百多個醫學雜誌當中的一個，可以想見學術活動能力有多強。

　　中國在 1950 年代末期開始集體化、成立人民公社時，麻風病人也就成為當時社會主義所宣稱「人道救援」的政策精神，是配合集體運動的必要工作。因此，麻風聚落開始增加，因為當時中國大部分地區都是農村，農村都成立了人民公社，就把這些麻風病人從一般的人民公社拉出來獨立成村。因為沒有人要跟他們相處，必須把他們趕到高山上、山谷裡面或是用河流隔開的小島，例如在廣東省南方、靠近澳門的大襟島即為外海的麻風村。現今

許多偏遠麻風村落的情景還是這樣，他們的後代就跟他們一起住在這裡。我曾去過比這（照片中）還要偏遠的麻風村，繞了很多很多的山路，花了大概十多個小時才到達，而裡面的人看到我們高興得不得了，因為他們很久沒有看到外人；還有廣東南方的大襟島，當我踏上碼頭的時候，那些病人敲鑼打鼓放鞭炮迎接我們，因為太久沒有看到外人。

（PPT中）這位女病人是在1959年進入村子的，她十九歲就去了，她說：「媽媽哭啊，可是大家沒有辦法。」因為當時的政策強迫入村。另一位病人是1961年入村的，他說：「來的時候社長牽了五頭羊，蕎子五十斤。」人民公社會根據你的勞動能力來配給相當的糧食，搬遷時就要把他在人民公社裡面所分配到的糧食跟動物牲畜帶去他的麻風聚落。當年很多人民公社在他們離開的時候是放鞭炮的，好高興他們終於走了。另一位1967年進入麻風村的病人跟我說，當他看到自己沒有眉毛的時候就知道得病了。其實很多的俗民知識都有關於麻風病的基本常識，比如說掉眉毛，或是神經壞死沒有知覺的時候，就會懷疑自己得病。麻風的桿菌會讓神經腫大，神經包在神經鞘裡面。你可以想像原子筆管裡面的筆芯如果腫大，筆管又不會變大，就可能會撐破筆管，導致壞死，當神經壞死之後，就不會感覺到痛了。所以很多的麻風病人勞動的時候，受傷了也不知道。這些是當年村裡面一些老人家跟我講的故事。

我剛剛講的那些是第一代的麻風醫生。中共建政之後，協助中國政府政策開展到全中國的第二代或第三代的醫生，是中國1949年之後才畢業的新手醫師，也就是說他們之前沒有任何其他的醫學工作經驗，一畢業就被指派去做麻風防治。在當年的醫學教學當中，麻風病沒有放在正式教材裡面，皮膚病最多講四個小

時，所以這一批醫學院學生非常不知所措，因為沒有經驗，在學校也沒有正式學什麼麻風防治的東西。但是，這些人一畢業出來就必須去工作、還要培養專科級的畢業生，或是培養原本留在醫療院所裡的醫療衛生人員成為麻風醫生。

1960 到 1970 年代，文革時整個醫學院系統都關掉，所有的人才都被毛澤東要求下鄉，那些醫生就被派到基層去照顧病人，同時也要培養很多基層衛生人員，整個醫學知識的發展可說是一種普及化。在國際上很多學者會說這是中國科學知識下鄉普及化，這可能是文革的一個正面效應，導致中國的很多科學知識往基層發展。不過同時，麻風是高度汙名的疾病，隨著科學及醫學知識往基層下放，汙名也不斷的往基層擴張。其實在第二次世界大戰之後，全世界就陸續開始解除麻風隔離政策，也開始知道科學防疫。可是到了 1970 年代，當很多醫學知識快速教學時，就可以想像會出現什麼樣的誤差，尤其是很多老師沒有受到很好的訓練，加上本身對麻風疾病的偏見，很有可能在整個過程當中，把自己的偏見跟科學知識混在一起教給學生，出現似是而非的知識。

麻風是一個很受汙名的疾病，解放以來，只有一位大學醫學畢業生自願去做麻風工作。到了 1964 年，平均分配至全國九百多個麻風防治機構的人中，只有一百多個是醫學院畢業的，六百多個麻風村裡面只有不到三百個醫師。分配畢業生去麻風機構工作是最為困難的政府工作，因此他們就找黑五類去做麻風醫生。這些人家庭成分不好，也不可能有其他的工作機會，就被指派來做麻風工作。他們也沒甚麼選擇，要不然這輩子連工作都找不到。

其中有一個鄔佩瑋醫生，1932 年出生，四川醫學院畢業。他的父親是國民黨軍醫，因此被指派去當麻風醫生，他說：「政府的教育、國家的教育就是教你要為人民服務。」當時他是走路去

的，他跟我說，他們畢業的時候一兩百個畢業生的口號是：「祖國的需要就是我唯一的志願。」他們在這樣愛國的情緒下，一方面希望為這虛弱的國家貢獻他年輕的熱血，另一方面又被迫去從事這個工作，就在糾葛的情緒中，成為麻風醫生。

另外一位胡鷺芳醫生，1960 年生，也是四川醫學院畢業的，現在是中國非常有名的醫生。她說她從小到大，不管是入黨或者什麼都受到影響，因為她父親被當成是胡文虎的人。胡文虎是虎標萬金油及《星洲日報》的創辦人，但在 1949 年之後因為反共被打成「反動華僑」。而這位新手醫師的父親與胡文虎是同村的人，一直都是在胡文虎的產業下工作，她也就被當成是胡文虎的人。她從小就學、工作都背負著這個連帶關係，因此也沒辦法加入共產黨。她就是在這種情況下，被調去皮膚病研究所從事麻風工作的。男朋友離開她，同學也都瞧不起她。

另外一位醫生是 1940 年生，南京醫士學校畢業。他在「反右運動」中，因為家裡的處境不好，差一點就被打成右派。後來他受到處分，本來無法畢業，拿到畢業證書的條件，就是派遣他去做麻風工作。他說，當時能夠畢業應該已經要感恩戴德了，但是一想到要去做這個工作，他還是三天吃不下飯，發了幾天高燒。

這些第二代、第三代醫生就在這樣的情況下開始麻風工作。1975 年，麻風防治又繼續往基層下放，但因學醫畢業的人數仍有限，於是就尋找黑五類的子女，開了培訓班讓他們就讀。像（PPT中）這位醫生說，她父親以前在國民政府機關工作，在偽政府工作過是沒有任何機會的。在當時的中國，結過婚的人不能讀書，有小孩的就更別講了，但麻風培訓班可以接受結婚甚至有小孩的人。有些同學已經走投無路，這個培訓班是唯一他們可能找到工作的機會。其實當時很多人是抱著先去讀，畢業以後再轉行的念

頭。但他們的老師以及政府早就堵住了這條路，告訴他們：不可能把戶口轉走。在當時的中國，沒有戶口就沒有糧票，沒有糧票就沒有糧食，戶口掌握在政府的手裡，這些人也因此沒辦法離開。很多人去讀的時候都不清楚內容是什麼，因為叫做「皮防班」而不是叫做「麻風班」，進去才知道唸的是麻風，但已經不准退學了。

這些人的工作處境非常困難，有些人說：最困難的是病人不願意吃藥，也不願意承認得病。大家不願意麻風醫生來，都放狗去咬，或者是拿掃把去打。他們下鄉的時候也不會有餐廳可以吃飯，連去跟老鄉買個洋芋或玉米吃，都沒有人要賣給他們。下鄉的時候，老師不准他們碰路邊的草，怕他們把細菌透過草傳給其他健康的人；每次工作為了不要跟病人接觸，就戴很多手套，全身包得緊緊的；甚至有些醫生說，有人要拿藥給病人，中間隔了一層玻璃，用釣竿給藥；有人帶來入村證明，醫生是用鉗子去夾那張證明來看，看完還給他之後，鉗子再拿到火上烤一烤；有一位醫生說，她常常都要跑到很遠的地方出差找病人，回到家見到年紀很小的女兒卻不敢擁抱她，怕傳染，直到今天母女關係仍然不是很好。

他們生活非常困難，但偶爾也有一些有趣好笑的事情。有位醫生告訴我，有天在四川綿陽人民公社做完工作到食堂吃飯，當時很久才會有肉可以吃，那天他們去吃飯，那一餐剛好是有肉的，而其他人知道他們是麻風醫生後全都嚇跑了，於是所有的肉都被他們吃光了。很多醫生會有類似苦中作樂的記憶。訪問時，這些醫生偶爾會流眼淚，但大部分是心平氣和地在講這些故事。他們在業界常說自己是「銅頭、鐵嘴、飛毛腿」、「鐵嘴說得起、鐵胃餓得起、鐵腳桿走得起」，這就是他們的生活處境。

　　我以一位麻風醫生對自身在從事的工作所形容的一句話來做結尾：「麻風醫生是一群被人家瞧不起的人，去照顧一群被人家瞧不起的人。」這是這群醫生的生命故事，謝謝大家。

提問時間

◇問題一

同學：

老師好。剛剛老師在闡述的比較多都是麻風醫生的故事，我比較好奇的是老師是如何在除罪化這個疾病之後，重新看待這些病人以及病情的發展層次？以及老師成功訪問的醫生中，男女的比例是因為社會分工所造成的，還是有什麼原因？第三個問題則是，中共官方對您這樣一直在處理這種議題有沒有什麼防備或者是挑戰？謝謝。

劉紹華：

謝謝這位同學的問題，很專業。

我先從最後一個問題回答起，他們當然不高興，所以這本書花了我十幾年的心血，因為材料蒐集非常困難。大家可能看到我現在講得好像這些材料都在那裡，以為我到了中國就把這些材料帶回來了。但其實，這些材料的取得非常困難。這本書在中國大概無法出版，因為我做的是他們後台的歷史，不可能會通過那邊的審查。但中國那邊很多人有看過這本書，也有很多麻風醫生私下向我表達感謝之意，覺得終於有人把他們的故事寫下來。可是在此之前，他們都不太願意跟別人講這些事，也因此這些故事很難留下。如果我不寫這段歷史，這些故事可能就石沉大海了。

我從 2005 年開始訪問很多醫生，許多第一代的醫生都走了。在此之前，很可能有報章雜誌也訪問過他們，但都不會提到這些事情，他們也不會講。我在過去十多年的歷史中不斷回訪，並大量閱讀、訪問很多人，他們慢慢知道我是「玩真的」，而且我也會跟他們交流，讓他們明白我瞭解很多事情，他們才願意跟我攤

水煙紗連 文學獎

開來講。我其實知道更多更「灑狗血」的故事，但都沒有寫進去，因為我覺得太過腥羶了，我不想要用非常煽動的方式去寫歷史，所以做了很多選擇，盡量不要傷害到任何現存的、還在世的人，或是他們的家屬，盡我所能地含蓄表達。

這也牽涉到提問的第二個問題，也就是醫生的性別，在第二、三代當中可以看得到女醫生，第一代卻看不到。事實上中國的女醫生在 1949 年之前少到歷史上少有紀錄，在臺灣也是。早年因為西方教會進來，在十九、二十世紀之交時，中國人是反抗的，認為那是邪門歪道，於是有很多殺傳教士等各式各樣的教案。因此，早年會跟著傳教士去學習西醫的，大部分都是窮人家的孩子，因為他們沒有活路，接受教會的慈善捐助後，他們就比較有可能把小孩子送去。像中國第一代送出去讀科學的，其實很多是窮人家的孩子，早年第一代文化接觸的很多都是如此。後來隨著時代變遷，經過五四運動，大家才開始慢慢認同西方，整個中西的勢力才開始消長。在這樣子的情況之下，女性才開始比較有可能去念西醫，因此老一代的醫生裡面女性非常稀少，護理人員卻很多。其實全世界都是這樣，不僅中國，在臺灣甚至西方都是，但是在二十世紀末期，高等教育裡面全世界醫學院的系統，女生人數將開始超越男性，也許再過幾十年，我們會看到出頭的很多都會是女性，那是不同的時代現象。

接著回答第一個問題，從 1949 年之後中共的防疫是以「人道精神」來宣稱，意思是：之前國民政府都不管的，但我管，表達他們照顧底層弱勢、照顧無產階級的意思。在麻風的防疫上，他不會用他們是罪人的方式來把他關起來，但 1950 年中國集體化的過程當中，隔離卻變成是一種配合社會主義政策的做法。儘管加大了防疫力度，卻用汙名化的方式進行隔離，這是在生物性、社

會性、政治性三層汙名的結合之下所構成的防疫運動。於是，防治運動的擴大，反而讓汙名更加複雜化。所以第一，沒有除罪化的問題；第二，並沒有因為防疫成功，麻風病的汙名就消失。

鄧小平在 1978 年宣布中國改革開放，到 1980 年人們有流動、選擇工作的自由，不再受限於指派的時候，很多醫生便離開麻風防疫的工作，導致 1980 年以後，中國麻風防疫面臨很大的困境。麻風聚落都還在，而那些病人身上也許已經沒有麻風桿菌，但是他們有殘疾、身心障礙的問題，需要有人照護，卻已經沒有人照顧了。這就是汙名長存的後果。

◇問題二

同學：

老師您好。我想請問老師作為一個寫故事的人，但是你寫的故事並非發生在我們生活周遭，誠如《柬埔寨旅人》寫的是貧窮問題，而這本《麻風醫生與巨變中國》是在描述麻風病的問題。想請問寫這種不是發生在自己生活周遭的事情，在進入那樣環境的時候，在價值觀或其他方面必定會受到衝擊，當您在接受這些衝擊的時候，如何排解這些情緒？往後遇到相同類型的議題時，所寄予他們的關懷會有所差異嗎？

劉紹華：

謝謝你的問題，這也是一個非常專業的問題。

我先說明，我作為一個人類學者，雖然人類學跟歷史學家、社會學家以及中文的學者，都享有一些共通的基本訓練，但人類學也有學科特質，也就是對於所謂的「他者的研究」，會有一些基本的訓練。而這些訓練有個很關鍵的理解方式，就是我們對於

文化差異的理解，基本上採取的立場是：先去理解它，而不是先做價值判斷。通常第一次接觸到文化差異的時候，都會有文化衝擊，如果研究者的身心在那之前沒有經過訓練的話，各式的正負反應都可能會有。但一個受過文化差異理解訓練的人類學學生，應該比較能先接受文化有差異，然後再去理解這個差異是怎麼一回事，這樣「理解」才有可能。如果在理解對方的過程當中就選邊站了，那就不可能完成這個差異的理解，這就是基本的人類學訓練，它讓我在經歷這種不是身邊的研究時，不至於有很大的衝擊，因為我的身心跟我的知識上已經可以應付這樣的處境。但必定還是會有情緒的衝擊，我跟各位分享一個例子，充分突顯選邊站的風險。

我在中國涼山做愛滋病研究時，有一個很有名的中國組織在當地從事愛滋病扶貧的工作，讓罹患愛滋病的婦女去縫手工刺繡的作品賺錢。那個組織找了一個當地的小學老師做計畫執行者。那天在我住的衛生院裡，從中央來的愛滋病官員來探查愛滋的防治情形，叫所有的病人都蹲在地上點名，我就在旁邊看他們要幹嘛。突然，那位小學老師指著當中的一位婦女說：「那個某某某是愛滋感染者嗎？」衛生人員便回答：「對。」於是那個老師便開始尖叫，說：「我昨天才摸了她的刺繡，怎麼辦？我還沒結婚呢。」衛生人員告訴她摸了刺繡也不會得病，但那位小學老師繼續尖叫，一直高喊說她要打電話給她 NGO 組織的負責人。以我長年在中國做研究的經驗，如果她真的做這件事情，那個病人就會失去這個工作。我跟她說：「你們的組織本來就是以服務愛滋患者為名，本來就是要跟愛滋患者合作的，不可以因為她是感染者你就不讓她做啊。」而她仍然堅持，我就生氣，也開始選邊站了，我打電話給她的上級老師說：「你們的組織本來就是做這個的，如果你們不讓這個婦女繼續做這個工作的話，有一天我有機

會時會向媒體說，你們做了不該做的事情。」第二天早上，衛生院門一打開的時候，那個女老師就站在我的門口，指著我的鼻子罵：「你，卑鄙小人！」而這件事情就說明：我覺得如果不打抱不平的話，很可能這件事情就會發生；但是假設她是一個非常重要的訊息提供者，我為了打抱不平，就跟她切斷了關係，很可能這個研究就做不下去了。

那麼，我每天在田野中面對這麼多的不公不義，我受得了嗎？我可以告訴你的就是：這就成為我的動力，讓我一定要把這個研究做完、寫出來。對我來講，不介入或是不輕易選邊站是很重要的研究方法，今天很多的研究都有些偏頗正是因為從一開始就選邊站了。

但我會在書寫的時候表達立場。我相信所有讀者都看得出我同情弱者，雖然我還是嘗試把官方及衛生人員或是國家代理人的立場書寫出來，也嘗試去理解他們的處境，但是我對於我所研究的吸毒者或者感染者，會有同情性的理解。

這樣的書寫是我介入世界的方法。我很想讓中國、讓世界上能夠看到這本書的人知道，這群人是怎麼淪落到今天這個下場的，這是我選邊站的結果。也就是說，不是不可以選邊站，而是我選擇選邊站的時候，是在書寫。很多跟我一樣長年在國際上從事這種比較不公不義、不平等的人類學者的心情都是這樣，如果很早就開始選邊站，絕對不可能做出一個說服人的研究，謝謝。

水煙紗漣 文學獎

◇問題三

同學：

老師您好，剛剛老師有給我們好幾個數據，而中國官方的數據很多會誇大或是跟現實相悖，請問老師是怎麼統整出真實的情況呢？麻風醫生跟病人在當時有很嚴重的污名化，請問他們是如何在中低階層的官員間取得支持？再者，剛剛有提到文革是一個混亂的時代，他們有什麼特殊的生存法則嗎？

劉紹華：

謝謝你的問題，非常符合中國的情境脈絡。

我先從「麻風醫生怎麼在文革的時候自處」回答起。文革的時候大家都會四處鬥爭，尤其是那些知識分子，或者家裡曾經是黑五類的，下場都會很慘。不少的黑五類為了躲避鬥爭都躲進麻風村裡面，因為紅衛兵不會追進去，計畫生育的人員也不敢進去。所以在文革的時候，麻風村裡面雖然還是有鬥爭，但基本上都是做做樣子，問題沒有外界那麼大。在更早之前的大躍進時期，中國大饑荒餓死三千萬人，在麻風村裡面，許多醫生的回憶卻都是沒有餓著，因為沒有人要吃麻風村裡面種的糧食，所以不用上繳。這是那時代非常嘲諷有趣的地方。很多醫生發現被打入麻風階級行列，反而使他們在文革的時候可以看書、做研究，因為他們身分不好、成分不好，沒資格當紅衛兵，沒資格上街喊打，工作崗位都是他們在顧，就只能看病人，沒事就守著圖書館研讀，時間到了被抓出去鬥一鬥，鬥完就回去繼續在崗位上工作，這是他們的生存之道。

第二個問題，基本上中國是高壓統治，所以由上而下的政策要求，只能執行，不能反抗。地方官員們不想配合卻必須配合，

大多躲來躲去。以一位醫生為例，檢測病人需要檢測皮膚，通常特別需要檢測背部或下陰部時需要脫衣服，無法在荒郊野外執行，而一般民間都同住在小屋子裡，也不能在家裡頭檢查，醫療院所也不願意讓麻風醫生和病人進去，最後只能迫使他們去停屍間裡檢查病人的身體。我要說的意思就是，「上有政策，下有對策」，麻風醫生配合得不甘願，但也會在非常困難的處境之下完成工作。

　　第一個問題，我提的這些數字之所以可靠，是我從很多的內部報告、醫學文件裡面取得的分析結果，這並不是輕易可得的資料。除了這些方式獲得的資訊，許多受訪的醫生也是當年的政策制訂者。他們提到在 1980 年時，中國就達到世界衛生組織「萬分之一」的消滅標準，但其實 1990 年代世界衛生組織才確定使用這個標準。當時這些醫生認為，如果是用這樣的標準的話，他們在 1980 年就達標了，所以當世界衛生組織正式宣布這個標準時，這些醫生反而訂出「十萬分之一」的更嚴格的標準。因此，中國在 1990 年代以後有兩套數字，一套是報給世界衛生組織的，一套是內部嚴格管控疫情的。麻風醫生們認為中國的幅員廣大，每個地區的經濟發展、醫療技術程度相差甚遠，而世界衛生組織的標準是用國家層級來界定的，中國表面上看起來消滅，但很多的省可能都還是紅通通的一片（指疫情警戒），這樣分母稀釋掉了以後，用國家的格局規模當成標準的話，中國已然消滅，但很多地區還有很多問題。於是，這些麻風醫生就認為，如果公共衛生的政策就用這樣比較粗略的標準來制定的話，中國就可能輕忽了公共衛生的問題，所以他們必須在內部促成一個更嚴格的標準，讓公共衛生問題不會輕易在政府的治理中被消磨掉。雖然中國在 1990 年代進行的醫療衛生改革時，還是把對公共衛生的關注消磨掉了，但是這個標準到今天都還是比世界衛生組織嚴格。由很多面向的判斷讓我相信這些數字是可靠的。謝謝。

水煙紗漣 文學獎

蘇偉貞老師

　　黃埔出身之砲校中校、日日新租書店老闆之女，生於臺南。現任教國立成功大學中文系，曾任《聯合報》讀書人版主編。

　　曾獲《聯合報》、《中華日報》、國軍文藝金像獎小說獎及《中國時報》百萬小說評審推薦獎等。著有《沉默之島》、《時光隊伍》、《旋轉門》、《長鏡頭下的張愛玲》、《云與樵：獵影伊比利半島》、《不安、厭世與自我退隱：易文及同代南來文人》等。

獵影記：伊比利半島蒙太奇

謝謝各位老師與在座同學們，沒想到在 COVID-19 疫情期間還能踐行一年前的漫長的邀約，站在這裡感覺是真周折，希望這周折帶出一種時間與空間與緣份的層次，我就當是為了等待我的《云與樵——獵影伊比利半島》出版，這書明顯由兩個元素組合，因此，為什麼是「云」與「樵」？為什麼是伊比利半島？書末「暮春者，春服既成，冠者五六人，童子六七人，浴乎沂，風乎舞雩，詠而歸。」便是破題。

是的，「知識追求、童子六七人」，知識追求是參加 2018 年 6 月在里斯本大學舉行的第 15 屆國際英語小說研討會，童子六七人是包含「云」在內的學子們及「樵」的前成史。

先講「童子六七人」何以發想成一本書的主題。緣由我個人的閱讀傾向，這個傾向性來自汪曾祺的一篇文章〈西南聯大中文系〉，世人認識汪曾祺先是因為他是沈從文的弟子，後因他的作品，我是「汪迷」，很多人都是汪迷，他的創作帶出他的生活態度，學不來但心嚮往之。〈西南聯大中文系〉勾勒了一個抗戰時期設於昆明北大、清大、南開大學共同組成西南聯大基地上中文系師生學風與學思生活樣貌，文章告訴了我們當時就有跟在座許多同學一樣必修的大一國文。西南聯大的《大一國文》收錄什麼文章呢？李清照的散文〈金石錄後序〉，娓娓道來她和丈夫所擁有的珍貴石刻文物，如何散毀於亂世，感情深摯，揮灑自如：「三十四年之間，憂患得失，何其多也！然有必有無，有聚必有散，乃理之常。」讓我們看見，離亂流徙人生之途，失去了珍藏及丈夫後，她的心境，用大白話說就是：「我們曾經有過，也沒有過，有聚有散，人生之常。」

　　還有林徽因小說〈窗子以外〉，以一扇窗內外視角描述所感所見，刻畫靈動，充滿視覺細節。作為一代「跨界」才女，林徽因建築、創作都表現不凡，〈窗子以外〉寫一窗內外世界：「**在我此刻眼簾底下坐著是四個鄉下人的背影……蘭花煙的香味頻頻隨著微風，襲到我官覺上來……永遠是窗子以外，不是鐵紗窗就是玻璃窗，總而言之，窗子以外！**」小說既形成內外視角又釋放一種流動狀態。可以這麼說，李清照及林徽因所寫，不脫把人生種種變動、移動、流動化成深刻的體會成就自身不俗風格。

　　而汪曾祺認為《大一國文》最突出的是〈公西華侍坐〉。孔子問學生志向，大家各言爾志，曾點：「**暮春三月，春服既成，冠者五六人，童子六七人，浴乎沂，風乎舞雩，詠而歸。**」汪曾祺形容：「**這種超功利的生活態度，接近莊子思想的率性自然的儒家思想。對聯大學生有相當深廣潛在影響。**」

　　當然我不是鼓勵各位啥事都不做，整天「浴乎沂，風乎舞雩，詠而歸」，而是如何把一場英語小說研討會成為沂、風、舞雩，最後能做到，詠而歸。事情始於我受到邀請後，便問我的研究生們想不想去里斯本，不只因這是國際研討會，還因里斯本是重要的文學現場，里斯本大學亦是南歐地區教學重鎮。最後導出去到里斯本宛如一場〈公西華侍坐〉的現代實踐。

　　很快，這個團組成了。

　　而前成史的「樵」，又是怎麼回事？就得回到十年前的一場發生，這個發生才引發《云與樵》第二個元素——伊比利半島。伊比利半島有什麼呢？西班牙巴塞隆納聖家堂。樵，我孫子，十年前的 2008 年，樵五歲，唸幼稚園有個好朋友捷，有天我從幼稚園載他們下課後先回我家，等捷媽下班後再來接他。車子順著臺

北敦化南路朝南走，倆小朋友坐後座，捷是個非常敏感害羞知性愛閱讀會畫圖的小男孩，樵熱情天真，他們幼稚園三歲初見，樵就主動當捷的好朋友。開著開著車子經過一幢像變形金鋼造型的辦公大樓，我指給小朋友看，隨口問：「你們有沒有將要一定要去看的建築啊！」沒料到捷真有答案：「我要去看聖家堂，去看高弟！我爸說蓋了一百多年還沒蓋好。」我嚇一大跳，高弟是個瘋狂的天才啊！捷才五歲，他不是應該買個樂高或變形金鋼或去迪士尼嗎？樵不知道聖家堂，但他立刻呼應：「捷，我陪你去。」不久捷離開了臺北，也一年年長大，倆人不會記得的這次對話，只好我代為收藏。十年過去，我基本以為自己也忘了，直到里斯本之旅。我邀樵同行，「去看聖家堂。」他五月下旬國中會考六月初分發完成，時間正好。此行以聖家堂與里斯本為核心的軸線便如此訂下了，再慢慢擴大聯結幾個周邊重要文學現場巴塞隆納近郊達利的菲格雷斯、班雅明的波爾特沃、西維爾。伊比利半島行程就此成型。至於研討會流程的小組組成、論文主題、個人開題逐步進行。要知道即使中文所研究生參加全程英語的研討會也會吃力，還好外文所博班的宜欣加入，我們招朋引伴，之前「老」學生紛紛響應的倆博士生：新加坡南洋理工大學李云飛，北京大學曲楠；此外就是台灣成大隊李京珮、傅淑萍、黃資婷、岳宜欣、季竺怡。若說他們有什麼同質性，文青。就稱他們文青團吧！

時間來到 2018 年 6 月 18 日，真箇「結部曲，整行伍。燎京薪，駴雷鼓。縱獵徒，赴長莽。」我們兵分三路上路，研討會 6 月 27 至 30 日舉行，我們先抵巴塞隆納，一路西向西維爾、里斯本。

文青二字，當然賴香吟〈文青之死〉的聯想：「如今文青當然不是個乾淨字，消費流行與裝腔作態使它討人厭，……回收此字，……是想理一理文青這個字曾經乾淨的成分。」我也回收。

這些年來，生活在台南，周圍有那麼幾個熱心傳送非主流影展、文創書店、出版、演講、景點、餐廳、購物⋯⋯全是學生私訊範圍。說來巴塞隆納、菲格雷斯、波爾特沃、西維爾、里斯本都有文青味，波爾特沃、里斯本最強烈。波爾特沃，班雅明二戰自殺身亡之城，文青之神啊！而里斯本行又怎麼文青？帕斯卡・梅西耶小說、奧古斯特改編為電影的《里斯本夜車》、溫德斯《里斯本的故事》、自我異名者佩索亞，以及雷馬克《里斯本之夜》⋯⋯，文青，這還用多說嗎？

這裡埋了一個伏筆，巴塞隆納、菲格雷斯、波爾特沃、里斯本各有文青魂老故事，那西維爾有誰呢？香港小說家黃碧雲。多年來她香港、西維爾兩地住。她去西維爾也是個「異數」，2004年交出《沉默・暗啞・微小》後辭了律師工作，跑到佛朗明哥舞發祥地西維爾學舞，幾乎斷了寫作，直到2011年才交出書寫葡萄牙殖民澳門時期背景小說《末日酒店》，明顯受地緣影響。學舞一直到現在，後來也移居西維爾。帶學生去拜訪，她的讀者都知道，她不是一個「親切」的作家，但你在西維爾總跑不掉，而學生們可以在異地和心儀的作家見面，去到她生活的現場，多麼難得的經歷。

所以，我們去到一個地方，是帶著文青一切的配備親臨現場，到波爾特沃怎能不帶著班雅明中文版《迎向靈光消逝的年代》、《單行道》、《說故事的人》、《發達資本主義時代的抒情詩人》、《機械複製時代的藝術作品》、《柏林童年》、《歷史哲學論綱》的記憶？如果不知道佩索亞、《里斯本之夜》、《里斯本夜車》、《里斯本的故事》⋯⋯到里斯本會不會少了什麼？《里斯本的故事》多麼豐富有層次，溫德斯原來只受邀拍一部里斯本紀錄片，沒想到碰到聖母合唱團，主唱Teresa唱Fado讓他重新

發現里斯本是座充滿著聲音的城市，還有佩索亞的詩。《里斯本的故事》裡的電影錄音師菲利普隻身困在里斯本等導演，鏡頭不時帶到床頭佩索亞詩集，菲利普穿街走巷踏遍角落收錄里斯本生活發生的奔跑、電車渡輪、讀書、鴿群飛翔振翅、法朵（Fado）聲，讓世人聽見里斯本，就是聲音改變了溫德斯：「當我在里斯本待了一些日子後心想，為什麼不讓它變成一部劇情片，內容就從一個電影人想在這座城市完成一部原始的紀錄片而衍生出各種意外呢？」換言之，里斯本是一座容易遇見意外的城市。還有聲音，佩索亞對聲音充滿依戀：「我如此渴望像聲音一樣依物而活。」我們也如是渴望。總之，聽溫德斯、佩索亞話就對了，如果文學巨擘薩拉馬戈在得諾貝爾文學獎都說：「沒有任何葡萄牙作家能夠企及佩索亞的那種偉大。」你還有什麼理由不愛不讀佩索亞？不去體會聲音之於里斯本的重要，時間會證明，素手去到里斯本，單調真的就會發生。

然後，這裡回到「云與樵」的命意，也是文青之神楚浮的電影臺灣翻譯《夏日之戀》，法文名 Jules&Jim，香港譯為《祖和占》，祖和占都是男子，都瘋狂迷戀女主角凱薩琳。既然祖和占都圍著凱薩琳轉，為什麼不直接命名《凱薩琳》就好？這也是歷來一直被討論的事，會不會以凱薩琳為核心，直接命名少了想像空間？因此我調動這個概念，里斯本之旅表面上是樵的童言童語的實踐，其實捷是背後要角；表面上以云飛為「童子六七人」冠名，實際上未被冠名的凱薩琳亦是角色擔當，遠兜遠轉，「我們」才是最重要的啦！

此行在四個城市停留：杜拜、巴塞隆納、西維爾、里斯本。杜拜過境十小時，文青團怎麼能放棄，為了過境幾小時我們辦了簽證，我們搭阿聯酋雙層空中巴士凌晨四點十五分抵達杜拜，太

早，直等到八點坐地鐵離開機場進城，也是人們上班時間，一路見到布滿灰塵的名車，到處一片灰濛濛，連樹都是。我只能說杜拜的陽光沒有一點陽光感，根本火網，我們是人體小電爐，隨時可能自燃。那種曬，完全超越人的經驗，尤其乘渡船往舊市區短短三分鐘航程日正常中，氣象局報攝氏 43 ℃，但真的體感溫度絕對超過 50 ℃。太熱了，是我唯一的感覺，也就沒什麼好說。直接說巴塞隆納吧，杜拜出發七小時後，六月十九日晚上八時五十五分飛機在巴塞隆納降落。杜拜的炎熱沒散，喉嚨燒痛，就此開始我不知感冒還是過敏的伊比利半島一程。

走到行李大廳，新加坡出發的云飛已等在那兒，遠遠見他小跑步過來：「老師到了，一路可辛苦了！」我們步出機場坐捷運約晚上九點多，天色仍亮，步出地鐵出口，天終於黑了，抬頭就見聖家堂矗立在天空夜色裡，聖家堂頂端巨無霸懸吊機百多年沒從高頂卸下，彷彿已成了聖家堂設計的一部分，好似在等人來告訴建築靈：「好了，上帝說可以收工了。」沒人告訴他們了，高弟 1926 年 6 月 7 日從聖家堂到附近教堂做禮拜，遭電車撞陷入昏迷，6 月 10 日上帝收回了他，歸葬聖家堂聖母聖衣禮拜堂地下墓室，墓誌銘文：「此後這偉大之人的骨灰等待耶穌的復活。」耶穌復活，高弟才能復活，他才是那個說收工的人。據聖家堂建委會宣布，2026 年高弟逝世一百年，聖家堂的主體就要完成，我其實一點都不想相信，寧願這是一個永遠的現在進行式。

我們訂的四季公寓分兩處，兩間公寓分處聖家堂愛犬公園東北、西南對角。然後怪事發生了，高弟是用拋物線的概念建構整個聖家堂，你在聖家堂，仰頭上望，會看到建築拱頂如拋物線拋向穹蒼上達天聽，高弟信仰曲線，他說：「*直線是人類的，曲線是上帝的。*」在巴塞隆納四天，我不斷想抄近路從東北對角走到

水煙紗連文學獎

西南四季公寓，但每一次都在公園裡迷路，怎麼都無法用直線方式到對角。這公園，是上帝路線啊！

第二天，我們是聖家堂每日允許進入的一萬兩千名信徒其中之一，終於走進聖家堂，是真朝聖，心甘情願以凡人的身分進場。高弟以聖家堂具體化看不見的拋物線理論時自己也說：「只有瘋子才會試圖描繪世界上不存在的東西！」到此一遊，你真的「看見」瘋狂。

對於非瘋子我們來說，進到聖家堂顯得太激動，能用的詞語真的不多，參觀動線，由東側誕生立面進西側受難立面出。約好會合時間就地解散。不是周日，但有台彌撒在地下層聖母聖衣禮拜堂安靜進行，看不見的彌撒。我初中念的德光女中即聖家會創辦，天主教儀式不陌生但也就是個他者，可這一刻，聖家堂內所有人皆天主教徒。站在任何地方皆可見光照由拱頂紛然灑落如星辰，是但丁的句子，「因此我們前來，再次仰望星辰。」

樵在福音書門板 JESUS 金體字前照相到此一行，帶著若隱若現記憶來到五歲時的童言童語約定中。他說，以後應該還會再來，捷雖然不在現場，但就像「云與樵」的書名隱喻，捷是那個被隱喻的人。樵對歷史無感，跟著文青大哥哥姊姊，對他來講有些超負擔，但他終於明白，帶著文化知識、記憶，去到一個地方會不一樣。這個不一樣，到波爾特沃時達到頂點。

第二天我們去菲格雷斯看達利，在巴塞隆納先看了畢卡索，畢卡索美術館，一間間展覽室順時性展示各時期創作、畫作，不知為什麼，感覺這樣的規畫動線太靜態了。直到來到菲格雷斯達利戲劇博物館，以戲劇手法演義每件作品、每幅畫，那些創作讓你非常嗨，就像達利說的：「我不需要濫用藥物，我自己就是藥

物。」取得這句通關密語，你就像吃了藥，有那麼瞬間進入達利控，他的創作，無論畫、雕塑、工藝……純粹到每件作品都是一個思考的斷面，那些展廳規畫、創作思考、菲格雷斯高速車站地下道達利牆，一個「全達利」展示，且是流動的達利。我們本只想把菲格雷斯當作一個過境之地，它在去波爾特沃前五站，20 分鐘車程，要是錯過了，最可惜。

離開達利戲劇博物館大夥兒心緒複雜，一時之間安靜下來，正是中午，我們穿巷走弄找到一間在地風加泰隆尼亞餐廳，多年師生到處吃喝，學生們也練了一手點菜功夫，總是知道自己要吃什麼，也知道什麼時候避吃什麼。點好蕈菇、朝鮮薊、蘆筍沙拉、海鮮肉類主菜，個人點喝的，竺怡說：「真可惜沒有葡萄柚汁！」這個故事源於有天帶學生去 Pub 喝調酒，這些人也不聽別人點了什麼，然後小學生交換飲料：「給我喝一口。」聊著聊著，就看資婷全身僵硬直流眼淚講不出話來，我問竺怡她調酒成分，有葡萄柚，資婷對葡萄柚過敏！當機立斷叫救護車，淑萍抱起資婷，穿過吧臺整排男生，這畫面成了所有人的暗箱記憶。淑萍：「那天真的好創傷！」畫面亦如達利超現實。

真的要去波爾特沃了，波爾特沃臨地中海、庇里牛斯山，是法國進到西班牙的門戶，對我們，則是夢中之地，不知道為什麼，去波爾特沃腳步一再時延，對班雅明信仰的原鄉情怯？再不出發，回巴塞隆納就太晚了。終於，2018 年 6 月 21 號下午三點我們腳踏在波爾特沃火車站，下車就看到類拱廊似的拱棚，光線由拱棚盡頭照來，大夥兒莫明亢奮地在站牌下迎向靈光合照，班雅明形容靈光：「遙遠之物的獨一顯現，雖遠，仍如近在眼前。靜歇在夏日正午，延著地平線那方山的弧線，或順著投影在觀者身上的一節樹枝，這就是在呼吸那遠山、那樹枝的靈光。」

文青們青春煥發，就像靈光附體，出波爾特沃車站，緊接著一道時光之階似陡直長樓梯，那天真熱，小鎮店家幾乎都關了，九月底再開。順著時光之階走五百公尺到底連著另一道上行石階，階旁豎著路標，上寫 Portbou，Memorial W. Benjamin。這裡正是班雅明流亡的終途，那天，二戰期間一九四〇年九月二十五日，班雅明抵波港，在此等入境然後經巴塞隆納往里斯本搭船赴美，班雅明的知音漢娜‧鄂蘭為他辦好了美國簽證，在那兒等他。哪知當晚邊境緊急關閉，醒不過來的夢外之悲：「這種情況是在告訴我，我已無處可逃，所以只能選擇結束。在這個庇里牛斯山的小村落裡，沒有人認識我，而我的生命即將在這裡畫上句點。」班雅明清醒絕望的在晚上十點吞服大量嗎啡自殺身亡，和他同行的古爾蘭德夫人就地埋葬班雅明：「我買了一塊墳地，使用期五年。」班雅明逝後個月漢娜‧鄂蘭找去波港，以為班雅明下葬在山頂天主教墓園，哪裡也沒有班雅明的名字。四年後，天主教墓園一角有了班雅明名字。他的好友肖勒姆說這個墓：「護墓人的一個發明，他們這樣做可以從打聽者那裡得到小費。……不錯，這地點很漂亮，這座墳是後人偽造的。」

就在山頂天主教墓園邊，1994 年德國藝術家卡拉萬（Karavan）設計的紀念碑落成，卡拉萬稱為 Passages，意指通道，地下道設計紀念碑出口突出石子路面，粗糲鏽蝕鋼板結構，階梯朝地中海下行，共八十七級，第八十五級鑲嵌一片透明玻璃斷面，乍見之下，玻璃映照得地中藍更形湛藍，那樣的自由象徵，卻是近在咫尺卻可望不可及。八十五級透明「墓碑」上，法、英、德等五種語言勒寫班雅明名句：「紀念無名者比紀念知名者更困難。歷史的構建是獻給對無名者的記憶。」

我們也去了天主教「偽墓園」，望遠庇里牛斯山、地中海藍，

近觀墓園、紀念碑，遙想自己「一個人的班雅明」，說來，西班牙曾經是班雅明流亡的起點，1932 年，班雅明在西班牙伊維薩島給好友肖勒姆寫信：「我整天都在寫，有時夜裡也還在寫。可是，……那不僅是薄薄的，而且還是一小段一小段的……簡而言之，那是一系列的筆記，我將給它們取名《1900 年前後的柏林童年》。」原來後世班粉傾心的詩意思考的《柏林童年》是在西班牙完成，時代因素，這塊土地也要了班雅明的命。Passages 真的體現了班雅明不合時宜的悲劇遭遇。

　　終於要離開了，沒想到的是樵突然問：「奶奶，你有沒有班雅明的書？我可以看哪些？」真讓人喜出望外啊！文青大哥大姊紛紛跳出來貢獻自己的閱讀書單，如果不是帶著知識及對班雅明的信仰，來到此貌似簡單手法紀念碑，大概十分鐘行程就結束了，波港總面積九平方公里，2018 年人口 1077 人，大暑季節大概更少，地狹人稀，想多逛都不可得，但是我們待了近四小時，比杜拜不少。離開時我們下到山腳地中海邊市中心，欄邊癡癡近望地中海，從震驚於眾「瘋子」的現場 —— 聖家堂、畢卡索、達利，到絕望的班雅明，這樣的安靜真好，大夥都需要沉澱一下。

　　好啦，我們要去西維爾了。6 月 22 號早上九點的 Renfe。之前我問黃碧雲要注意什麼，她說：「小心背包，不要揹著背上，要跟身，中國人是高危目標，小偷很多。」真的，巴塞隆納坐地鐵去畢卡索博物館，我太陽眼鏡勾衣領上，我們人多分兩車廂上，我站車門口，一年輕男子擺明衝我來的擠過層層人群欺身靠近，宜欣見狀大老遠就喊：「老師，妳還好嗎？」云飛、資婷擠過來手圍住做足保護姿態，帥男子不動如山向我微笑放電，身體忽遠忽近，我動彈不得抱緊我的包，不太像怕扒像怕被吃豆腐，站到，步出月台，男子車廂內衝我笑，車門闔上駛離，我一低頭，嘿！

我掛在領口的雷朋太陽眼鏡不見了！這眼鏡跟了我十多年啊！居然眾目睽睽之下被扒。

而真正的大失手不是這，是沒做足伊比利半島功課，可惜了碧雲給的西葡層層疊疊背景書單：

巴塞，西維爾，里斯本，都是美麗又時間悠長的城市。內戰時期，巴塞滿街死屍。你可以推薦學生看 George Orwell 的 Homage to Barcelona，有中文譯本的，記他參加國際軍在巴塞的日子，他受了傷，回到英國。另外英國導演 Ken Loach 也有部電影叫《Land and Freedom》，也是拍西班牙內戰。另 Orson Welles 拍了一部沒有拍完的唐吉訶德，當中有六十年代西維爾的風貌。當然布紐爾的電影都好看。

里斯本又是另一風景。我去過 Pessoa 的故居。薩拉馬高也有幾本小說講里斯本。里斯本市中心的 Fnac 書店，有不少英譯的葡萄牙文學，很齊，可以去看。其他地方不容易有這麼齊全的英譯葡語文學書。

值得去的。

這份書單，佩索亞、薩拉馬高葡萄牙文學有關；喬治‧歐威爾、肯‧洛區、奧森‧威爾斯、布紐爾與巴塞隆那、西維爾有關，我想說的是布紐爾，瘋啊！我想強調瘋子是一種最高級的尊榮。布紐爾跟達利 1926 年時花了三天時間談電影，兩個天才、兩個瘋子談一個自我的夢想和無意識慾望，這幾個句子對我們來講都是謎，什麼叫無意識慾望？什麼叫自我的夢想？總之，他們寫了劇本，轉換成無意識的慾望跟自我的夢想，主要講一個非常現實的主題：描寫一對夫妻破鏡重圓的過程。達利跟布紐爾拍了 21 分鐘默片《安德魯之犬》，由幾組看似不相干的短劇拼貼推動，在在

挑逗觀眾的驚懼觀影心理，譬如月亮滑過雲層男子想像一把利刃割開女子眼球、男主角觀視自己手心鑽爬螞蟻類比女主角腋毛與圍觀的群眾叢生……，日後布紐爾和達利聯合聲明：「這部電影裡，沒有任何一件事具有任何象徵意義。」

　　而這之前我們最擔心失手的是從巴塞隆納到西維爾，中間得在馬德里轉月臺換車，時間只有 15 分鐘，車票站臺都沒有標出哪個月臺換車。難以置信到馬德里站，居然很人工的，有名女子拿著 A4 紙寫著西維爾地名，我們這才放心，眾人站她旁邊等帶隊，等了起碼七八分鐘，她一點不急，馬德里車站非常大，走路也要時間啊！終於女子開走，慢條斯理、穿過月臺、上下電梯、下到月臺，有一列車停在月臺邊，她突然手勢比劃，意思是：「快跑，先上車！」好吧，上去再說！都還沒有走到我們座位，車就開了。我嘀咕：「西班牙出瘋子，但不出哲學家。」一點邏輯都沒有。

　　烈陽下，我們住進西維爾公寓，冰箱裡寓主每房送了瓶紅酒、五百公克起司，客廳帶餐區廚房，小陽台正對樓下 Entrevarales 餐吧，望下去，露天高腳小圓桌上都有酒。寓主才交代完畢離開，走廊裡傳來文青話語：「碧雲老師來了。」是啊！碧雲來了。

　　碧雲帶著我們穿走安靜似夢的小巷，先到傳奇阿爾貝女公爵小王宮故居，貴族的貴族，教皇前可不下跪，能騎馬進西維爾大教堂，繼承家族及自己珍藏了無數安吉利科、哥雅、提香、雷諾瓦、夏卡爾等名畫，還有哥倫布信件，嘿！以及塞萬提斯《唐吉訶德》第一版。碧雲小述一段女公爵和小情人故事，2011 年女公爵 85 歲和小 24 歲公務員結婚，為了得到六名子女同意，女公爵將所有財產分給子女，但還擊說每個孩子都離過婚，而她從未和任何一任丈夫離過婚。從沒想過黃碧雲可以是一個「說故事的人」。晚上九點，碧雲訂了百年建築 Cuna 2-Baco 餐廳，離開飯

水煙紗連 文學獎

還有段時間，文青另逛，我隨碧雲坐巷底像極台南文創咖啡店，
也賣茶、啤酒，挑高一樓自然光空間散置七、八張小桌，兼賣藝
品，辦各種演講、展覽、電影，好熟悉的文青空間，之後去碧雲家，
十幾年來，古城充滿她移動的痕跡，短暫來到這裡，進入她生活
史，浮現她在寂靜之中生活閱讀習舞畫面，此曾在。

　　Cuna 2-Baco 旁邊就是碧雲介紹的佛朗明哥舞文化中心紀念
館，我們先買了第二天晚六點票。Cuna 2-Baco 米其林星級，她
主點菜、酒，這會兒真用不上我們，樂得輕鬆，她常誇西班牙酒
便宜又好，是真的，為了酒，可以考慮搬來。我們舉杯，眾文青：
「敬碧雲老師。」桌子臨窗，街道暗處湧進靜好時光，勾勒我們
的成人童話。吃喝到底，文青本色上場，拋出走到碩博論文關卡
的理論驗證議題，盡各言爾志，資婷祭出一貫「魂在論」，寫論
文就要像觀落陰，一定要親闖現場，這個現場，波爾特沃、聖家
堂、西維爾。碧雲聞聲，脫口而出一句西語，淑萍問，是什麼？
「Mi alma」，我的靈魂。眾文青各自取出她的小說。我一直都知
道有天會來看她，但這樣的簽書會？是啊！我的靈魂。接著幾天，
我們公寓所在的 Calle Imagen 路中軸線，走來走去聖母主教座堂、
西班牙王宮、瓜達幾維河黃金塔、西班牙廣場、學院、公爵廣場、
博物館、兄弟會教堂、聖母塑像小公園……，知識、文化、華麗，
這小城，歷史就是生活，或者相反。我甚至第一次見識到大型同
志花車遊行。

　　好啦，6 月 25 日，我們乘坐 ATR 72 型雙螺旋槳小型飛機飛
里斯本，里斯本座落歐洲大陸的盡頭，飛機近乎特技表演一個迴
旋由大西洋近九十度轉進太加斯河（Tejo）出海口盤入里斯本上
空，海河交界大片深淺藍、白浪花撲打崖岸、黃土山丘、紅瓦屋
頂，有層次而複雜完美。ATR72 型機身輕盈下降，隨著艙體落升，

對這城市竟浮起某種鄉愁似的渴望，是佩索亞的短文：「黃昏降臨的融融暮色裡，我立於四樓的窗前，眺望無限遠方，等待星星的綻放。我的夢境裡便漸漸升起長旅的韻律，這種長旅指向我還不知道的國家。」

　　曲楠前一天已到，在公寓等著與我們會合。待我們進到公寓玄關，曲楠從房間迎出來，他帶著同院區長大的女友王萍，曲楠小記見面那刻：「偉貞師重感冒，失聲，擁抱她，想起張愛玲說，耳邊像星球擦身而過。王萍見偉貞師與大家，老師對我說：『你找回了她。』」曲楠用了張愛玲自傳體《小團圓》的典，小說女主角九莉形容男友燕山是「找補了的初戀」，一日前夫之雍過境上海訪九莉，正好燕山來電，九莉一聽燕山聲音，「頓時耳邊轟隆轟隆，像兩簇星球擦身而過的洪大的嘈音。她的兩個世界要相撞了。」遙遠的歐洲大陸盡頭，三年後和曲楠在異地重回師生場。

　　晚上因為咳，怕擾人，占領了起居室沙發。推開起居室木窗，四下暗靜，對角超市、藥房早上八點開晚上九點半打烊。午夜一點多，有人走過底樓鵝卵石步道，節奏近了又遠了。不若傳說中的里斯本多彩多姿夜生活，大弧度幽藍星空和晚風，又感覺很里斯本，圓環無名雕像鑲嵌在時間裡，被什麼困住了，像《里斯本之夜》、《里斯本的故事》，我們亦過境情迷。

　　第二天朝拜老城區世界最古老書店 Bertrand Livreiros ，不遠是佩索亞幾乎每天去的百年巴西人咖啡館（Café A Brasileira），這個咖啡館，里斯本文學的起點，佩索亞寫道：「我在這個咖啡館的露台上，戰戰兢兢地打量生活。……作為一個耽於理想的人，也許我最偉大的靈感，真的再也無法突破這個咖啡館裡這張桌子邊這個椅子的束縛。」

水煙紗連文學獎

　　現在巴西人咖啡館廣場，真的有佩索亞和桌椅銅雕。空著一把椅子，讓後世讀者可以同席。晚上八點訂了 Cais ao Mar 海上碼頭吃海鮮，這晚之後，準備研討會，基本不再集體行動了。於是兵分三路，各自活動。一路逛街買衣帽鞋褲；一路俯瞰太加斯河聖胡斯塔升降機、主教座堂、聖若熱城堡；一路佩索亞故居。我好玩的招來窄街發展出的仿高爾夫球電動車去佩索亞故居，里斯本基本山路車行上下石子坡路吃力地發出噗噗噗馬達聲，感覺我們超重。我在佩索亞故居留言薄的句子：「給佩索亞：一九三五年十一月三十日你說：我不知明天將會如何。明天，以你料想不到的方式來到了。世人，以你為名──詩人的詩人，作家的作家。」

　　又回到老城區，才知道 Caisao Mar 在太加斯河畔水路碼頭，順著河很容易就找到了，人多，被安排靠窗黃藍花磁磚牆角落，還是伊比利半島時態，晚上八點仍白晝，靠海，坐著坐著天空緩緩轉暗。笑臉大鬍子來點菜，分量大中小，建議點 350€ 大份。各點白酒、氣泡水、啤酒熱鬧開喝，突然聽到廚房傳出歡呼，十種以上各種螺貝蝦蟹錯落排序放在紋理美麗的厚木塊由倆服務生抬上桌，彷彿美人出場，賞心悅目，全場鼓掌，對菜的致敬。

　　十點多步出餐廳，太加斯河岸黑靜無聲，遊蕩一日，都累了，直接搭公車回公寓，站牌下候車，聽見濤聲以及風聲從海面吹上岸。回到公寓，宣布明早八點半出門赴大會報到參加開幕式。公寓裡流動的盥洗室、檯燈下、起居室、走道間討論論文身影、聲音，明亮溫馨，一時之間，我有種錯覺，還是佩索亞：「我們活過的剎那，前後皆黑夜。」

　　6 月 29 日大戲上場。文青團兩組分上、下午發表。上午組九點半至十一點「台灣文學史與本質」場，黃資婷〈論童偉格小

說中的日常生活與創傷〉、李云飛〈離散與終結：論蔣曉雲《桃花井》〉、岳宜欣〈穿越故事的離散與失落：論蘇偉貞〈老爸關雲長〉〉，我仍劇咳，陪他們到會場待在外頭庭院沒走遠的抬望里斯本天空，心想：我們真的走到這裡了。第二場下午五點半到七點，四篇論文發表，季竺怡〈女人想要什麼：歐陽子女性角色心理初探〉、傅淑萍〈臺灣女同性戀主體性與色情慾書寫：邱妙津短篇小說的敘事策略〉、李京珮〈林海音女性小說中的歷史書寫〉、曲楠〈華麗的世紀末：朱天文小說中的隱喻〉。結束之後，去了自由大道 Casa doAlentejo 阿連特若之家吃餞別餐，成群結伴走到這裡，分明帶著我喜歡的華麗的知識追求畫面成色，端的是：「暮春者，春服既成，冠者五、六人，童子六、七人，浴乎沂，風乎舞雩，詠而歸。」步下阿連特若之家長階已十一點，出到巷口小廣場，文青們立在夜色裡遲遲未移動，一時之間似不知何去何從，這時天空飄起了小雨，眾人仰臉迎接，彷彿等待這場六月小雨許久。再待下去，恐怕就要習慣伊比利半島時區或佩索亞時空了，便叫了 Uber 各自返公寓。雨中的里斯本，自由大道樹影在雨中看起來真像冬季的台北，多年前的敦化南路。我想起什麼，問樵：「捷現在不知如何？」樵凝望遠方。沒有回答。

里斯本之夜。

就講到這邊，謝謝大家。

陳栢青老師

　　1983 年臺中生。臺灣大學臺灣文學研究所畢業。曾獲全球華人青年文學獎、中國時報文學獎、聯合報文學獎、林榮三文學獎、臺灣文學獎、梁實秋文學獎等。

　　作品曾入選《青年散文作家作品集：中英對照臺灣文學選集》、《兩岸新銳作家精品集》，並多次入選《九歌年度散文選》。獲《聯合文學》雜誌譽為「臺灣四十歲以下最值得期待的小說家」，思考如林間松鼠跳躍，以輕快活潑的作品魅力，融合動漫、電玩等大眾次文化與文學想像。另曾以筆名葉覆鹿出版小說《小城市》，以此獲九歌兩百萬文學獎榮譽獎、第三屆全球華語科幻星雲獎銀獎。

水煙紗連 文學獎

一人份旅行與生活指南（偶爾寫作）

各位同學午安，很害羞來到暨南大學演講。

我是個有志於寫作的青年作家，因此今天將與大家分享一個人如何開始寫作、推動他的決心是什麼，還有生活及旅行如何觸動他。

其實我並非一開始就想要寫作。起初，我也不知道自己要做什麼，只在許多電影當中，留給我對「當兵」很多恐怖的印象，因此，在我三十歲之前人生最大的目標，就是不要當兵。我一直活在學校裡，大學四年，我偏要念到第五年、第六年，有人告訴我：「你再念下去的話，可能就要被退學了。」我只好趕快考研究所，並將四年的研究所念了六年，直到受到老師關切，才趕快畢業。畢業後，收到兵單的我非常驚嚇，覺得人生要就此結束。這時，我動了一個念頭：「反正都要去當兵，不如去個可能一生都沒有去過的地方。」毅然決然前往菲律賓當兵，無意間成為了改變我人生的開始。

不得不說，那一年很悲慘。首先爆發廣大興漁船事件，菲律賓的軍艦掃射臺灣的漁船，當時全臺灣輿情激憤，我非常害怕，在這個風口浪尖要被派到菲律賓；更慘的是，同一年發生了洪仲丘事件，洪仲丘當兵時被虐致死，在台北的凱達格蘭大道前面有舉辦一個「萬人送仲丘」的活動，很多人都穿著大衣、拿著白色蠟燭，沿著凱達格蘭大道走，我也拿著白蠟燭、穿大衣走在凱達格蘭大道上面。心裡卻想著：「這根蠟燭是點給我自己的！」在這樣風雨交加的情況下，我抱著必死的決心前往菲律賓。

想不到厄運跟著我。搭上飛機後不久，那年全菲律賓最大的

颱風就跟後面。到菲律賓上空後，因為風太大，飛機無法降落，盤旋在機場上空，那是我一生中度過最長的十幾分鐘。全機都非常慌亂，我也非常慌亂，氧氣罩掉下來，我就拿起來一直吸，因為覺得我可能會死在這上面，原來我不是死在菲律賓的土地上，而是死在它的半空中！終於飛機還是咻的往下降了，好不容易著地，我踏出了菲律賓機場，想著：「天啊！九死一生！我已經是個死過一回的人，人生已經完全不一樣了！」在這之前，我從來沒有一個人出國，一直快樂活在大學、活在研究所，活在自己的舒適圈裡，而現在，人生的新挑戰要開始了！

到馬尼拉機場之後，我拿出手機：「報告長官，單兵編號9527，已經抵達馬尼拉機場，麻煩長官指示如何動作。」長官說：「栢青啊，你已經到機場啦。因為颱風有點大，我們忙不過來，不過已經派一個司機去接你了，你到了住的地方再跟我講。」我不但沒有立刻去認那個司機，反而轉身衝進廁所裡，從我的口袋拿出《英文會話三百句》開始背。"Nice to meet you.""Hello.""I'm come from Taiwan." 我心想菲律賓人英文一定非常好，不能丟臉，大概背了十分鐘才走出廁所，拖著行李，準備要展現出我的語言才華："Hello,nice to meet you,I'm come from Taiwan." 他說：「你好啊！」猝不及防，廁所準備的十分鐘完全沒有用！我很震驚他會講中文，他說：「對，因為我是華僑。」長官怕我們英文不好，所以派了華僑來接我們，於是我們坐上車離開。

當時已開始下雨，氣旋在馬尼拉上空，雨絲掉下來，天氣陰陰暗暗的，我坐在車上，心裡非常忐忑，司機看我很緊張，安慰我：「不要怕，先生，你知道嗎？你住的飯店是那區最好的飯店！」突然開心了些，好像人生又重見到曙光。機場附近通常是那個國家比較繁華的地段，會展示出他們的國力，馬尼拉機場附近金碧

輝煌，馬路很像臺北東區的馬路，有種亮晶晶的、金沙的感覺，像走在金磚大道上面。司機繼續往前開，柏油路不見了，接著下去是白色的石灰路，遠方是黑色的天空，就這樣一條白色的路，綿延在正中央。我心想：「第一次看到，好神奇呀！」然而，司機繼續往前開，前方開始連石灰都不見了，地上剩下泥巴，旁邊還有一坨一坨的東西。我問：「司機，那個旁邊一球一球的是什麼？」他說：「沒什麼，那是馬糞啦。」原來我要去的地方是大家還會騎馬的那種地方嗎？心裡又有一點不安，但我想沒關係，至少是住最好的飯店。

終於，車子經過九彎十八拐的路，停在一個很大的空間，旁邊由低矮的一、二樓平房圍著。我走下車，深呼吸一口氣，轉頭過來跟司機說：「請問一下，你說最好的飯店是在這棟爛房子的後面嗎？」他說：「不是，就是這一棟。」我瞬間非常生氣，說：「屁啦！什麼爛房子啊！你不是說這一間是這區最好的飯店嗎？」他說：「對啊！這間飯店是這區唯一的飯店，當然是最好的！」我想：「哇！菲律賓人好幽默！」可是頭已經洗一半了，沒辦法，就只好進去。這個飯店很像臺中火車站後站小巷子裡比較低矮的旅館，玻璃門上面會貼黑色、已經掉落的防熱紙，可能有幾個洞，透過那幾個洞可以看到玻璃門裡的景象，門要開不開，冷氣不斷地漏出來，從縫裡看進去，會有兩盞神明燈紅紅的、一閃一閃的。我雖然有點害怕，還是走了進去，拿出我的護照，他說：「歡迎入住。你在二樓的 203 號房。」我說：「謝謝。」那裡非常老舊，我每走一步，地板就「嘎噠」「嘎吱」發出木頭的響聲。旅館沒有電梯，行李要提上二樓，走到中間要拐彎的地方我停下來休息，喘完氣準備再提的時候，手從牆壁上拿起來，壁紙就貼著我的手整片撕下來。第一次看到這種誇張的景象，我心想：「慘了！我要賠嗎？」轉過去發現沒人，我就再把壁紙貼回去，壁紙後面整

片都是壁癌，水泥掉下來，非常潮濕，我猜一定很多人把壁紙撕下來之後再用口水黏回去。

最後終於走到 203 號房，雖然我一直在嫌那間旅館非常爛，可是房間裡還是窗明几淨。簡略介紹規格，假設走進來這裡是門，打開之後，這邊有一張床，床旁邊的走道靠著一張椅子，走道旁邊有另一張床，前面有個梳妝台，梳妝台也靠了一張椅子，這邊就是一個窗子，前面也有張椅子。微微的路燈光線從窗子透進來，非常乾淨整潔，我心裡稍微鬆一口氣，這個房間其實並不像我想像中這麼破爛。於是我又拿起手機，撥電話給我的長官：「報告長官，9527 已經到旅館了，請長官再指示單兵如何作業。」長官說：「栢青啊，恭喜你已經到了旅館了，你本來有一個室友，他雖然搭上了飛機，可是颱風實在太大，飛機在馬尼拉機場上空盤旋了半小時，又原機飛回臺灣。所以你今晚就一個人待在旅館吧，我那邊非常忙也不能來看你，你自己打理好，明天颱風走後，我們再去接你。」我說：「好，謝謝長官。」環視了一下，這就是我第一次異國旅行的夜晚了，心裡既害怕又期待。

這時候窗外的風雨大了起來，窗簾啪啪啪打著窗戶，一邊覺得這是異國，可是一方面又覺得這個景象非常熟悉，好像小時候在臺灣經歷過的場景。颱風夜不知道做什麼，就直接上床睡覺，於是我就把東西打理整齊，私心的躺上有窗景 View 的床。這是我的第一個晚上，但是我要講的事情，從這個晚上才真的開始。

窗外的雨在下著，我慢慢地閉上眼睛，很快地我就睡著了。忽然之間，我被巨大的雷聲驚醒，幾秒鐘之後回魂過來。可是怎麼這麼黑啊？停電了。臺灣也有這種經驗，颱風夜、打雷、閃電、停電，我拿出手機，電也沒有充進去。於是我把棉被拉起來躺回去，在一片黑暗之中，聽著外面淅瀝的雨聲，把眼睛閉上，準備

進入睡眠。

　　可儘管精神告訴身體：「你應該要睡了」，但不知道為什麼，我閉上眼睛後，內心有一個聲音，告訴我：「你不覺得黑暗的房間裡面有什麼怪怪的嗎？」房間一片漆黑，我的第六感下意識告訴我：這個房間好像出了一點什麼問題，可是我又不知道是什麼，因為太暗了。在不斷內心糾結掙扎之中，睡意又緩緩的堆疊，要進入夢鄉的時候，又一聲巨大的雷聲，雷打在我的窗邊，白光整個透亮進來，一瞬間萬事萬物都露出了線條。忽然間，我看得非常非常清楚，不知道為什麼，走道前面本來應該靠著走道牆壁的椅子，卻變得面對著我的床，且非常靠近，梳妝台那張椅子、靠著牆壁的這張椅子也是。也就是說，這三張椅子圍成一個圓弧狀，椅面都正對著我的床，我的床被這三張椅子團團包圍。椅面上沒有任何東西，可是在黑暗之中，我心裡面只閃過一個念頭：所以，剛剛在那個漫長的黑暗裡，有什麼在椅子上面看著我。

　　光是想到這件事情，我就再也睡不著覺了。我就好像被貓瞪著的老鼠一樣，完全不敢離開床。心裡非常的害怕，人生跑馬燈跑過一輪，我突然間臨危生智，從小在第四台裡面看了非常多的爛港片，裡面都會說鬼最怕軍人跟警察穿制服，因為制服上面會有三把火，只要軍人跟警察穿制服，用火就可以去嚇鬼。我想：「太巧啦！我就是中華民國軍人啊！」立刻就發揮在成功嶺受到的優良訓練，五秒鐘翻身滾下床，十秒鐘打開皮箱，二十秒快速著裝，帽子、褲子、衣服、徽章戴上，踏了一個正步、敬禮，往床邊前進。

　　我在床沿坐著軍中教我的坐姿，三十公分的空格、背桿挺直、手貼在膝蓋上面，瞪著那三張空空的椅子一整個晚上。直到外面第一道太陽光透進這個房間裡，才癱軟趴在床上。

　　那天使我印象很深刻，過了這生都不會忘記這件事情。對我來說，這代表著第一次到異國，這個環境怎麼樣去迎接你，或是第一次碰到陌生的環境之後，要怎麼樣去應對對方。很久以後，我看到戲劇學家巴斯卡說：「人類所有的問題，都來自於不安分守己地待在家裡。」意思就是：不作死就不會死。沒事幹嘛出去呢？好好待在家裡就什麼事都沒有了。對嘛！我就好好地待在我的舒適圈裡面不是一切都沒事了嗎？我幹嘛跑來菲律賓？可是一方面這樣想，另一方面又覺得這三張椅子就像在質詢我，問說：「所以，你為什麼想要出來？為什麼想要一個人？為什麼敢於踏出舒適圈？為什麼要這麼做？」那個晚上成為了思考人生未來的時候，第一個浮現的畫面，我的人生很多時候都盤旋在這個問題裡。

　　在大學時期，我對寫作非常感興趣，但我不知道為什麼寫作吸引著我。經過這個晚上，我忽然發現我遭遇的這一切就像寫作。所謂的寫作，就是你坐在一張椅子上，面對著空空的白紙或檔案，不知道接下來要幹嘛，可是你必須延伸出一些情節。你無比地焦躁，可是你知道，那邊有東西在吸引著你，它召喚著你過去，就好像是這三張椅子圍成了一條曲線，曲線後面的黑暗一方面代表了恐懼、未知，另一方面也代表了某種很深刻的引誘力，它誘惑著你，你想要知道、想要碰觸危險、想要去冒險、想要去開發，這既危險又恐怖，既甜蜜又讓你感到害怕，就是寫作的本身，那個晚上對我來說就是一個寫作的隱喻。接下來的演講，我們就要從這三張椅子開始往前延伸，我想和大家分享如何一個人生活、一個人旅行，還有偶爾寫作。

　　如果有一天，你一個人去旅行，你要住在怎樣的房間裡面？這個房間只要有什麼？我來看看同學的回應，「乾淨的床跟廁

水煙紗連 文學獎

所。」、「有廁所跟床。」我完全理解你們非常務實,而且從你們的回答來看,是非常有旅遊經驗的,我之前問過別的學校,他們跟我說裝潢啊、agoda 要打四星級等等。

我也不是很會旅行的人,我的旅行都是從那個晚上遭遇那些事情之後,忽然間心中有一道門被打開了。我在菲律賓當兵的時間是一年四個月,禮拜一到禮拜五是服役時間,六日我們就自己出去玩。我當兵的朋友帶我去了菲律賓非常多地方,菲律賓號稱是千島之國,於是只要六日我們就會買廉價航空最便宜的機票到一個莫名的小島上,租一間最便宜的旅館,在那個地方闖蕩一下,再搭最晚的班機趕回去上班。我在菲律賓過了非常美好的一年,當兵的生活跟我想的完全不一樣。

有一次我們飛到蝦膏島,附近有個衝浪的海域,號稱是全球十大衝浪景點之一,每年都會舉辦全球性的衝浪大賽。對我們來說,衝浪什麼不是重點,可是有很多裸體的男人,非常的開心,於是立刻買機票飛去蝦膏島。

到了蝦膏島,我就要衝去海邊找男人、拿著白沙在沙灘上面奔跑。我朋友說:「我們是不是要先處理一下住宿的問題?」接著他問了我同樣的問題:「如果你要找一個房間,最低配備你要什麼?」我想一想,有一張大床,因為我想要有舒適的床可以躺,於是我們就沿著旅館街開始走。第一家,服務生帶我們上去看房間,一打開門,舒適的大床並列,上面鋪著白色的床單,還撒著玫瑰花瓣,整個房間窗明几淨,還有一個大窗,望出去就看到外面碧藍色的大海,沙灘是白色的貝殼沙,最棒的是窗戶旁邊還有一棵椰子樹,樹上掛著鈴鐺,叮叮噹噹地響,好一派南國風光啊。於是我憑欄遠眺,看著這片景色,我朋友就在後面說:「有一張大床,這樣可以嗎?」我滿足地看了一眼:「嗯,不行。」沒有

衛浴設備！我一介公主怎麼可以跟別人共用衛浴呢？我一定要有自己的衛浴！於是我們就走到第二間旅館，服務生帶我們到房間，我朋友又在後面問：「請問你覺得這間房間如何呢？有床，床的對面是個人衛浴設備。」我深呼吸一口氣，瞄了瞄衛浴設備再瞄一瞄那張床，心滿意足地回頭：「不行。」雖然有床、有衛浴設備，可是沒有冷氣啊！沒有冷氣的房子我真的住不下去，亞熱帶氣候這麼熱，每天三十幾度，就算有潔白的大床，有衛浴設備，沒有冷氣，我是萬萬不能住的。我朋友又帶我到第三間房間，服務生帶我們上去，我朋友說：「欸你看，大床、衛浴設備、冷氣機，應該沒問題了吧？」我回頭微微一笑：「可以了。」於是就決定住在這間旅館，開始我們蝦膏島的一日遊。我換上最蝦趴的泳裝踢著白沙奔跑，那邊有很多現烤的海鮮，可以一手啤酒一口海鮮還可以看猛男，度過了神仙一般的下午。

接著，噩夢發生，在海邊亂吃海鮮之後，我的肚子一陣絞痛，立刻衝回飯店，打開馬桶，但我看了馬桶一下，立刻又以螃蟹的姿態夾著走出來。我跟朋友說：「你不覺得廁所壞掉了嗎？」我朋友試著沖水之後說：「好好的啊，哪裡壞掉？」我說：「它少了馬桶圈。」在菲律賓的外省，馬桶是不太會配上面那一圈東西的，可是如果沒有那圈我是不會上的，已經湧到關頭了，要出關啦！我想說：「蹲馬步、蹲馬步！怎麼可能？我沒辦法欸！」立刻往下衝到隔壁狂按第二家旅館的服務鈴，服務生從裡面出來說：「幹嘛？」我說：「我要租房間！」他還沒答應我就往樓上衝，打開門之後看一看再往下：「你們也沒有馬桶蓋！」連衝四家終於找到一家，付了一晚的錢就為了上那一次馬桶，坐下去的那一刻就舒爽了。

接著，對我來說這是非常深刻的第二個問題，你人生去過最

遠的地方是哪裡？馬來西亞、花蓮、日本……。好，那如果你們問我說：我人生去過最遙遠的地方是哪裡？我會跟大家講說：「我人生去過最遙遠的地方，就是馬桶墊的外圍。」只要沒有馬桶墊，哪裡就是我的遠方，就是異國、異境。我可以去到各種更遙遠的地方，我可以去南極、北極、火星，可是只要沒有那圈馬桶墊，我就完全無法進入那個世界，我就會憋著螃蟹腳橫移。對我們來說，真正的遠方是「經驗的外圍」，只要你到了經驗的外面，你就會發現那個地方非常的遙遠，就算它是花蓮、就算它是日本，好像幾小時或開車四十分鐘就會到，可是那就是我們經驗外圍的事情，一旦觸碰到這些事情，那個地方就是遠方了。那一刻，我第一次體驗到，所謂的遠方並不在距離的遙遠，而在經驗的外圍，我真正的旅行從那一刻才真正開始。

　　我要如何突破我的經驗？我這一生都可以重複這個模式，快樂地在那小小的圈子裡面游泳，不要出去就沒事了，所有人都會照顧我、愛著我，整個馬桶都噴發出喜悅之光，我可以在那裡面好好地活一輩子。可是某方面來說，我也必須試著走出去，那是我人生的選擇，可是我將要面臨什麼？此刻，我夾著螃蟹腳奔波在無數的旅館裡，學著如何應對陌生人、陌生的環境、危急的時候，應對那個你可能把一切都丟出來，可是沒有回報的時候，應對得不償失、被人家取笑，你會有各種各樣可能的情境，那個東西對我來說有可能是國外，也有可能是「長大」這件事情，你要變成一個成人，就是要冒這些風險。這個旅行對我來說影響非常大，那種深度、感覺永遠會留在我的印象裡面。

　　我可以很冠冕堂皇的說：「你們要走出你們的舒適圈、走出你們馬桶墊之外。」可是我還是需要那個馬桶墊，我真的不會在馬桶墊之外使用廁所，但人是非常能夠變通的生物，我發現有一

個東西非常方便，叫活動馬桶墊。平常可以摺疊起來，就像一把圓月彎刀。我來到菲律賓的後半年，每次跟朋友出去玩，很多人就遠遠地發現：機場有一位俠客，背後背著一把圓月彎刀，那是我背著馬桶墊旅行，只要到了需要馬桶墊的地方，我就會把背後的彎刀抽出來鋪在上面，這是我變通的方法，我要嘗試著跟它妥協，如果不行，就跟自己妥協，試著找出跟自己和諧的方法，這是我現階段能夠做的事情。

對我來說，這也是一種成長，一人份的旅行，如果你問我要帶上什麼，我就說：「馬桶墊。」但它也是一個隱喻，我想告訴大家的是：你要知道自己的界線在哪裡，告訴自己如何走出界線之外。瞭解自己是非常重要的，再決定自己可以做哪些事跟不可以做哪些事，接受自己是什麼模樣跟期待自己是什麼模樣，就是下一個時期的課題。獲得這些知識的本身，對我來說，就是寫作的素材，今天我講的這件事情也有寫在我的散文裡，生活裡面無物不可以寫、無事不可以寫，就算是一個馬桶墊，我也寫得興高采烈。那就是人生的全部，一旦你理解這些事情，就會發現這些物件代表的不只是物體本身，它就是生活。而所謂寫作，就是把生活裡的物件妥善地分配後重新展現給別人看。別人會在這個物件裡找到你的位置，也會找到自己的位置，因為所有人的經驗都是一樣的，有可能他會在你的恐慌裡面發現自己的恐慌，最好的文章是在別人的文章裡面發現自己，而在自己的裡面感受到別人。

我想問大家，你們在旅行裡面，碰到最危險的一件事情是什麼？「在暨南大學前面摔車。」、「那時候我人在美國，我坐的那台車不知道為什麼，後面的乘客被打了。」、「在大家的聚會當中生理期突然來，弄得褲子都是，很害怕別人看見，就只能在晚上故意走沒有燈光的路。」、「吃海鮮的時候過敏，然後送醫

院。」聽起來真的很好笑，對不起，聽起來都還滿危險的。那如果你要我回答的話，我覺得在那麼多的旅行經驗裡面，最危險的其實是關於自己慾望的旅行。你一旦產生了慾望，那一瞬間，慾望會帶你到一個危險之地、一種黑暗世界。

在這邊分享一個我自己遭遇過最危險的旅行，這個危險不只是生命上的危險，還有法律上的危險。臺北的同志都有娛樂性用藥，有一個時期很流行買違法藥物來使用，那時候我大概只有大學的年紀。後來我就動心，想說我也要去買來試試看，於是踏上了人生第一次的買搖頭丸之旅。

如果你問：「你要如何找到搖頭丸呢？」我也不知道，我活在大學的世界裡，非常安全平和，怎麼可能會碰到有在賣毒品的人？於是我就看一下同志交友軟體上面有沒有人在賣。搖頭丸的代號是衣服，因為他的英文開頭是 E，那我就來找暱稱是用「衣」的好了，我找到一個，問：「請問你有在賣衣嗎？」他說：「有啊，一件 600，買三件有折 100。請問你尺寸是多少？」搞了半天他不是賣搖頭丸的。好不容易問了四個亂取名字的人，終於給我問到一個，他說：「你要買搖頭丸是不是？」我說對，他說：「好，買五顆送一顆。」聽到單位是用顆，我決定和他交易，我們約在西門町碰面。

從來沒做過這種事情，心裡面非常的害怕，內心浮現很多警匪片的橋段。警察都會騙那種不經世事的男生，可能我一到就把我用手銬銬上，套一件外套拉到警察局去。於是我決定變裝，穿了我覺得絕對不會被抓，可以躲開監視器跟警察跑到小巷裡面換掉的衣服。在夏天裡，我穿了一件大風衣，戴了口罩、棒球帽、大墨鏡。通常警匪片裡面吸毒交易的人不是都這樣穿的嗎？我走到西門町，約交易的地點是西門町誠品對面的八方雲集，突然看

到八方雲集一堆在點水餃的人裡面，有一個人穿著大風衣，戴著大口罩、大墨鏡、棒球帽。我立刻走過去問說：「請問你是不是要賣衣？」他說對，問我怎麼認得出來，我想說：「廢話！全場就我們兩個穿一樣！」你看我們對於買賣毒品有多麼貧弱的想像！真可悲啊！我們這個城市需要更高級的犯罪好嗎？

這時候是夏天，我穿大風衣很熱，我看到對方也汗流浹背，汗都已經滲出墨鏡下面。他說：「你跟我來。」這時候我想說慘了，可能是警察要一路把我帶到警察局去，就維持一點五公尺的距離，跟著他滿巷亂走。繞了半小時，最後又回到八方雲集，他說「到了。」這不是剛剛那個地方嗎？他怕我是警察要釣魚，帶我走了一圈，結果根本住在樓上。於是跟他上樓，裡面有一個小電梯，我走進去後縮在角落裡，直到門開著還縮在裡面，他說：「還不出來？」我才走出來。

走到外面，是一個破爛旅館的前端，櫃臺上有一個大嬸翹腳在那挖鼻孔，可是我心裡又想：「這個肯定是警察埋伏。」這個大媽可能挖一挖鼻孔結果報紙下面藏著一把槍，桌布掀起來裡面全是警槍，我一定會被銬起來。在一陣想像當中，他說：「我把搖頭丸放在房間裡面，你跟我進來吧。」跟著進入那個幽暗的隧道，走到他的房間推開門，有一股潮濕的氣味湧出來，非常臭。真的有點受不了，我就問對方：「趕快，你不是說買五件多少錢送一件嗎？」他說：「對啊，你等一下，我找找。」

他在找的同時，我開始觀察他的房間，床頭上面有一個小小的玻璃瓶，旁邊散落一些粉末，我一直看著，這時候他拿著玻璃瓶跟我說：「這個你知道是什麼嗎？」我看過宣導短片，那是吸食安非他命的工具。他說：「不如吸一口，我先去找。」我只是要搖頭丸，沒有要進階到這麼高級，於是拒絕。不知道為什麼，

他突然說如果吸一口，罐子旁邊一包一包的結晶體都可以給我，我想這是安非他命的粉末，吸一口就可以得到那麼多，一定是騙人的，就說：「不要，你趕快給我，我要走了。」他說：「吸一口，兩包都給你。」我背靠著一扇門往後面摔倒，就這樣跌進廁所裡。

我撐著馬桶站起來，就知道出不去了，因為馬桶旁邊有個山丘一樣的粉末堆和很多化學工具，這個人好像在製毒，本來只是想買搖頭丸，結果搞成《絕命毒師》的現場，這時候他走進來，整個身影都佔滿了廁所，我縮在門邊，他的手就壓著牆壁，居高臨下看著我，現在想想很像壁咚，但那時候我心裡只感到害怕，他看著我說：「這邊有三包，你吸一口，三包都給你。」我說：「不要不要不要，我連搖頭丸都不要了。」我爬起來把他手撥開，這時候他另一隻手又擋住，把我圍在廁所裡，說：「你吸一口，那邊那一堆，你愛拿多少就拿多少。」那一刻我心裡突然有一個念頭：「現在市價多少、我挖了那些可以淨賺多少？」可是下一秒我又開始害怕，人家越想給你，你就越不會想要，我撥開他的手說：「不不不我不要。」就衝出去，他拿著一個塑膠袋，裡面有六顆藥丸，我把它搶過來衝出門，又覺得好像不太禮貌，畢竟人家那麼多東西要送給你，於是轉過去，有點生氣地說：「你幹嘛一直要我吸啊？你有那麼多東西，就隨便找個人，一定會有人跟你一起用的啊！」他把帽子拿下來，滿頭大汗可能不是因為熱，而是他使用毒品之後，身體的某些熱反應。他的臉蒼白且消瘦，眼睛非常大，我看不出他的年紀，但可能是中年要到老年了，頭髮非常稀疏，無神的眼看著我，說：「你看我長這樣，有人要跟我一起用嗎？」我看著他，突然間覺得非常難過，因為好像看到了我自己。我現在可以趁著青春貌美縱橫情場，但有一天我也會老、會失去我所有優勢，到那個時候，我歡樂的來源又是什麼？我有沒有可能也淪落在某個暗巷，用某些藥去誘騙一些帥哥美女

過來跟我一起？那一刻我覺得我看到的是自己的未來，在某一個人生裡，我有可能會變成那樣，他就是另外一個宇宙的我自己，那時候，我真的很想去抱抱他。我哪天可能某一刻也會變成這樣，可是那時候我要怎麼樣面對自己？我要怎麼樣面對這個世界？我要用什麼方法去和這個世界互動或共鳴？我滿心憂傷，可是就算憂傷，也是三四秒鐘而已。下一秒我就跑掉，立刻離開現場。

可是，故事還沒有結束。終於買到藥丸，想試用一下，於是我約了那時候最喜歡的對象，訂了超高級的旅館，很神聖地要使用藥丸。我們走進旅館，先是彼此寒暄，接著兩個人跪坐在床緣，慢慢地把藥丸放進漂亮的玻璃瓶裡，我們各夾一顆，仰藥而盡。跪坐著在對方的對面，隔了大概十秒二十秒，我問他說：「你有感覺了嗎？」他說有一點，我就問他是什麼感覺，他說：「有一點熱熱的。」我看了一下，我也有一點熱熱的，發現我們冷氣沒有開，馬上調中央空調把冷氣打開，再坐回床緣。又過了三十秒，他說：「你有感覺了嗎？」有一股涼意，直上我的背脊，因為冷氣的風一直吹過來。三五分鐘過去了，他問我：「你有感覺嗎？」連尿意都沒有，怎麼會這樣？他說：「可能時間還不夠久，我們再等一會。」在他講完「再等一會」那四個字的時候，突然間，我的時間感覺變長了，他明明講話非常的快，可是時間拉得很長，我最後的印象就是眼前一晃，接著一片漆黑。等我再醒過來已經在床上，衣衫凌亂，我們進來的時候是白天，窗外已經是夜色了。這時候我看到對方坐在床緣，我就立刻把衣服拉好：「所以你剛剛……？」他嘿嘿嘿的笑，然後說：「那你覺得如何？」我說：「還不錯，可是沒什麼感覺。」他說：「其實我也是。」我倒下去之後他也不省人事，醒來看到我也醒過來。所以我們兩個都睡著了？到底發生什麼事？後來想說我們是吃到太烈的藥了，結果幾天之後，被來我家幫忙收東西的另一個同學發現，他說：「你幹嘛吃

這個安眠藥啊？」媽的我被詐騙了，那個西門町藥頭買給我的不是搖頭丸，是安眠藥。我們還非常認真地做了儀式，結果我只是被迷昏，然後倒在床上，這就是我人生唯一一次的買藥經驗。

　　我想跟大家講的就是，往危險之境邁進也算是某種的旅行，因為你想要去冒險、嘗試某種未知之事，跨過那條人類定出來的界線。但我真正想要跟大家講的並不是遠或是危險，如果你要說最打動我的一刻是什麼？我會說，是我看到那個人把帽子跟口罩拿下來的那時候。那時候我真切地感受到：他就是我、我就是他。那時候我覺得，其實我人生之中窮盡一切要做的最偉大的冒險就是進入別人的心，進入他的心、知道他為什麼要這樣做、知道他發生什麼事情，從他的臉、身體，進而推敲出他到底發生什麼，而最後你可能會發現：你的一部分跟他是一樣的。對我來說，最大的冒險是在別人身上發現我自己，在我身上發現別人，因此跟別人感同身受，也因此不覺得對方是邪惡的、恐怖的、壞的，因為我自己也不見得正確。我覺得嘗試進入別人心裡，就是我要做的，也是寫作能帶給我的樂趣。這一生我可能再也沒有吃藥的經驗，可是我可以寫無數的東西，我有各種各樣的可能，去敲想每個人心中不同的我，我可以走進去，可以嘗試各種不同的路徑，去看他們心裡面想什麼，對我來說，那個才是最刺激而且最值回票價的一次冒險、一次旅行。我要的不是感官上面的、不是藥帶給我的，而是進入他人心靈的路徑，是在他人的身上看到我自己，或是說看到人類生活的全景，那是寫作之中真正讓我被肯定、被渴望，真正讓作家成為作家的東西。我在西門町的某個破爛房間裡面曾經看到過那麼一次，就那樣一次，我願意冒無數的危險去探測這些路徑，這個也是屬於我的旅行。

　　接著要分享的最後一個旅行，也是一次危險的旅行。旅行

之中難免受傷害，這個旅行就是讓我受重傷的一次。這個是我家的地形圖，我家住在溪的玉環帶裡面，風水師告訴我，我家的風水非常好，是保證生貴子的格局。在我當兵回來後的那一年，台灣發生了一件驚天動地的事情，寶可夢被引入臺灣！當時掀起一股風潮，一群人擠在公園裡面像殭屍一樣，還被紐約時報跟時代雜誌引用照片，什麼臺灣發生暴動等等，事到如今，我還在玩Pokemon Go，我是一個重度的玩家，會下載各種各樣的軟體，去看我家附近有什麼 Pokemon。

那你看我家的風水這麼好，遊戲會根據自然生態分布，把虛擬世界的東西投影到自然世界裡面來，我家旁邊有水有山，水系神奇寶貝非常多，我最喜歡的快龍也會分布在我家。神奇寶貝可以抓很多的迷你龍，迷你龍進化變成哈克龍，哈克龍再進化，給它吃糖果，就會變成快龍。快龍很難抓，可是迷你龍非常多。我家附近有非常多迷你龍的分布點，Phone 手機有出一款 Pokemon Go 的雷達，會顯示我家附近哪些地方會出現迷你龍，我發現有五個點會每隔 20 分鐘生出一隻迷你龍，立刻開始計算需要多少隻迷你龍才能夠換糖果進化成快龍。這就是我當兵完那個暑假在做的事情，每天只穿一件內褲坐在陽台上，等手機雷達響，就立刻穿上外衣外褲，跳上機車，飆車去抓我家附近的迷你龍。一直抓一直抓，這些點已經摸得非常熟，可是有件事情卻非常奇怪。

在我的照片下方有一隻迷你龍，這隻迷你龍我不管怎麼抓都抓不到，其他四隻我都可以抓到。我發現雖然在手機上面可以偵測到迷你龍，可是在實際抓的時候，它距離我太遙遠了，我必須要過那條河到對面，才能抓到那隻迷你龍，所以我永遠也抓不到。但是越得不到，我就會越想要得到它。

終於，有一天 23:55，手機雷達嗶嗶嗶的響起來，河對岸那

隻迷你龍出現了，手機開始倒數二十分鐘，我立刻跨上機車往前飆。雖然說照片上看起來迷你龍離我這麼的近，可是實際上要跨過景美溪的大橋從臺北市到新北市，我在景美住了十年，從來沒有來過這一區，可是為了迷你龍，初次都獻出去了。我把 iPhone 架在機車旁邊，手機一邊倒數：「十七分五十秒。」然後顯示地圖，「十六分五十八秒」、「十五分四十二秒」……我騎車亂衝亂撞，非常驚險，因為從來沒有來過那區，裡面有很多縱橫的那種小巷，直到迷你龍倒數剩下十分鐘，我還在地圖外圍。我像馬力歐賽車，碰到拐彎就繞進去，終於繞到文化路二段，只要再過那個彎，我就可以看到迷你龍所在的道路，心情非常的雀躍。倒數剩下五分鐘，我把油門催到緊，當我彎身之後準備要往前再衝，眼前閃現了一道非常巨大的白光，是一輛砂石車。

　　我已經加速了，一時之間無法減速，然後我的車就直直的往砂石車撞過去，砂石車也沒有減速，就一直往我這邊撞過來，那一刻我心裡最在乎的還是迷你龍！手機顯示：「三分二十四秒。」然後我想說：「靠北！抓不到了！」第二個念頭是：「慘了，第二天報紙就會出現『青年作家因抓寶可夢……』副刊沒有上幾次先上社會版，阿爸阿母對不起。」幸好我又急中生智，假設我現在自己先摔車，就可以讓加速力跟磨擦力減低我自己往前撞的速度。二話不說，整個身體往旁邊側壓，直接撞倒往前滑，大卡車也開始減速，我半身壓在機車上，用身體側面去承受摩擦，整個手臂血肉模糊，痛到叫不出聲音來。眼前一花，頭一抬，再睜開眼，砂石車的保險桿就在我額頭上方，只差一點點，砂石車就會壓過來。可是，我覺得堅忍不拔這四個字真的可以用在我身上，這時候我心中唯一的念頭還是迷你龍！這時眼淚已經流下來了，可是還好，全罩式護住了我英俊的臉，我努力先把頭轉過來，望向手機螢幕，上面顯示：「五十九秒。」還有機會！一邊這樣看

的時候，耳邊響起再熟悉不過的鄉音：「幹恁娘肖雞掰……」司機就直接探頭狂罵我，熟悉的鄉音之中不理他，心中只有迷你龍，持續顫抖的手把手機拿起來，切換到熟悉的螢幕。倒數剩下二十五秒，顫抖著手去碰那顆紅球，這時候滑出去，迷你龍就會被我抓住了，興奮之情溢於言表，血汗淚都不要管它，一邊抹掉自己臉上的血，終於給我碰到了！可是因為我的手實在太抖了，我碰到上面的 AR，進入 AR 實境功能。沒關係，倒數剩下三秒鐘，手指準備要往前一滑，可是就在那一刻，雖然兩眼已經是很模糊的狀態，還是隱隱約約看到螢幕上有個地方怪怪的，樹底下好像有什麼。

樹下面有一個藍色的罈子，蓋子沒有蓋好，還有點煙灰慢慢地從裡面冒出來，我再把手機慢慢移回來，迷你龍的位置跟那個罈子剛好重合著，它一直跳，好像從罈子跳出來一樣。那該不會就是？那一刻我心中突然想到罈子可能會是什麼，倒數已經剩一秒了，我卻想：「我要抓這隻迷你龍嗎？我如果一揮手，被我抓進手機裡的到底會是什麼東西？」就在我遲疑的瞬間，一秒鐘過去了，迷你龍消失。我把手機緩緩的拿開，孤零零的道路上剩下那個骨灰罈安靜的在那個樹下，以及我耳邊熟悉的鄉音：「幹恁娘肖雞掰……」那個晚上給我的感受是非常深刻的，包括後來掛急診。我半身都是血的爬起來，還沒有抓到迷你龍，一拐一拐的在鄉音和他的目送之下到旁邊去叫救護車，縫了非常多針，現在我的膝蓋上還是有疤。

那個晚上最讓我震撼的並不只是身體上的痛，真正讓我驚訝的是：那個罈子到底是什麼？後來那邊的人跟我講說，很多人沒有公德心，小動物死掉了沒地方埋，就把罈子拿去那邊放，變成一個另類的小動物墳場。每天晚上在手機上面呼喚我的，到底

是神奇寶貝還是靈異寶貝？每天晚上要我把它帶回家的到底是什麼東西？直到我在演講的今天，每天晚上我刷開手機，23:55，河對岸依然會有那隻迷你龍呼喚著我。

　　我跟大家講這個故事，並不是要再講一個鬼故事，而是同樣一個「好像發生了什麼，可是又好像什麼都沒有發生」的故事裡，某些元素跟我一開始講的椅子的故事還滿像的，有一個東西在呼喚著你，有一個東西在叫你過去，而你敢、你願意付出多少？你要全身血淋淋的、你要有各種配備、你要披荊斬棘飆車超過時速、被卡車司機大罵，你要忍受這些，當它呼喚著你，你敢伸出手嗎？你敢把它抓回來嗎？抓回來到底是什麼東西？這個元素好像不停地在我生命中出現，我並不覺得是我特別，而是一旦你想要寫作，一旦你對生活有感覺之後，會發現：生活中有無數的東西在召喚著你，它們在要你前去。那就是旅行的預兆，它們要你去旅行、往它們的特定方向邁進，另外一個方面來講，它們要你把它寫出來，是在啟動著你，只要你準備好了，一個人就可以出發，那是你最遠的、也是最近的旅行，也可能是最棒的一次旅行。就算我冒了這麼多險，全身傷痕累累，還有留疤，可是對我來說並不後悔。因為我覺得，太美了。遠方存在著一隻迷你龍、空空的椅子上面存在著一種可能性，對我來說，那都是非常美的東西，永遠會有一個遠方、一張空空的椅子、一個空的精靈球、一隻在呼喚你的迷你龍存在，那個東西就是召喚你往遠方的動力，而這個動力會持續到你接下來的十年、二十年、三十年，它可以成為你的興趣，可以成為你的工作。

　　一開始我喜歡寫作，現在我覺得：「是，我可以靠寫作維生。」我生活的一部分就是寫作，它啟動了我的一切，我非常喜悅能夠獲得這一切，也想把這一切分享給大家。現在你們就可以出發，

一旦你搭配了以上標配，小心危險的誘惑，又加上各種各樣的可能性，就是一個人的旅行跟生活指南，對我來說也是寫作指南，這一切都還在剛開始而已，也邀請所有剛接觸人生中一個新階段，譬如大學、譬如大一國文的同學們，現在你們已經踏上旅程了，不要害怕走出來，我只是短暫的一個標的，可是你們可以走得比我更遠，你們可以看到更遠的風景，接下來就交給你們了，謝謝大家。

水煙紗連文學獎

提問時間

◇問題一

同學：

老師你好，在網路上看到滿多老師寫的書評和影評，想請問在看過這麼多著作和作品裡面，有哪一個是影響您最多的作品？

陳柏青：

其實我每個階段都會喜歡不一樣的作品，像我大學的時候很喜歡波赫士，波赫士是拉美最重要的其中一個作家，在臺灣都可以買到波赫士全集，那時候我跟我的朋友說好：我們要趁過年的時候來抄寫波赫士，我們兩個人，每天花一小時抄那本書，它總共有一套四冊，我們從第一套第一冊開始抄，抄到大概初四、初五的晚上，我夢到我走在一條小徑，小徑旁有竹籬笆、很多紅色鮮豔的異國花朵，走在竹籬笆裡面，繞到一間小小的，好像是哈比人的圓頂小屋。

小屋非常溫馨，有很大的書櫃、搖椅，上面有壁爐，可以聞到燒柴火的氣味，空氣中有火星飛舞，搖椅上坐了一個人，一邊搖著，一邊發出「嘎吱嘎吱」的聲音，搖到一半的時候，那個人站起來，然後轉過身看著我笑：「呵呵呵，我就是波赫士。」我抄了那麼多的波赫士，從來不知道波赫士長什麼樣子，就把我大學老師的頭在夢中接過去了，波赫士用非常慈祥的眼神看著我，他說：「柏青啊，呵呵呵，你有什麼問題要問我嗎？」我問出我一生中最想知道的答案：「老師，請問寫作的秘訣是什麼？」波赫士用非常慈祥的眼睛看著我，說：「呵呵呵，柏青啊，寫作的秘訣就是……」然後啪啦啪啦開始講，講完那一瞬間，我醒過來，非常激動，我真的完全知道寫作是怎麼一回事了，寫作的秘訣就

是波赫士在夢中像三太子一樣上身告訴我的，我立刻從床上彈起來，衝到書桌旁邊打開電腦開始敲鍵盤，要把我看到聽到的這一切全部寫下來，竹籬笆的小徑、南國的紅色花，像南美洲一樣、哈比人的小木屋、房間裡面大型的橡木書櫃、火爐的氣味、書架上面那些厚重的百科全書、搖椅嘎吱嘎吱響、慈祥的老人轉過來，赫然是我大學老師的臉，我寫的鉅細靡遺，寫到後來，我終於寫到老師呵呵地笑著，說「栢青啊，寫作的祕訣就是……」這時候我突然忘記了。很想要記住夢中那一切，可是前面我花了太多的時間描述，所以寫到最關鍵的部分的時候，突然間全部都忘記了，只記得風景而已。然後我停在那邊，「所以寫作的祕訣是？」開學之後我還立刻衝去問柯慶明老師說：「欸老師，你那時候告訴我寫作的祕訣是什麼？」老師說：「你有問過我這個問題嗎？」這件事一直懸在我的心頭，我後來想，也好，三太子波赫士可能真的有告訴我寫作的祕訣是什麼，可是我覺得真正的祕訣就在於：你永遠不知道祕訣是什麼，永遠就有一個謎團存在，所以你必須要不停地探尋。

　　人生永遠就是一個謎團在那邊，你會想探勘它，你會去揭破它，你會去解開它，波赫士就帶給我這樣的感受，分享給大家，希望大家有空的時候買一版波赫士看看，謝謝。

跋

　　第十九屆水煙紗漣文學獎於一〇八年十月二十二日開始徵稿，原定於一〇九年三月六日截稿，但因新型冠狀病毒疫情學校延後開學，故截稿日期延後一週，改定於一〇九年三月十三日截稿。此外，稿件數量相比歷屆持續成長，且今年為最後一屆辦理僅限大一學生們投稿之「圖文獎」，稿件數量居歷年之冠。

　　本屆水煙紗漣文學獎共舉辦三場講座，皆與暨情好讀・青春悅寫高教深耕計畫合辦。

　　第一場講座於一〇八年十二月四日舉辦，很榮幸邀請到劉紹華老師蒞臨，演講主題為「麻風醫生與巨變中國：後帝國實驗下的疾病隱喻與防疫歷史」，老師詳細敘述其在中國訪問麻風醫生的歷程，隨著老師研究的推進，我們漸漸認知「前台」與「後台」的差異，也看見大時代下屬於麻風醫生們不為人知的集體生命史。期盼我們能以更謹慎的態度看待那些被遺漏的歷史，並時時存疑，關懷存在於後台中的人們與真實。

　　第二場講座於一〇九年四月十三日舉辦，很榮幸邀請到蘇偉貞老師蒞臨，演講主題為「獵影記：伊比利半島蒙太奇」，老師透過生動的語言分享了新作《云與樵 —— 獵影伊比利半島》的由來，以及背後的故事。聽著老師娓娓述說自己與文青團幾人的伊比利半島之旅，我們彷彿也身處其中，隨著老師的步調慢慢走過杜拜、巴塞隆納、西維爾、里斯本等城市，享受一場伊比利半島的文學漫遊之旅。

　　第三場講座於一〇九年四月二十九日舉辦，很榮幸邀請到陳栢青老師蒞臨，演講主題為「一人份旅行與生活指南（偶爾寫作）」，老師用輕鬆有趣的口吻講述四段危險的旅行與生活經歷，以及每個危險帶來的寫作靈感，並分享自己如何開始寫作、推動他的決心是什麼，以及生活與旅行如何觸動他。從中也教會了我們：旅行需要的不過是一些對美好事物的好奇心和面對各式可能性的勇氣，在追逐美好事物時要小心潛藏的危險，但不要害怕危險，因為遭遇它並不是百害而無一利，反而可能帶來特別的經驗。

　　第十九屆水煙紗漣文學獎決審會於一〇九年五月舉行，十二日的新詩，十三日的圖文、散文，以及十四日的小說，為期三天共四場的決審會皆邀請文壇知名作家到場擔任評審，希望到場聆聽的同學無論得獎與否，皆能有所收穫。在決審會前一週以及決審會三日，校內皆設有評審作家的聯合書展，提供喜好文學的同學們更多接觸文學的機會，同時藉由老師們的著作認識更多元的寫作風格，使眾人能走入文學的世界，並享受其中。

　　籌備第十九屆水煙紗漣文學獎的過程中，團隊在經驗及能力上皆有不足，因此有許多思慮不周之處，為此特別感謝系主任曾守仁老師、指導老師陳美蘭老師的提點，使活動能順利進行；感謝大一閱寫課程召集人陳正芳老師為我們與大一閱寫提供合作管道；也感謝中文系的王建宇助教、陳裕美助教、廖敬娟助教給予我們許多行政上的指導與幫助。

　　更加感謝的還有文學獎承辦團隊的夥伴們——副召集人李厚錡同學、評審組長高琦雯同學、羅元亨同學、稿務組長梁仲妍同學、吳芷茵同學、宣傳組長邱瑜莉同學、呂旻芳同學、林佩亭同學、提供無私協助的學長姐、所有參與文學獎的大一夥伴，以及系學會的夥伴們。非常感謝眾人在忙於學業的過程中，仍願意花費私人時間投入文學獎的籌備，有你們的幫助，文學獎才能順利運行並圓滿完成。

　　同時也要感謝來自各方的指教與鼓勵。少了任何一個夥伴或參與者的幫助，第十九屆水煙紗漣文學獎都不能稱為完整，再次為每一個曾在這條上提供協助的人們表達最誠摯的感謝。

　　最後，謝謝讀到這裡的你。

　　　　　　　　　第十九屆水煙紗漣文學獎總召集人　賴韋筑

水煙紗連文學獎

第十九屆水煙紗漣文學獎團隊 —— 編後語

2020.5.14 攝於人文咖啡廳

水煙紗漣 文學獎

　　當初被詢問是否要留在文學獎當幹部時，其實沒想太多，被總召遊說一下就答應了。後來在訂期程時看到滿滿的事項，覺得接了個麻煩的工作，但也認知到必須認真看待這份工作。在這一年裡，從一開始大家絞盡腦汁想主題印象，到最後連續主持三天的決審會，雖然不見得都是愉快的回憶。但回頭想想這一年，我們從無到有完成了如此有規模的活動，相信這次的經驗將使我們在各方面上都有所收穫，感謝所有幫助我們的老師和同學。

副召集人｜李厚錡

　　回想起自己與文學獎的因緣結於大一時，剛進大學的我，一聽到文學獎可以與現今文壇上的作家進行互動，便義無反顧的加入了，但隨之而來的便是不停地在寫信以及擔心邀約不到老師的地獄中徘徊，但是當文學獎辦完時，這些煩惱也都隨風飄散，緊追而來的是極大的滿足感和感動，或許這就是為甚麼自己嘴巴上說不想再繼續參加文學獎，但最後卻又留了下來的原因吧！但不同的是今年自己也變為幹部了，需要擔心及承擔的事情也變得更多了，許多事情也曾令我煩躁不堪甚至抓狂，但是這些大大小小的事也都是造就現在的我的基石，亦如尼采所說：「那不能殺死我的，使我更堅強。」希望下一屆的學弟妹們也能一樣堅強起來，成為更好的存在。

評審組｜羅元亨

　　當初只為一個「可以直接和老師交流」簡單原因加入文學獎評審組，又受到邀約老師的肯定，不知不覺工作兩年。有時候，路走著走著，回頭時還是很難相信自己已經走這麼遠，但是在共同奮鬥的幹部九人一直鮮明地在身邊各自發光發熱。我們興奮過、期待過、心焦過、憤怒過、不甘過，開會的歡樂應人而生，熬夜的疲憊應事而起，但都是我們負笈而行時，步伐更穩健的擔子。

　　評審組頭是個日日驚喜、處處驚嚇的社會體驗，是這樣的幹部工作，讓我更加全面了解所有，I cherish it.

Always love u guys!

評審組｜高琦雯

　　在稿務組待了兩年，從組員到組頭，本來只是個埋首校稿的新鮮人，成為幹部後才知道，原來責任如此重大，要注意的細節如此繁多，除了心態上的轉變，更是深深感到時間管理能力的重要，尤其上任後，要兼顧課業和外務，實在是一大挑戰，在這過程中，與文學獎的大家一同合作並成長，學習危機處理、團隊精神，創造了許多回憶，雖然一路上走來不少辛酸勞苦，但也歡樂不斷，更是讓我體驗了大學生活重要的一環，也是身為中文系的一個寶貴經驗。

稿務組｜梁仲妍

水煙紗漣 文學獎

　　參與文學獎團隊是一場有趣的冒險，從懵懂的小大一到逐漸成長的大二，一路與小夥伴們過關斬將，只為收穫最甜美的果實。文學獎讓我學習到合作互助的重要性，稿務組磨練了我更多的細心與耐心，以及面對突發情況該如何變通，是一次充滿酸甜苦辣的深刻經驗。感謝每一位並肩同行的小夥伴，感謝曾經給予幫助的學長姐，大家都是最棒的！未來參與文學獎的學弟妹們加油喔！祝你們一切順利，收穫熱血美好的回憶！

稿務組｜吳芷茵

　　文學獎是一個不輕鬆的工作，需要由團隊的成員們一同努力為著同一個目標邁進，各組都有各自遇到的困難，像是我所在的宣傳組需要拍攝宣傳片、宣傳照……等。過程中不管是海報素材取景、宣傳照或是實際活動拍攝，都讓我累積了不少作品，也慢慢在磨練攝影技巧，當中更不免遇到一些阻礙，但很感謝在這一年學到了很多，也得到了許多。

宣傳組｜邱瑜莉

參與及舉辦第十九屆水煙紗漣文學獎的各類決審會和講座都獲益良多，不僅能以舉辦方的角度來觀察和思考，也能在決審會的當下化身為觀眾，聆聽評審老師們的諄諄教誨。以這樣的角色參加，讓人十分難忘。雖然因疫情關係面臨各種考驗與壓力，但經指導老師、幹部和大家的幫助，使文學獎一系列的活動能順利落幕。作為宣傳組的幹部，在這短短將近一年的時間，獲得許多珍貴的經驗，感謝一路以來各方的協助和指教！

宣傳組 | 呂旻芳

一年的幹部生活，很累，每天熬夜，不小心還會耽誤課業，但我不後悔，因為我體驗到許多寶貴的經驗。原本沒有擔任過幹部以及海報設計相關經驗的我，藉著這一年下來自己一點一滴的摸索、同伴們的幫助，以及老師們的提點，能體會到自己在這方面有相當大的進步。從一開始不熟悉各項影像編輯軟體的外行人，到現在能夠流暢使用它們做出各種海報，都是多虧了這一年的歷練所造就的結果，所以我很慶幸，還好自己當初接下這份工作。

宣傳組 | 林佩亭

水煙紗漣文學獎

　　初次（可能也是唯一一次）擔任文學獎作品集的文編，見證過數場文學獎主辦的講座，還是不免要驚嘆一下團隊成員們對於一系列活動的嘔心瀝血。

　　活動結束之後，對於繕打逐字稿、潤稿和校稿所花費的心力比原先的想像來得更多，收穫也是翻倍的在遞增（笑）。

　　在細細的閱讀和專注的聆聽之間，反覆咀嚼著同學們風味殊異的得獎作品與各位老師的指教，過程中視野也更開闊了一點，能以這樣的方式參與這本作品集生產的過程，由衷感謝。

文編｜黃慧君

　　第一次聽錄音打逐字稿時，才明白文編的工作並不如想像中輕鬆。看似簡單的文字編輯，需要高度的耐心和細心，將錄音中模糊的語句整理成精準的文字，並一再刪減潤飾。短短五分鐘的錄音，完整打出卻需要大約一小時的工作時間，完全超乎我原來對於這份工作的想像。完成兩個月以來反覆逐字稿、一潤、二潤的工作，除了莫大的成就感以外，更是感謝能有如此珍貴的機會接觸並學習文字編輯相關內容，知道自己還有太多不足，因而更加滿懷感謝。

文編｜林玥彤

國家圖書館出版品預行編目（CIP）資料

水煙紗漣文學獎作品集. 第十九屆 ： 釀 ／ 賴韋筑總編輯.
-- 初版. -- 南投縣埔里鎮 ： 國立暨南國際大學中國語
文學系，2022.11
　　面 ； 　公分
　　ISBN 978-626-95201-6-9(平裝)
863.3   111019473

第十九屆水煙紗漣文學獎作品集　釀

發　　　　行	國立暨南國際大學中國語文學系	
地　　　　址	54561　南投縣埔里鎮大學路 1 號	
電　　　　話	（049）2910960-2601	
指 導 老 師	陳美蘭	
總　編　輯	賴韋筑	
封 面 設 計	林佩亭	
書 法 題 字	陶玉璞	
美 術 編 輯	賴韋筑　黃慧君	
文　　　編	黃慧君　林玥彤	
校稿／逐字稿	賴韋筑　黃慧君　林玥彤	
印　　　刷	宏國群業股份有限公司	
初 版 一 刷	2022 年 11 月	
定　　　價	新台幣 310 元	
ISBN	978-626-95201-6-9	
GPN	1011102263